Über das Buch

Ben Warden hat alle Voraussetzungen für ein erfolgreiches Leben. Gutaussehend, vermögend, angesehen, Nachkomme der ersten Einwanderer der USA, die auf der Mayflower ins Land gekommen sind. Sein erklärtes Ziel: Senator von Massachusetts, später Präsident der Vereinigten Staaten zu werden.

Kurz vor Bekanntgabe der Kandidatur für den Senat verlässt ihn seine Frau. Gleichzeitig erfährt er, dass seine innig geliebte Tochter Lilly nicht seine leibliche Tochter ist. Kann es schlimmer kommen?

Da wird sein ehemaliger Harvard-Professor ermordet und Ben Warden als dessen Mörder angeklagt. Kann Ben der Schlinge, die sich immer enger um seinen Hals zieht, entkommen?

Ein dramatischer Gerichts-Thriller vor dem Hintergrund des historischen Präsidentschafts-Wahlkampfs 2016 in der USA erwartet Sie.

Über die Autorin

Susan Carner ist das Pseudonym einer in Graz, Österreich, geborenen Autorin, die es genießt, im deutschen Berlin zu leben, ihrem Heimatland Österreich sehr verbunden ist und sich trotzdem in der ganzen Welt zu Hause fühlt. Eine USA-Reise im Frühjahr 2016 hat sie die Stimmung vor den US-Wahlen spüren lassen und zu diesem Krimi inspiriert.

Susan Carner

Mord am Campus

Gerichtsthriller

Bibliografische Information der Deutschen Nationalbibliothek:
Die Deutsche Nationalbibliothek verzeichnet diese Publikation in
der Deutschen Nationalbibliografie; detaillierte bibliografische Da-
ten sind im Internet über http://dnb.dnb.de abrufbar.

Neuauflage Dezember 2019

Deutsche Erstausgabe Dezember 2016

Herstellung und Verlag: BoD – Books on Demand, Norderstedt

Covergestaltung © by Catrin Sommer
www.rausch-gold.com
Bildnachweise:
Blutstropfen: shutterstock_19903705
Füllfeder: shutterstock_152722355

ISBN: 978-3-75-042436-4

Für Sylvia!

Diese Geschichte ist rein fiktiv. Ähnlichkeiten mit lebenden Personen, Orten und Ereignissen sind rein zufällig und nicht beabsichtigt,
auch wenn die Orte real sind. Alle Personen sind Schöpfungen der
Autorin und keine der geschilderten Begebenheiten entspricht den
Tatsachen.

Ausführliche Informationen finden Sie auf
www.susancarner.com

*Die Politik ist das Paradies
zungenfertiger Schwätzer!*

George Bernard Shaw

Prolog

»Lass meine Tochter in Ruhe«, fauchte sie ihn wütend an.

Er lächelte. Sie war nach wie vor eine begehrenswerte Frau. Ihre grünen Augen blitzten zornig. Er erinnerte sich noch gut, wie sie ihn mit diesen Augen angesehen hatte, wenn sie in seiner Vorlesung gesessen war. Er aus dem Tritt gekommen war, weil er nur an das Schimmern dieser grünen Augen denken konnte, wenn er sie …

»Was meinst du, meine Liebe?«, fragte er und zog seine linke Augenbraue in die Höhe. Eine Angewohnheit, die er seit Jahren pflegte, wenn ihm etwas missfiel.

»Du weißt genau, was ich meine«, schleuderte sie ihm entgegen. Immer noch stand sie im Türrahmen, den Türknauf umklammert, ihre Knöchel an der Hand traten weiß hervor.

»Wie bist du überhaupt hereingekommen?«, wollte er indigniert wissen.

»Das, mein Lieber, hat sich in den letzten zwanzig Jahren nicht geändert. Der Schleichweg, um ungesehen in dein Büro kommen zu können, funktioniert nach wie vor«, lächelte sie süffisant.

Diese Lippen. Wie hatten sie ihn fasziniert. Er spürte das Gefühl in sich aufsteigen, das diese Lippen bei ihm stets ausgelöst hatten ...

Er trat hinter seinem Schreibtisch hervor, griff an seine randlose Brille und legte diese achtlos auf den Schreibtisch.

»Komm her, lass dich ansehen. Hab dich schon lange nicht mehr gesehen«, und er streckte die Hand nach ihr aus. Sie trat zögernd näher. Ein eng anliegendes Kleid umspielte ihre hinreißende Figur. Sie hatte nichts von ihrer Faszination eingebüßt. Im Gegenteil. Warum hatte er das Verhältnis eigentlich beendet?

»Du bist nach wie vor sehr begehrenswert, weißt du das?« Unbewusst leckte er über seine Lippen, doch sie registrierte es.

Scharf entgegnete sie: »Du willst wohl Mutter und Tochter zur selben Zeit!«

»Warum nicht?«, lächelte er mit gekräuselten Lippen. »Deine Tochter hat zwar nicht dein Temperament, aber hübsch ist sie allemal. Und unglaublich klug. Aus ihr könnte wirklich etwas werden. Wenn sie nur ein bisschen entgegenkommender wäre ...«

Wie eine Katze fuhr sie mit ihren Krallen in sein Gesicht, hinterließ links und rechts auf den Wangen blutige Spuren. Er fasste nach ihren Händen, bog diese nach unten, dann hinter ihren Rücken. Damit stand sie nun dicht vor ihm. Ihr Parfum stieg in seine Nase. Immer noch dasselbe, registrierte er belustigt. Und erinnerte sich, wie sie eines Nachts angerufen hatte, sie trage wie *Marilyn Monroe* nur *Chanel № 5*. Ob er nicht vorbei kommen wolle?

Und er war vorbeigekommen. Hatte sich wie ein Dieb aus seinem Haus geschlichen, um seine Frau und seine Söhne nicht zu wecken. Erst im Morgengrauen war er zurückgekehrt, nach einer leidenschaftlichen Nacht.

»Immer noch so stürmisch, meine Liebe?«, meinte er spöttisch. »Du warst schon immer ein kleiner Wildfang«, und mit diesen Worten schob er sie Richtung Schreibtisch und warf sie mit dem Rücken brutal auf den Tisch. Das Brillenglas zerbrach unter ihr, verletzte sie an ihrem rechten Schulterblatt.

»Was soll das?« Sie versuchte, sich ihm zu entwinden.

»Was denkst du wohl, mein Wildkätzchen?«

»Hast du es mit meiner Tochter auch so gemacht?«, zischte sie zwischen zusammengepressten Lippen hervor, denn sie versuchte verzweifelt, ihre Hände unter ihrem Rücken hervorzuziehen. Doch er hielt sie eisern fest.

»Nein, noch nicht. Ich warte darauf, dass sie wie du brav von selbst angekrochen kommt und mir ihre Gunst gewährt. Ich habe nur ein bisschen vorgefühlt«, grinste er genüsslich. Dabei dachte er an den festen kleinen Busen, den er unter seinen Händen gespürt hatte, als er sie auf diesen Tisch gezwungen hatte. Und wie seine Lust erwacht war ... aber er wollte der Kleinen Zeit geben. Er hatte versucht, sie zu küssen, hatte jedoch ihren Widerstand gespürt, so wie sie ihren Kopf zur Seite gebogen hatte. Es war nicht seine Absicht, sie zu verunsichern. Das war kein Mädchen, das man einfach nahm, wie er das mit vielen seiner Studentinnen trieb. Er hatte Geduld.

»Was bist du nur für ein Mensch«, fauchte sie böse, sich immer noch windend.

»Ein schlichter Mann, dem das schöne Geschlecht am Herzen liegt. Vor allem bei den hübschen und meist sehr freizügigen Studentinnen, die hier herumlaufen. Da kann MANN nicht widerstehen. Das verstehst du doch, oder?«, fragte er und lächelte verächtlich auf sie herab.

Er stellte sich vor, ihre junge, hübsche Tochter läge hier vor ihm. Gleich morgen würde er sie einbestellen, keinen Tag länger wollte er warten. Schon zu lange sehnte er sich nach ihr. Er war ihr Tutor, da hatte sie keine Wahl, musste seiner Einladung folgen. Heute die Mutter, morgen die Tochter. Abermals glitt ein Lächeln über sein Gesicht.

»Komm, halt still«, meinte er genervt an die sich windende Frau. »Hattest doch früher auch nichts dagegen. Wir machen einfach dort weiter, wo wir vor ein paar Jahren aufgehört haben. Wir hatten schließlich Spaß miteinander, oder etwa nicht?« Dabei lockerte er seinen Griff, nahm eine Hand weg und fuhr damit an seinen Hosenbund.

Während er seinen Gürtel öffnete, fragte sie lauernd: »Und du lässt meine Tochter dann in Ruhe?«

Als er ihr Kleid hochschob, lächelte er erneut. »Nach wie vor ohne Slip«, bemerkte er und leckte sich diesmal mit seiner Zunge sehr bewusst über seine Lippen.

Sie wurde flammend rot. Eigentlich war sie unterwegs, um den neuen Mann in ihrem Leben zu treffen. Wollte nur schnell vorher diesen Mistkerl zu Rede stellen. Und jetzt ...

Jetzt lachte er. »Du wirst dich doch dafür nicht genieren? Bist früher ständig ohne Unterwäsche herumgelaufen, weil du damit die Jungs um den Verstand bringen konntest. Vor allem den Idioten von einem Mann, der später dein Ehemann wurde.«

Sein Lachen kotzte sie an. Aber sie konnte sich nicht wehren, eine seiner Hände drückte mit voller Kraft auf ihren Brustkorb, sodass sie sich nicht befreien konnte. Außerdem stand er ausgesprochen knapp vor ihr, presste mit seinem Unterleib ihre Beine gegen den Tisch.

Plötzlich spürte sie seine erigierte Männlichkeit an ihren Oberschenkeln. Nach wie vor der gleiche gierige Mistkerl, der er schon in ihrer Studentenzeit war. Wie viele Mädchen haben auf diesem Tisch wohl ihre Unschuld verloren?, überlegte sie grimmig.

»Zier dich nicht so. Warst doch immer offen für hübsche Spielchen«, rief er ungeduldig.

»Und meine Tochter? Du behelligst sie dann nicht mehr?«, fragte sie hoffnungsfroh.

Er nickte, also gab sie ihren Widerstand auf. Dabei lockerte er seinen Griff und sie schaffte es, eine Hand unter ihrem Rücken hervorzuziehen.

Da keuchte er selig lächelnd: »Muss ich mir noch überlegen. Hängt von deinen Gefälligkeiten ab.«

Als sie ging, lächelte er nicht mehr.

Gestern hat ihn seine Frau verlassen.

Ben Warden lächelte leicht bei dem Gedanken. Andere würden wahrscheinlich wütend oder traurig sein, er empfand nur Erleichterung.

Sein Leben lag damit zwar in Trümmern, aber er fühlte sich seit Jahren endlich wieder frei. Musste nicht befürchten, dass sie jeden Moment ins Zimmer stürmen würde, um ihm aus heiterem Himmel eine Szene zu machen.

Gemütlich saß er in seinem Lieblingssessel in der Bibliothek und nippte an seinem schottischen Whisky aus Dufftown in der Region Speyside, nicht nur einer der ältesten christlichen Orte Schottlands, sondern auch ein Ort mit Tradition im Brennen von Whisky.

Sein Großvater hatte stets behauptet ›Rom wurde auf sieben Hügeln erbaut, Dufftown steht auf sieben Brennblasen‹. Angeblich hatten schon seine Vorfahren bei der Überfahrt mit der Mayflower diesen Scotch getrunken. Zumindest hatte ihm sein Großvater diese Geschichte erzählt, als er ihn zu seinem sechzehnten Geburtstag zu seinem ersten Scotch einlud, ebenfalls in dieser Bibliothek. Sein Vater hatte getobt, dass er den Jungen zu einem Alkoholiker erziehen würde. Doch Großvater hatte nur verächtlich geantwortet, Scotch aus der alten Heimat hätte noch keinem aus der Familie geschadet. Ganz im Gegenteil.

Und war danach mit der Anekdote der *Mayflower* gekommen und hatte ihn auf die Familie und die Familientradition eingeschworen. Kurz darauf war Großvater gestorben.

Was der alte Herr wohl zu seiner Noch-Ehefrau gesagt hätte? ›*Nicht standesgemäß mein Junge, aber ein Prachtweib*‹, und hätte sich genüsslich seine Lippen geleckt. Das hatte er selbst ebenfalls getan, als er sie kennenlernte. Dabei leider seinen Verstand verloren. Er seufzte. Was wäre ihm erspart geblieben, hätte er damals sein Gehirn benutzt und nicht nur ...

Im Grunde war er froh, dass sie die Konsequenzen gezogen hatte, aus dieser misslichen Ehe auszubrechen. Doch seinen Traum, Senator von Massachusetts zu werden, konnte er begraben. Die Amerikaner wollten keine geschiedenen Politiker in einer höheren Position, schon gar nicht in den Neu-England Staaten. Da musste eine intakte Familie hinter einem Kandidaten stehen. Der Puritanismus aus der Gründerzeit lebte in Boston weiter und weiter ...

Trotzdem hatte ihn ihre Aktion in Erstaunen versetzt und er musste schmunzeln, als er an die Situation von gestern Abend dachte.

Überrascht hatte er auf die vielen Koffer geblickt, die er bei seiner unerwartet frühen Heimkehr in der Vorhalle stehend angetroffen hatte, seine Frau gerade dabei, sich ihre Pelze aus dem Schrank zu nehmen.

»Was wird das?«, hatte er von ihr wissen wollen.

»Wonach sieht es denn aus?«, hatte sie herablassend gefragt. Auf seinen verständnislosen Blick hatte sie ihn verächtlich wissen lassen, dass sie zu ihrer neuen Liebe ziehen würde, mit der sie endlich so leben könnte, wie sie sich das immer schon vorgestellt hätte. Ein Mann, der sich um sie und ihre Belange kümmern würde und nicht nur um seinen Beruf und die ständigen Wohltätigkeitsveranstaltungen.

Sie bräuchte keinen Mann, der von ihr erwartete, sich auf seinen Wahlpartys blicken zu lassen und die glückliche Ehefrau vorzuspielen. Nein danke, dazu hätte sie keine Lust mehr, hatte sie ihn herablassend angelächelt.

»Bisher haben dir der Lebensstil und das Geld aber ganz gut gefallen. Was hat sich geändert?«, hatte er spöttisch gefragt. Obwohl er verwundert gewesen war, hatte es ihm nicht eine Sekunde leidgetan, dass sie ihn verlassen wollte. Er hätte es vor Jahren tun sollen.

»Jimmy liebt mich. Um meinetwillen. Nicht wegen eines Kindes. Mein Geld ist ihm auch egal und ...«

»Dein Geld?«, hatte er sie gereizt unterbrochen.

»Natürlich ist das genauso mein Geld. Schließlich war ich über zwanzig Jahre deine dich treuumsorgende und liebende Gattin, also steht mir die Hälfte deines Vermögens zu«, hatte sie schnippisch geantwortet.

Er hatte höhnisch gelacht. »Schon vergessen? Du hast bei der Heirat einen Ehevertrag unterschrieben. Dir steht nichts zu, wenn du mich verlässt oder ich dir eine Affäre nachweisen kann. Und ich könnte dir mehr als eine beweisen ...«

»Und ich dir ebenso viele«, hatte sie ihn unwirsch unterbrochen. »Und diese Tatsache wäre ausgesprochen hinderlich bei einer Bewerbung um den Senatsposten, den du so heiß anstrebst. Du weißt ja, unsere Mitbürger stehen nicht auf fremdgehende Ehemänner. Und ich kann mich gut als die betrogene Ehefrau verkaufen, die ihren Mann verlassen hat, weil sie diese Betrügereien nicht mehr hinnehmen konnte.« Ihre Stimme hatte nur so vor Verachtung getrieft.

Ja, er konnte sich sehr gut vorstellen, wie sie diese Show abzog. Sie war eine Meisterin der Selbstdarstellung.

»Also mein Lieber, du wirst nicht darum herumkommen, mir einen großzügigen Unterhalt zukommen zu lassen. Du willst doch nicht, dass deine heiß geliebte Tochter in einem Loch hausen muss, wenn sie ihre Mommy besucht? Oder dass deine Klienten erfahren, wie fürsorglich du dich um ihre Ehefrauen kümmerst?«

Ihr schadenfrohes Lachen klang immer noch in seinen Ohren, als er entspannt seinen Scotch im tulpenförmigen Glas beobachtete, wie sich die dunkle Flüssigkeit beim Drehen des Glases an der Glasinnenwand festsetzte. Er liebte die Zähigkeit dieses Getränks, die nur erreicht wurde, wenn der Alkoholgehalt zwischen dreiundvierzig und sechsundvierzig Prozent betrug. Seine Vorfahren wussten schon, warum sie sich für diese Sorte entschieden hatten.

Warum nur hatte er sich vor zweiundzwanzig Jahren für diese Frau entschieden? Weil sie schwanger gewesen war. Ein paar mal nur hatte er mit Ihr geschlafen. Sie hatte ihn gereizt. Mit ihren provokanten Aussprüchen und ihrem umwerfenden Dekolleté. Und dann hatte sie ihm aus heiterem Himmel eröffnet, dass sie ein Kind erwartete. Sein Kind.

Natürlich hatte er um ihre Hand angehalten, sehr zum Leidwesen seiner Eltern, die sich eine gute Partie für ihn gewünscht hatten. Genug Mädchen aus der besten Neu-

England Gesellschaft waren Schlange gestanden, den Spross einer alt eingesessenen Familie zu heiraten. Aber nie hätte er eine Frau im Stich gelassen, die sein Kind unter ihrem Herzen trug. Wobei er sich nicht sicher war, ob sie überhaupt ein Herz hatte. So, wie er sie die letzten Jahre kennengelernt hatte.

Ständig hatte sie ihm vorgeworfen, er schränke ihre Entfaltungsmöglichkeiten ein, weil er sie mit Kind in ein spießiges Wohlstandsleben presste, wo sie die Vorzeige-Ehefrau zu geben hatte. Es allerdings genoss, vor ihren Freundinnen mit dem stilvollen Stadthaus im geschichtsträchtigen *Beacon Hill* prahlen zu können. Er hatte nach wie vor ihr geschwollenes ›*das Haus ist im Federal Style erbaut, es stammt aus der Zeit um 1815*‹ im Ohr, wenn ihre Freundinnen das erste Mal zu Besuch kamen. Und wie schätzte sie erst die Dinnerpartys, die er für seine verwöhnte Klientel oder verschiedene Wohltätigkeitsvereine geben musste. Schließlich hatte er als direkter Nachkomme von einem der Unterzeichner des *Mayflower Compact*, der ersten von Freien formulierten Verfassung Amerikas, seine Verpflichtungen.

Sie sträubte sich ebenso wenig gegen das hübsche Anwesen in Chilmark auf Martha's Vineyard. Monate hatte sie an diesem Ort verbracht, als Lilly klein war, während er in Boston seiner Arbeit nachgegangen war und sich vor Sehnsucht nach seiner Tochter verzehrt hatte. Seine Frau hatte er nie vermisst, aber Lilly ...

Er war überzeugt davon, dass sie deshalb so viel Zeit auf Martha's Vineyard verbracht hatte, weil sie ihm damit die

Tochter entziehen und ihre zahlreichen Liebhaber treffen konnte. Was ihn seit längerem nicht mehr tangierte. Im Gegenteil. Er hatte sich reichlich revanchiert.

So hatten sie sich beide arrangiert, ohne je darüber zu sprechen. Sie genoss die Vorzüge, eine reiche Frau zu sein und über viel Freizeit zu verfügen. Kindermädchen und Hausangestellte nahmen ihr schließlich alles ab, was lästig gewesen wäre. Und auf den für ihn wichtigen Partys glänzte sie. Sie war nicht nur eine vorzügliche Gastgeberin, sondern auch eine schöne Frau und wusste ihre Reize einzusetzen. Und nutze diese zu ihrem Vorteil. Manchmal nutzten sie ihm ebenfalls.

Mehr als einmal gewann er einen Klienten, weil Caroline diesem schöne Augen gemacht hatte. Der sich erhoffte, seine Angebetete so öfter zu sehen, wenn er in der seit Generationen berühmten Anwaltskanzlei Warden&Son seine Geschäfte abwickeln würde. Und wenn er Glück hätte, würde Caroline ihn sogar erhören. Sie hatte fast alle erhört. Wollte ihn damit verletzen.

Doch er nutzte ihr Potenzial. So war sie in seinen Augen wenigstens für etwas zu gebrauchen. Seine Frau wollte sich zwar mit ihren Liebhabern an ihm rächen, aber an ihm prallte dies ab. Wenn sie ihm wieder einmal mit schadenfrohem Lächeln eine ihrer Affären unter die Nase rieb, berührte ihn das nicht.

Ihr Reiz war ziemlich schnell verflogen, als er erkannt hatte, welche Persönlichkeit in ihr steckte. Sie wollte nur einen reichen Ehemann. Und er war darauf hereingefallen.

Also vergnügte er sich, wie sie treffend festgestellt hatte, mit den betrogenen Ehefrauen seiner Klienten. Kaum ließ sie ihn wissen, wer ihr derzeitiger Geliebter war, lud er die betreffende Ehefrau ein.

Gab sich als verständnisvoller Freund, aufmerksamer Gentleman, hörte ihnen zu. Alles Dinge, die sie von ihren Ehemännern nicht mehr kannten. Nicht eine war darunter, die sich nicht über kurz oder lang tröstend von ihm in die Arme nehmen ließ. Dann kam, was kommen musste.

Er goss sich einen weiteren Scotch ein. Leise lächelnd dachte er daran, wie er jedes Mal zum Zug gekommen war.

Eigentlich lief es bei allen gleich ab. Er traf die Damen in einem verschwiegenen kleinen Restaurant außerhalb von Boston, brachte sie danach gentlemanlike bis vor ihre Haustür. Alle luden ihn auf einen Kaffee oder einen Digestif ein. Einige schüchtern, andere herausfordernder. Die ihn zum Kaffee einluden, waren die Schüchternen. Da wusste er, dass er viel Geduld brauchen würde, und so manche Tränenausbrüche über sich ergehen lassen musste.

Doch irgendwann lagen sie alle schluchzend in seinen Armen, ihre Körper bebten, als sie ihm gestanden, dass ihre Männer vermutlich eine Affäre hätten. Klammerten sich hilfesuchend an ihn. Er strich beruhigend über ihren Rücken, über ihre Haare, über ihr Gesicht.

Legte einen Finger unter ihr Kinn, hob ihren Kopf, schaute sie mitfühlend an und meinte leise: »Kein Mann ist es wert, dass man sich wegen ihm Kummer macht«, und ließ seine Lippen sanft auf die gegenüberliegenden treffen. Einige wenige reagierten überrascht, die meisten erwarteten diesen Kuss bereits.

Waren sie überrascht, strich er zärtlich über ihre Wangen, schaute tief in ihre Augen. »Es ist nur ein Kuss, um dir zu zeigen, wie attraktiv du bist und dass dein Mann dich nicht verdient, wenn er dich hintergeht. Wo er doch eine so bezaubernde Frau zu Hause hat.«

Dann schimmerten meist Tränen in ihren Augen, bevor sie diese schlossen und ihren Mund für weitere Küsse darboten. Es folgten sanftes Streicheln und liebevolle Worte. Über kurz oder lang ergab sich jede seinem Werben.

Mit manchen schlief er nur einmal. Entweder, weil diese Damen sofort ein schlechtes Gewissen bekamen oder er spürte, das könnte gefährlich werden und sie könnten mehr von ihm wollen als tröstenden Beistand. Manche langweilten ihn sofort. Wobei das selten vorkam. Die meisten unbeachteten Ehefrauen waren einem Abenteuer nicht abgeneigt. Und sehr freizügig mit ihrer Gunst. Wenn er nur an Deborah dachte …

Für ihn war seine Ehe somit ein perfektes Arrangement, sein Leben allerdings hatte er sich so nicht vorgestellt. Der einzige Grund, warum er sich nicht scheiden ließ, war seine Tochter Lilly.

Er liebte Lilly abgöttisch. Und sie ihn. Dafür war er sicher, dass sie ihre Mutter hasste. Denn Caroline hackte ständig auf ihr herum. Ließ sie wissen, dass sie sich in dieser Ehe gefangen fühlte, weil er – und damit deutete sie jedes Mal mit dem Zeigefinger anklagend auf ihn – sie geschwängert hatte. Es wäre besser gewesen, abzutreiben, als diesen spießbürgerlichen Moralapostel zu heiraten, polterte sie stets.

Lilly lief dann weinend nach oben in ihr Zimmer. Es kostete ihn immer viel Überredungskunst, bis sie ihr Zimmer aufschloss und er sie trösten konnte. Er wiegte sie in seinen Armen, liebkoste ihr goldenes Haar, sprach beruhigend auf sie ein.

»Warum hasst sie mich so?«, hatte sie vor kurzem nach einem heftigen Streit mit ihrer Mutter zornig ausgerufen. »Was nur habe ich ihr getan?«

Er konnte nur hilflos die Schultern zucken. Seit mehr als zwanzig Jahren bereute er jeden Tag, mit dieser Frau geschlafen zu haben. Er bereute aber nicht das Produkt dieser Tat. Lilly war so liebreizend, klug und von schneller Auffassungsgabe, dass es ihm eine Freude war, sie aufwachsen zu sehen.

Jetzt wird er sie bald verlieren, ging ihm bekümmert durch den Kopf. Sie setzte die Familientradition fort und studierte ebenfalls an der *Harvard University*. Schon seit sie das *Harvard College* besucht hatte, an dem sie letztes Semester ihren Bachelor in Soziologie erworben hatte, wohnte sie am Campus in einem der schönen Wohnheime, die den Studenten zur Verfügung standen. Nur mehr an den Wochenenden war sie zu Hause, wenn überhaupt. Um den ständigen Streitereien mit ihrer Mutter zu entgehen.

Kam sie nicht nach Hause, traf er sich Samstag Mittag mit ihr in Boston, an der *Faneuil Hall*, einem der ältesten Gebäude Bostons, in dem bereits ihre Vorfahren Hummer gegessen hatten, während sie über die Unabhängigkeit von England debattierten. Lilly liebte das geschäftige Treiben rund um die *Hall* und den anschließenden *Quincy Market*.

Schon als Kind war es ihre größte Freude gewesen, dort mit einer Portion Zuckerwatte in der Hand zu flanieren.

Oft spazierten sie den *Freedom Trail* entlang, der die wichtigsten historischen Sehenswürdigkeiten Bostons miteinander verband und plauderten über dies und das. Als sie klein war, erzählte er ihr Anekdoten über die einzelnen Stätten, bis sie alt genug war, die Geschichte der Stadt Boston und ihre Rolle im Unabhängigkeitskrieg gegen England zu verstehen. Stundenlang konnte sie im *Granary Burying Ground* verbringen, einem der ältesten und schönsten Friedhöfe Bostons, wo ihre Vorfahren begraben liegen. Sie konnte nicht genug bekommen von Erzählungen über die berühmten Personen, die dort bestattet sind. Ehrfürchtig stand sie vor dem Obelisken, der an die Familie *Benjamin Franklins* erinnern sollte und lachte fröhlich, als er ihr erzählte, dass seine zwei Vornamen auf *Benjamin Franklin* zurückzuführen seien, der in Boston geboren wurde.

Er lächelte, als er sich das fröhliche Gesicht der kleinen Lilly vorstellte. Nun war sie eine junge Dame und hatte andere Interessen. Letzte Woche hatte er mit ihr den Parteitag der Demokraten in Philadelphia verfolgt und die Ansprache *Hillary Clintons*, als sie ihre Kandidatur für die Präsidentschaft der Vereinigten Staaten annahm. Beide fanden sie, dass es eine großartige Rede war. Kämpferisch, allerdings auch selbstkritisch.

Sie hatten Hillary schon öfter persönlich erlebt, da wirkte sie wesentlich gelöster und lockerer als bei Ansprachen vor einer Menschenmenge. Ihr Mann *Bill* konnte die Massen begeistern, sie wirkte stets ein wenig kalt. Doch das war sie nicht. Im Gegenteil. Er hoffte so sehr, dass sie das Rennen machen würde. Und Lilly mit ihm.

Lilly, dachte er betrübt. Bald wird sie ganz ausgezogen sein. Hoffentlich findet sie einen jungen Mann, der ihrer wert war.

Um seine Traurigkeit zu bekämpfen, schenkte er sich einen dritten Scotch ein. Und seine Gedanken schweiften zu Deborah ... Sie hatte er gestern angerufen, als Caroline das Haus verlassen hatte.

»Hallo Deborah, heute Abend schon etwas vor? Oder hast du Lust auf einen kleinen Ausflug?«, hatte er sie mit seiner tiefen Stimme verführerisch gefragt.

»Woran denkst du denn so?«, hatte sie kokett geantwortet. So, wie sie es als Person ebenfalls war. Irgendwie Caroline ähnlich. Jedoch aufrichtiger und ehrlicher. Ihn faszinierte ihre ungenierte Art. Obwohl mit einem Kongressabgeordneten verheiratet, hielt sie sich nicht an die starren Konventionen. Seit fünf Jahren eine praktische Geliebte. Sie hatte keine Ambitionen, ihren wesentlich älteren Mann zu verlassen, denn über kurz oder lang würde sie ein Vermögen erben. Aber sie hatte viel Motivation, sich bis dahin trotzdem zu vergnügen.

Vor allem, da sie wusste, dass ihr Mann nach wie vor fremdging. Das schien in seinen Genen zu liegen. Schon sein Vater war als der größte Schürzenjäger der Ostküste bekannt, sein Sohn stand dem in nichts nach.

»Du wolltest doch schon mal in meiner Bibliothek ein bisschen schmökern. Heute Abend wäre sie frei«, hatte er ins Telefon gelächelt.

»Isst Caroline wieder mal auswärts?«, hatte sie spöttisch wissen wollen.

»Nein, sie hat mich verlassen«, hatte er kalt geantwortet.

»Das glaub ich jetzt nicht. Hat sie sich einen Reicheren geangelt?« Denn lange Zeit war es Deborahs größte Sorge gewesen, ihr Mann könnte sie für Caroline verlassen. Sie hatte ebenfalls einen Ehevertrag unterschrieben. Bei Scheidung gab es nichts. Gleich, wie die Schuldfrage lautete.

Ben hatte nie verstanden, warum Caroline mit dem alten Frank Williams ein Verhältnis begonnen hatte. Er war tattrig, ständig lief ihm Speichel aus dem Mund. Böse Zungen behaupteten, er träumte immerzu von jungen vollbusigen Frauen.

Caroline hatte wahrscheinlich gedacht, mit dieser Affäre könnte sie ihn besonders erniedrigen. Auch seine Mutter war jahrelang die Geliebte dieses Mannes gewesen. Es hatte seinem Vater fast das Herz gebrochen, denn der hatte seine Frau aufrichtig geliebt. Allerdings wurde seine Mutter bei der Wahl ihres Ehemannes nicht um ihre Meinung gefragt. Sie war William Warden schon in jungen Jahren versprochen worden, die Familien waren seit Generationen befreundet und heirateten gegenseitig. So war das bei der Ostküstenelite. Dass seine Mutter Frank Williams geliebt hatte, interessierte keinen. Frank war ein Möchtegern, wollte groß herauskommen und man hatte ihm unterstellt, dass er mit Hilfe der jungen und hübschen Mildred Fletcher seine Ziele erreichen wollte.

Er hat es auch ohne Mom geschafft, ging Ben durch den Kopf. Frank ist ein Arbeitstier und ein gerissener

Geschäftsmann. Bald ist er reicher gewesen als die Familie meiner Mutter und meines Vaters zusammen. Ob Großvater sich manchmal geärgert hat, weil er Mom nicht ihren Willen gelassen hat?

»Ben? Bist du noch da?«

»Ja, ja natürlich. Entschuldige, habe mich etwas in Träumereien verloren. Nein, im Gegenteil. Es ist der neue Trainer aus eurem Fitnessstudio, von dem alle Ladys so schwärmen«, hatte er verächtlich erklärt.

Ein erfrischendes Lachen erklang in seinen Ohren. »Na, da wird sie ganz schnell wieder angekrochen gekommen. Der hat es auch bei mir probiert. Mehr als ein kurzes Abenteuer war er mir allerdings nicht wert. War mir zu süß, zu schmeichelnd. Außerdem taugte er als Liebhaber nicht viel. Der will nur ihr Geld.«

»Davon gehe ich aus. Sie hat mir schon verkündet, dass sie die Hälfte meines Vermögens möchte.«

»Und?«

»Keinen Cent mehr als notwendig bekommt sie. Und das nur wegen Lilly.«

»Na ja, vielleicht findet sie andere Sponsoren«, hatte sie gehässig gemeint.

»Wie sieht es aus? Lust auf einen Besuch bei mir?«

»Natürlich. Schließlich war ich bis jetzt nie in deinem Heiligtum. Kannst schon mal den Champagner kalt stellen.«

Er freute sich auf sie. Auch, dass er sie in seinem Haus empfangen würde. Noch nie hatte er Damenbesuch in seinem komfortablen Heim, aus Rücksicht auf Caroline, aber vor allem wegen Lilly. Er wusste, dass Caroline ihre Liebhaber in seinem Schlafzimmer empfing, das störte ihn allerdings nicht. Die Haushälterin hatte die Aufgabe, sein Bett jeden Abend frisch zu beziehen, kurz bevor er eintraf.

Es hatte nicht lange gedauert, und Deborah hatte an der Tür geläutet. Seinen Angestellten hatte er für diesen Abend frei gegeben, also öffnete er selbst. Sie war in einem Trenchcoat und High Heels im matten Schein der Gaslaterne von der Straße auf der mittleren der drei Stufen gestanden, die zu seinem eleganten Stadthaus führten. Er hatte sie hereingebeten, doch sie war stehen geblieben.

Überrascht hatte er aufgeblickt. Da hatte sie langsam den Gürtel ihres Trenchcoats geöffnet. Der war aufgeklafft. Und hatte eine hinreißende Frau in schwarzen Spitzen preisgegeben. Sie hatte die Reizwäsche getragen, die er ihr vor vier Jahren zu seinem Geburtstag geschenkt hatte, mit dem Wunsch, dass sie nur mit dieser Wäsche bekleidet in das Hotelzimmer nach New York zur intimen Feier kommen sollte.

Er hatte sie angelächelt. »Du hast es nicht vergessen.«

»Wie könnte ich«, hatte sie mit brüchiger Stimme geantwortet.

Ja, es war eine unvergessliche Nacht gewesen in New York. Fast hätte er sie damals gebeten zu bleiben, für immer. Aber wegen Lilly ...

Er hatte sie lange angeblickt, wie sie da im fahlen Licht stand und ihn herausfordernd anblickte. Doch da war noch etwas in ihrem Blick, das er nicht deuten konnte ...

So hatte er ihr die Hand entgegengestreckt, sie hatte ihre

sanft in seine gelegt. Zart hatten seine Lippen ihren Handrücken berührt. Danach war sie in die Vorhalle getreten und hatte wie unbeabsichtigt ihren Mantel fallen gelassen.

»Also, wo geht´s zur Bibliothek?«, hatte sie forsch, doch immer noch leicht brüchig, gefragt.

»Wenn die Dame mir folgen möchte«, hatte er eine Verbeugung angedeutet und war vorausgegangen.

Dann war sie in der Mitte seines Heiligtums gestanden, sanft beleuchtet von seiner Leselampe.

»Du siehst zum Anbeißen aus«, hatte er geflüstert. »

»Dann beiß an«, hatte sie zurück geflüstert.

Er wollte auf sie zutreten und sie stürmisch umarmen, da hatte er sich auf seine Gastgeberverpflichtungen besonnen und für beide Champagner eingeschenkt, der in einem silbernen Sektkühler bereit gestanden hatte.

»Auf dich!« Es hatte ihm viel bedeutet, dass sie gekommen war. Sie war so herrlich unkompliziert, ein Kumpeltyp, trotzdem extrem weiblich.

Sie hatte ihr Glas in einem Zug leer getrunken. War sie nervös?, hatte er überlegt. Er war es gewesen. Denn so nah waren sie sich noch nie. Es machte einen Unterschied, ob man eine Frau im Hotel oder bei sich zu Hause empfing. Und diese Frau, das spürte er, bedeutete ihm mehr als seine sonstigen Abenteuer.

In seinem Sessel zurückgelehnt sah er sie vor sich, wie sie sich zu seinen Füßen gesetzt und ihn mit ihren Lippen fast um den Verstand gebracht hatte. Wie damals Caroline. Als er noch jung und dumm war.

Aber nun war er nicht mehr so leicht zu beeindrucken, obwohl er zugeben musste, dass es mit Deborah ein wirklicher Genuss war. Sie verstand es, einen Mann zu verwöhnen. Er schätze ihre Hingabe und Leidenschaft.

Sollte er sie heute Abend erneut einladen? Das gestern war mehr als eine leidenschaftliche Nacht. Er hatte ihr sogar angeboten, in seinem Ehebett zu übernachten.

»In deinem Ehebett?«, hatte sie überrascht gefragt und ihn dabei eigentümlich schräg mit ihren grünen Augen angesehen. Doch die Einladung angenommen. Und so hatten sie sich noch öfter in dieser Nacht geliebt. In seinem Ehebett. Im Morgengrauen hatte sie sich verabschiedet. »Danke«, hatte sie nur geflüstert und dann war sie verschwunden.

Gestern hat ihn seine Frau verlassen, dachte er erneut belustigt, diesmal allerdings bereits leicht beschwipst.

Immer noch saß er mit dem Scotch-Glas in der Hand auf seinem Lieblingssessel in der Bibliothek. Lange hatte er nach diesem Sessel gesucht. Er hatte sich einen typisch englischen Bibliothekssessel eingebildet, der einen alten Ledergeruch an sich haften hatte und in dem man auch als großgewachsener Mann versinken konnte, wenn man seine Zigarre und seinen Scotch darin genoss. Er hatte ihn durch Zufall in London bei einer Auktion gefunden und sich nach Hause schicken lassen. Seine Frau war nicht begeistert gewesen, aber die Bibliothek betrat sie ohnedies so gut wie nie. Das war sein Rückzugsort. Und der Lillys.

Wie gern kam seine Tochter schon als kleines Mädchen zu ihm in die Bibliothek und ließ sich von ihm vorlesen. Als sie klein war, saß sie auf seinem Schoß, kuschelte sich vertrauensvoll an ihn. Je älter sie wurde und somit größer, kauerte sie sich auf den Boden und lehnte sich an seine Beine. Und er las ihr vor. In letzter Zeit diskutierten sie viel miteinander, denn sie war wie er politisch interessiert und was sich zur Zeit in Amerika abspielte, war zum Fürchten.

Hat es dieser Trump doch tatsächlich geschafft, zum Präsidentschaftskandidaten für die Republikaner aufgestellt zu werden, überlegte er schaudernd. Noch mehr grauste ihm vor den Gedanken, was Amerika, was der Welt mit einem *US-Präsidenten Donald Trump* bevorstand.

Viel mehr würde er *Hillary Clinton* den Sieg wünschen. Es wäre ein historischer Erfolg, eine Frau auf Amerikas Präsidentenstuhl. Dann würde er eine Zukunft für seine Tochter sehen. Bei Trump dagegen ... was konnten Frauen da erwarten? Wenn er nur an die marionettenhaften Puppen dachte, mit denen sich Trump umgab. Jetzt hatte Ehefrau Nummer drei den Fauxpas begangen, die fast wortwörtlich geklaute Rede der jetzigen *First Lady Michelle Obama* zu wiederholen, die diese vor acht Jahren auf dem Parteitag der Demokraten zur Nominierung ihres Mannes gehalten hatte.

In dem Moment hörte er die schwere Eingangstür ins Schloss fallen.

»Lilly«, rief er. Nichts rührte sich. Aber es konnte nur Lilly sein. Niemand sonst hatte einen Schlüssel. Caroline hatte ihren gestern lässig auf den antiken Tisch in der Vorhalle geworfen, wo die Briefe sortiert von der Haushälterin abgelegt wurden, als sie ihm verkündet hatte, sie werde ausziehen und »dieses Ding nicht mehr brauchen«.

»Lilly«, rief er erneut. Wieder nichts. Er erhob sich aus seinem Stuhl, leicht schwankend, auf nüchternen Magen spürte er den dritten Scotch.

Als er aus der Tür in die geräumige Vorhalle trat, stand dort Lilly. Wie immer machte sein Herz einen Freudensprung, wenn er seine Tochter sah. Sie war das einzig Gute, das dieser Ehe entsprungen war. Ohne sie hätte er Caroline schon vor Jahren verlassen. Sie erst gar nicht geheiratet. Denn nur ihrer Schwangerschaft mit Lilly hatte sie die Hochzeit zu verdanken.

Er hatte schnell herausgefunden, dass sie ihn nur benutzt hatte. Ein Sohn aus reichem Elternhaus, dem eine wunderbare Karriere als Anwalt bevorstand, schließlich hatte sein Vater bereits eine gut gehende Anwaltskanzlei mit mehreren Partnern. Sie hatte sich ins gemachte Nest gesetzt. Und ihm die Hölle bereitet. Ohne Lilly …

»Was ist los?«, fragte er erschrocken, als er ihr kreidebleiches Gesicht und ihre aufgerissenen Augen sah, aus denen die Tränen herausschossen.

»Lilly, Schatz, was ist geschehen?«, fragte er besorgt nach.

Laut schluchzte sie auf, dann lief sie an ihm vorbei in das obere Stockwerk. Nach kürzerster Zeit hörte er ihre Zimmertür krachend ins Schloss fallen. Nun war er beunruhigt. Das sah Lilly nicht ähnlich. Sie kam mit allen Problemen zu ihm, schüttete ihr Herz nie ihrer Mutter aus, denn die machte ihr stets aufs Neue klar, wie sehr sie es bereute, nicht abgetrieben zu haben. Das hatte Lilly und ihn nur noch enger zusammengeschweißt.

Er schritt die Treppe in den oberen Stock hinauf, sich festhaltend an dem Geländer. Er hätte dem Scotch nicht so zusprechen sollen, schalt er sich aus. Was wird Lilly von mir denken, wenn sie merkt, dass ich zuviel getrunken habe? Er riss sich zusammen, wenn Lilly zu Hause war. Aber seit sie am Campus wohnte und nur gelegentlich ins elterliche Nest zurückkam …

Warum ist sie heute vorbei gekommen? Was bewegte sie so sehr, dass sie nach Hause gefahren ist?, überlegte er fieberhaft. Gott sei Dank war sie gestern Abend nicht herein geschneit, als er mit Deborah … wäre das peinlich gewesen!

»Lilly«, rief er eindringlich, als er an ihre Tür klopfte. »Lilly, komm, mach auf. Erzähl mir, was dich bedrückt.«

Keine Reaktion. Nur lautes Schluchzen.

»Lilly«, rief er erneut und klopfte heftiger.

»Geh weg«, schrie sie hysterisch.

»Aber Lilly, was ist nur los mit dir? Warum willst du nicht mit mir sprechen?«, fragte er verzweifelt.

»Frag Mom«, schluchzte sie nur.

Caroline?, dachte er verblüfft. Was hatte die damit zu tun?

»Hat sie dir von unserer Trennung erzählt?«, wollte er besorgt wissen. Das würde Caroline ähnlich sehen, Lilly die Schuld in die Schuhe zu schieben.

»Nein, noch etwas viel Schlimmeres«, brach es aus ihr heraus.

Sein Herz krampfte sich zusammen. Was hatte sie ihrer Tochter jetzt wieder angetan?

»Lilly, sag schon, was ist es«, drang er nun heftiger in sie.

»Nein, ich kann nicht«, und das Schluchzen wurde verzweifelter.

Mittlerweile war er nüchtern. Die Sorgen um Lilly brachten ihm den klaren Kopf zurück.

Ich muss Caroline anrufen, vielleicht kann sie mir sagen, was hier vorgefallen ist, überlegte er bestürzt. Falls sie mir überhaupt die Gnade erweist, mit mir zu reden, dachte er sarkastisch, während er in die Küche hinabstieg.

Dort ließ er sich einen starken Espresso durch seine Luxuskaffeemaschine laufen. Caroline war immens stolz auf diese *Rocket R58* aus Stahl. Ihre Freundinnen kamen nur wegen des Kaffees ständig auf einen Schwatz. Wahrscheinlich auch ihre zahlreichen Liebhaber, dachte er spöttisch. Wobei, damit tat er Caroline unrecht. Wenn sie etwas konnte, dann Männer glücklich machen. Allerdings nur, wenn sie Lust verspürte oder es ihren Zwecken dienlich war.

Sie hatte eine unheimliche Gabe, einen Mann mit der Zunge zu verwöhnen, sodass er davon abhängig werden konnte. Er war als junger Student so gierig danach gewesen, dass er schon während der Vorlesung nur ihren Mund beobachten konnte, wenn sie kokett mit Dr. Sommersby flirtete und er wusste, wenn er sie nach der Uni in seinem schicken Cabriolet mitnahm …

Es war atemberaubend gewesen, mit offenem Verdeck über die Landstraße zu fahren, auf Carolines blonden Hinterkopf zu blicken, die ihren Kopf in seinem nackten Schoß vergraben hatte. Er musste das Lenkrad jedes Mal fest umklammern, um nicht in den Straßengraben zu lenken bei den himmlischen Genüssen, die sie ihm bereitet hatte.

Allerdings war es nach der Heirat damit vorbei. Zuerst hatte sie ihre Schwangerschaft als Vorwand genommen, dann postpartale Depression und schließlich ... Vorbei ist vorbei. Und er wäre nie in diese Ehe geschlittert, wäre er nicht so dumm gewesen. So gierig nach dieser Frau. Immer hatte er ein Kondom verwendet. Nur einmal nicht.

Gut konnte er sich noch an die Situation erinnern. Es war nach einer dieser ewig langen Vorlesungen bei Dr. Sommersby, die nur deshalb interessant waren, weil der Professor Caroline dabei ständig in ihr ausgesprochen einladendes Dekolleté gestarrt hatte und sich alle Studenten lustig darüber machten. Einige waren überzeugt, dass die beiden ein Verhältnis hatten. Sommersby war damals so alt wie er heute. Vierundvierzig Jahre, gut verheiratet und ein Ehrenmann. Außerdem Vater von zwei kleinen Söhnen. Ließ sich zwar von Caroline reizen, aber mehr war da nicht. Ein Mann mittleren Alters und eine Studentin. Er hatte alle ausgelacht, wusste er doch, dass Caroline mit ihm ins Bett ging und nicht mit Dr. Sommersby.

Jedenfalls waren sie auf der Landstraße dahingefahren, sie hatte ihn mit ihrem Mund in Ekstase versetzt und dabei um einen klaren Kopf gebracht. Er dachte daran, wie sie ihre Zunge nur leicht über seine Spitze hatte gleiten lassen, bevor diese in ihrem Mund verschwunden war. Dachte an ihre saugenden Lippen und den kecken Blick, dem sie ihm zwischendurch zugeworfen hatte. Er war ihr verfallen gewesen. Gänzlich.

Zwar hatte er bereits mit einigen Kommilitoninnen Sex praktiziert, doch keine hatte es ihm je mit dem Mund besorgt. Caroline war einzigartig. Er hatte sich glücklich geschätzt, dass sie mit ihm geschlafen hatte. Er hatte keine ernsten Absichten gehegt, dazu war sie ihm zu vulgär. Vor allem zu wenig intellektuell. Er hatte damals schon nicht verstanden, was sie in *Harvard* eigentlich gewollt hatte. Wie war sie nur zu ihrem Stipendium gekommen? An der außergewöhnlichen intellektuellen Begabung konnte es nicht gelegen sein ... Aber was interessierte es ihn? Er hatte nur eines im Sinn: Sie zu vögeln. Nicht mehr. Und sie war willig gewesen.

Wieder kam ihm das Bild von der Cabrioletfahrt in den Kopf. Kurz vor seinem Höhepunkt hatte sie ihren Mund zurückgezogen, sich aufgerichtet und bestimmt gesagt: »Fahr rechts ran!«

Er hatte gehorcht. Kaum waren sie am Straßenrand gestanden, hatte sie sich über seinen Schoß geschwungen. Sie hatte wie stets keinen Slip getragen, was ihn noch mehr gereizt hatte.

»Nein Caroline, nicht ohne Schutz«, hatte er trotz der Lust, die er empfunden hatte, heiser gebeten.

»Psst«, hatte sie nur geantwortet und begonnen, auf ihm zu reiten. Ihre vollen roten Lippen leckend. Durch halb geschlossene Augenlider hatte sie lasziv auf ihn geblickt, ihre Hände auf seine Schultern gelegt und sich dort abgestützt, während sie sich gemächlich gehoben und gesenkt hatte. Jedes Mal, wenn sie ihren Körper in seinen Schoß gepresst hatte, war ihr ein leises Stöhnen entkommen und sie hatte sich auf die roten Lippen gebissen. Das alleine hatte ihn verrückt gemacht. Und ihr üppiger Busen, der ohne Büstenhalter aus der dünnen Bluse gedrängt hatte.

So hatte er sich nicht beherrschen können. Er wusste, dass er kurzzeitig überlegt hatte, sich ein Kondom überzuziehen, die Lust aber stärker gewesen war und er gedacht hatte, was wird das eine Mal ohne Schutz schon ausmachen. So hatte er seine Männlichkeit in ihr versprüht, mit Stolz, dass sein Samen sich in dieser wundervollen Frau verbreiten konnte.

Sechs Wochen darauf hatte sie ihm mitgeteilt, dass sie schwanger war. Drei Monate danach hatten sie geheiratet, knapp sieben Monate später kam Lilly. Zart, denn sie war einige Zeit vor dem errechneten Termin. Er hatte gedacht, dass Lilly früher aus ihrer Mutter schlüpfen wollte, weil diese während dem Endstadium der Schwangerschaft nur mehr gestöhnt hatte, wie schrecklich sie sich fühlte. Wie ein Walross. Dabei wusste er genau, dass sie bereits zu dieser Zeit mit ihren Affären begonnen hatte. Es gab Männer, die auf Walrosse standen. So hatte sie sich einmal ausgedrückt.

Hastig trank er den heißen Espresso, verbrannte sich fast den Gaumen, wollte aber so schnell als möglich einen klaren Kopf. Dann wählte er Carolines Handy-Nummer.

»Was willst du?«, fragte sie gereizt.

»Was hast du Lilly angetan?«

Ein befriedigendes Auflachen auf ihrer Seite. »Hat sie es dir erzählt?«, fragte sie schadenfroh.

»Nein, sie wollte mir nichts sagen. Ich solle dich fragen«, antwortete er aufgebracht.

»Will dein Schätzchen dir nicht erzählen, was ihre liebe Mommy ihr gerade gebeichtet hat?«

Es troff vor Verachtung aus dem Telefonhörer. Warum nur hasste sie Lilly so sehr? Ein so liebreizendes Geschöpf, von der man nicht glauben konnte, dass sie von dieser Mutter stammte. Wobei Caroline in der Öffentlichkeit stets die hingebungsvolle Ehefrau und Mutter gespielt hatte, somit hatte nie jemand seine Klagen ernst genommen. Sah man Caroline auf einer Party an seiner Seite, war man überzeugt, das perfekte Paar vor sich zu haben. Waren sie alleine zu Hause, warf sie nicht nur mit bösen Worten um sich, sondern auch mit Geschirr, Möbeln und Ähnlichem.

Sein Wunsch war all die Jahre gewesen, Lilly zu beschützen, deshalb hatte er Caroline nicht verlassen. Wer weiß, was sie Lilly angetan hätte. So bildeten er und Lilly eine verschworene Gemeinschaft gegen Frau und Mutter. Natürlich fühlte sich Caroline ausgeschlossen, doch daran war sie selbst schuld.

Sie gab Lilly nicht einmal das Mindestmaß an mütterliche Liebe, ihm verweigerte sie den ehelichen Beischlaf. Den holte er sich zwischendurch mit Gewalt. Worauf er nicht stolz war, ihn dafür am Morgen in den Spiegel schauen ließ, weil er sich zur Wehr gesetzt hatte. Zumindest empfand er es so, obwohl es bei Tageslicht besehen lächerlich war, wie er sich verhielt.

Wenn sie es mit ihrer Zankerei wieder einmal auf den Höhepunkt getrieben hatte, fesselte er ihre Arme und Beinen an die Bettpfosten, während sie schlief.

Begehrte sie wütend auf, steckte er ihr einen Seidenschal in den Mund, damit sie Lilly mit dem Geschrei nicht weckte. Dann nahm er sie. Grob. Vermied es tunlichst, seinen Samen in ihr zu verteilen. Denn ein weiteres Kind wollte er unter allen Umständen vermeiden. Sondern entleerte sich über ihrem Gesicht. Und erfreute sich diebisch an ihrem Ekel ausdrückendem Gesichtsausdruck.

Komischerweise sprach sie diese nächtlichen Übergriffe nie an. Im Gegenteil. Sie war danach tagelang wesentlicher leidlicher und vertrug sich sogar mit Lilly. Seit einigen Jahren hatte er allerdings absolut keine Lust mehr auf sie verspürt. Er fühlte ausschließlich Verachtung. Pure Verachtung.

Vergnügte sich lieber mit den Ehefrauen von Klienten. Die waren ihm dankbar für seine Hingabe. Er holte sich seine körperliche Befriedigung, aber befriedigt von den Abenteuern war er nicht. Er sehnte sich nach wirklicher Liebe. Echter Liebe mit einer Frau wie Lilly, die warmherzig, klug und hübsch sein und außerdem über einen brillanten Verstand verfügen sollte. Eine Frau, die zu ihm stand und nicht auf seinen Status als angesehener Anwalt und Spross einer der ältesten Familien Amerikas aus war.

Lilly könnte einmal in seine Fußstapfen treten, auch was die politischen Ambitionen anbelangte. Er konnte seine Kandidatur zum Senator von Massachusetts nicht mehr bekannt geben, doch vielleicht konnte er Lilly in einigen Jahren unterstützen?

Wir prüden Amis, dachte er amüsiert. Amerikaner akzeptieren in der Politik keine gescheiterten Ehen oder Ehebrecher. Offiziell muss in diesem Land alles sauber sein. Obwohl jeder wusste, dass so mancher Politiker seinen Schwanz nicht in der Hose behalten konnte. Macht zog Frauen magisch an, und welcher Mann konnte weiblichem Charme schon widerstehen? Er konnte es damals nicht. Und verdiente jetzt dieses Leben. Er wollte Caroline ausnutzen. Doch sie hatte den Spieß umgedreht. Er seufzte auf.

Ein böses Lachen aus dem Telefon.»Also gut, ich erlöse dich. Ich hab deinem Schätzchen erzählt, dass du nicht ihr Daddy bist.«

Eine lange Pause trat ein.»Wie bitte?«, presste er endlich hervor.

»Du hast richtig gehört. Du bist nicht Lillys Vater. Jetzt kannst du deinen Gefühlen für Lilly endlich ihren Lauf lassen«, spie sie gehässig hervor.

»Was willst du damit sagen?«, fragte er betroffen nach.

»Na, du liebst sie ja schon eine ganze Weile«, keifte sie.

»Was erlaubst du dir. Ja, ich liebe sie. Als Vater. Du weißt genau, dass ich ihr nie mehr als väterliche Gefühle entgegengebracht habe«, erwiderte er entrüstet.

»Ja, ja, ich weiß mein Moralapostel. Nichtsdestotrotz liebst du sie. Aber mir ist es sowieso einerlei. Ich will von euch beiden meine Ruhe. Deshalb hab ich Lilly heute die Wahrheit gesagt. Sie ist erwachsen und muss sich ihren Dämonen stellen. Und du deinen«, kam es erneut gehässig.

»Wer ist ihr Vater?«, fragte er kühl.

»Dr. Sommersby«, antwortete sie ebenso kühl.

Nein, dieser Schlag in die Magengrube. Sie hatte also doch was mit Sommersby, der sie noch dazu geschwängert hatte. Und ihm hatte sie es angehängt. Deshalb dieser Ritt damals am Straßenrand. Schön langsam ging ihm ein Licht auf. Was für ein abgefeimtes Luder.

»Da staunst du, was? Alle wussten, dass ich ein Verhältnis

mit dem guten Professor hatte, nur du nicht. Er konnte nicht zu dem Kind stehen, das hätte ihn seine Karriere gekostet. Also haben wir dich als Daddy auserwählt. War doch optimal, oder?«, grinste sie hämisch.

»Hast du Lilly erzählt, dass ihr vergötterter Professor ihr Vater ist?« Denn zu allem Überfluss studierte seine Tochter – nein, Carolines Tochter – an derselben Universität wie sie beide damals.

Wie hatte sie sich gefreut, als sie die Zulassung erhielt, denn nur zwischen fünf und sechs Prozent der Bewerber wurden jährlich akzeptiert. Die Vorfahren seiner Familie waren an der Gründung der *Harvard University* in Cambridge auf der Nordseite des Charles Rivers, gegenüber von Boston, beteiligt. Die Eliteeuniversität war die älteste des Landes und wurde im Jahr 1636 vom *General Court* der *Massachussetts Bay Colony* ins Leben gerufen. Seinen Namen erhielt die Universität von dem puritanischen Theologen *John Harvard*, der 1638 sein Vermögen dem College vermacht hatte. Seit mehr als dreieinhalb Jahrhunderten wurde an den mittlerweile zehn verschiedenen Fakultäten gelehrt und geforscht. Hier erhielt Amerikas akademische, wirtschaftliche und politische Elite ihren letzten Schliff. Acht ihrer Präsidenten, von *John Adams* bis *Barack Obama*, studierten hier, über vierzig Nobelpreisträger forschten an dieser Universität. Und selbst diejenigen, die ihr Studium nicht in Harvard beendeten, waren erfolgreich – wie *Bill Gates*, der hier ebenfalls einmal inskribiert war. Wie sagte der ehemalige »Außenminister« von Harvard, *Richard Hunt*, so schön: ›*Aus eckigen Charakteren runde Klassen bilden, das ist eine unserer Maximen.*‹

Es war Familientradition, in der dortigen *School of Law* den Abschluss zu machen. Es war nicht selbstverständlich, aufgenommen zu werden, auch wenn man über eine einflussreiche Familie verfügte und einen ausgezeichneten Notendurchschnitt aufweisen konnte. Vielmehr zählten bei der Auswahl der Studenten auch Eigenschaften wie Führungsqualitäten, Charakterstärke, soziales Engagement, intellektuelle Neugier, Integrität und Reife. Dr. Sommersby unterrichtete nach wie vor englisches Recht und war Lillys absoluter Favorit. Er sei immer so nett zu ihr, so zuvorkommend, behandle sie wie eine Tochter, schwärmte sie jedes Mal von ihm. Kein Wunder!

»Nein, das überlass ich dir. Kannst ja besser mit ihr umgehen. Sie vertraut ihrem Daddy«, grinste sie erneut hämisch. »Übrigens, ich hab dir grad eine Mail mit meiner neuen Kontonummer und Adresse geschickt. Dahin kannst du deine Unterhaltszahlungen an mich in Zukunft überweisen«, und legte auf.

Du wirst dich wundern, da wird nichts eintreffen, freute er sich schon diebisch auf ihr enttäuschtes Gesicht, wenn keine Zahlungen erfolgen würden. Sie hatte seine Karriere mit der Trennung ohnedies bereits zerstört, was machte es noch aus, wenn er die Zahlungen verweigerte und sie in der Öffentlichkeit Schmutzwäsche wusch? Bei dem, was sie ihm und Lilly angetan hatte, verdiente sie es nicht besser. Ihm wurde übel, wenn er an die Pressekampagne dachte, die diese Eröffnung nach sich ziehen würde. Aber jetzt musste er sich um Lilly kümmern.

Schweren Herzens stieg er die Treppe zu ihrem Zimmer

hinauf. Ihr Weinen war leiser geworden. Wie nur sollte er ihr begegnen? Sie war eine junge, attraktive Frau. Vor ein paar Tagen hatte sie sich noch vertrauensvoll an ihn geschmiegt. »Daddy«, hatte sie gesagt, »warum können die Jungs nicht so sein wie du? Diese albernen Sprüche, ihr dummes Gehabe. Glauben die wirklich, sie können ein Mädchen damit beeindrucken?«

Er wusste, dass sie keinen festen Freund hatte, nur flüchtige Bekanntschaften oder Studienfreunde, mit denen sie hin und wieder ausging. Wenn er sie fragte, wie das Date verlaufen war, kam stets die gleiche Antwort.

»Langweilig. Sie wollten nur mit mir ins Bett. Und ihre Anmachsprüche waren nicht einmal originell. Unterhalten kann man sich ebenfalls über nichts. Außer ihren Smartphones und den diversen Apps darauf haben sie nichts im Sinn. Was soll ich mit so einem anfangen?«

Ja, er hatte seine Tochter – hatte Lilly zu einem interessierten Menschen erzogen. Von klein auf hatte er mit ihr über Politik diskutiert.

Zuerst über die, die sie unmittelbar betraf, wie ihren Kindergarten oder die *Primary School*. Später, als sie die *High School* besuchte, haben sie über Massachusetts und die Zustände in ihrem Umkreis gesprochen. Die Themen ständig erweitert, bis sie über die Welt im allgemein zu diskutieren anfingen. Lilly war klug, studierte neben Jura noch Politikwissenschaften in Harvard, weil sie in seine Fußstapfen treten wollte. Wie sie das jetzt wohl sah?

Siedendheiß fiel ihm ein, dass sie auch mit einem der Söhne von Sommersby aus gewesen war. Hoffentlich war da nicht mehr passiert als ein schüchterner Wangenkuss. Wie konnte Sommersby das zulassen? Er wusste doch Bescheid ... was nur ging in dem Mann vor?

Ben stand vor Lillys Tür. Sein Herz klopfte laut. Hatte Caroline recht, dass er nicht nur väterliche Gefühle für Lilly empfand? Blödsinn, schimpfte er. Das ist wieder einmal nur einer ihrer gehässigen Sprüche, um Unruhe zu schüren. Trotzdem war ihm mulmig zumute, wenn er daran dachte, dass er einem jungen, aufgelösten Mädchen gegenüber trat, das wusste, dass er nicht sein Vater war. Diese unbeschwerte Vertrautheit wird wohl vorbei sein, überlegte er bekümmert.

»Lilly«, flüsterte er mit einem Kloß im Hals. Er räusperte sich. »Lilly«, versuchte er es erneut und klopfte an ihre Tür.

»Es ist offen«, erklang ihre sonst so fröhliche Stimme tief bekümmert. Er trat ein. Seine wunderhübsche Tochter – Lilly saß auf dem Bett, völlig aufgelöst, das dunkelblonde, normalerweise seidig glänzende Haar hing ihr wirr und nass um den Kopf. Tränen schimmerten nicht nur in ihren wasserblauen Augen, die je nach Stimmung extrem hell oder sehr dunkelgründig sein konnten, sondern liefen ihr nach wie vor über ihr zartes Gesicht.

Sie blickte scheu zu ihm auf. Der Blick tat ihm weh. Und die Gewissheit stellte sich ein, dass es mit der väterlichen Vertrautheit vorbei war. Es würde nie wieder so sein wie früher. Sie müssen sich erst eine neue Basis erarbeiten, dachte er traurig. Lilly blickte ihn an wie einen Fremden.

»Sie hat es dir gesagt, ja?«, flüsterte sie kaum hörbar.

Er nickte nur.

»Wie konnte sie uns das antun? Uns so hassen?«, presste

sie verzweifelt hervor.

»Ich habe keine Ahnung«, konnte er nur bekümmert antworten.

»Hast du nie etwas geahnt? Oder vermutet?« Ihr verzweifelter Blick schnürte ihm die Kehle zu, also schüttelte er nur den Kopf.

»Nein«, sagte er schließlich mit fester Stimme. »Nein. Ich bin überhaupt nie auf die Idee gekommen, dass sie mir ein Kind unterschieben könnte. Ich habe ein einziges Mal mit ihr ohne Kondom geschlafen. Und da konnte es ohne Weiteres passiert sein. Heute weiß ich, dass dieses eine Mal ein ausgeklügeltes Spiel von ihr war, um mir die Vaterschaft anzuhängen. Du weißt ja, wie ich erzogen worden bin. Mir kam so etwas Ungeheuerliches nicht in den Sinn, obwohl ich als Anwalt doch einiges gewöhnt sein müsste«, schüttelte er resigniert den Kopf.

Wie oft erfuhr er die haarsträubendsten Geschichten über seine Klienten, aber das so etwas ihm passieren könnte, dem Sohn aus gutem Hause, der seine Verwandtschaft bis auf die *Pilgrim Fathers* zurückverfolgen konnte? Wie konnte er so dumm sein und sich von einem Mund, der es verstand, Männer um ihren Verstand zu bringen, um seinen bringen zu lassen?

Er setzte sich zu Lilly aufs Bett, legte vorsichtig einen Arm um ihre Schultern. Sie zuckte zurück. Verlegen nahm er den Arm weg. »Entschuldige, ich wollte dich nur trösten«, sagte er bekümmert.

»Ich weiß«, flüsterte sie kaum hörbar.

Ihr Blick dabei ging ihm durch und durch, dann senkte sie ihre Augen auf den Boden. So saßen sie eine Weile. Beide mit gesenkten Augen, Händen, die auf ihren Knien ruhten und lauschten ihren Gedanken, die sie sich nicht auszusprechen getrauten.

Er spürte eine eigentümliche Unruhe in sich aufkommen. Ein Gefühl, das vom Magen her kommend durch seinen Körper zog. Fahrig fuhr er mit den Händen über sein Gesicht, als wollte er die aufkommenden Empfindungen und Gedankengänge verscheuchen. Nein, das war zu verrückt. Er wird doch nicht ... Unruhig schaute er auf Lilly. Die hatte ihr Gesicht gehoben und blickte ihn geradeheraus an. In ihre blauen Augen hatte sich ein Lächeln geschoben.

»Es ... es tut mir so leid, Lilly«, stotterte er verlegen.

»Mir nicht«, antwortete sie bestimmt.

Verwundert sah er sie an. »Wie ... was ...«, konnte er nur stammeln.

»Es tut mir nicht leid, dass du nicht mein Vater bist. Im Gegenteil. Ich bin froh darüber. Viel zu lange schon hadere ich mit dem Schicksal, dass ich dich nicht lieben darf wie einen Mann, weil du mein Vater bist. Seit ich denken kann, wünsche ich mir einen Mann wie dich. In all den Jungs, mit denen ich aus war, habe ich nur dich gesucht. Ich liebe dich, Ben Warden. Und nun darf ich es auch laut und deutlich sagen, ohne mich eines Vergehens schuldig zu machen«, strahlte sie ihn an.

Überrascht über dieses Geständnis blickte er auf sie. Und wusste in dem Moment, was seine Gefühle, die in seinem

Körper tobten, bedeuteten. »Lilly«, brachte er nur brüchig hervor.

Da umarmte sie ihn bereits stürmisch und küsste ihn leidenschaftlich. Ohne Scheu drängte sie ihren schlanken Körper an seinen. Er konnte ihre kleinen festen Brüste spüren und registrierte mit Unbehagen, wie sich bei ihm mehr regte.

»Lilly, lass uns nichts überstürzen«, versuchte er, die Situation zu beruhigen. Was, wenn das nur eine Trotzreaktion auf die Eröffnung ihrer Mutter war, um sich an Caroline zu rächen, und sie es später bereuen würde?

»Warum?«, entgegnete sie leichthin. »Ich weiß, dass du dasselbe für mich empfindest. Warum also nicht dem Gefühl nachgeben?« Ihre großen, nun sehr dunklen Augen, blickten erwartungsvoll in sein Gesicht.

Er strich über ihre Wange, hob ihr Gesicht mit einem Finger unter ihrem Kinn zu sich. »Bist du dir sicher?«, fragte er eindringlich.

»Ja«, flüsterte sie. »Ich bin mir sicher. Ich liebe dich. Und ich habe mich für dich aufgehoben. Öfter schon dachte ich, ich will es mal probieren. Wollte wissen, wie es ist, wenn man zur Frau gemacht wird. Aber immer hielt mich etwas davon ab. Ich wollte es mit dem Mann das erste Mal tun, den ich wirklich liebe. Und das bist du.« Ihr offenes Gesicht, das zugleich so verletzlich wirkte, rührte ihn. Sie hatte noch mit keinem Mann ...

»Du meinst ... du bist ...«, stotterte er erneut.

»Ja, ich bin noch Jungfrau. Hoffentlich nicht mehr lange«, lachte sie befreit. Erfreut registrierte er eine neue Vertrautheit zwischen ihnen, die Vertrautheit der Liebe.

Gleichzeitig war er froh, dass seine Befürchtungen nicht zutrafen, sie hätte mit Jeff Sommersby ...

»Nein, diesen Status wirst du bald verlieren«, und er senkte seine Lippen auf ihre, die sie ihm ungeduldig entgegengestreckt hatte. Zärtlich zuerst küsste er sie, strich durch ihr langes Haar, wickelte eine Strähne um seinen linken Zeigefinger.

Als er ihre Lippen frei gab, murmelte sie in seinen Mund. »Ich liebe dich, Ben«, und wie selbstverständlich sprach sie seinen Vornamen aus.

Bisher war er stets ihr »Daddy« gewesen, sie fand es lächerlich, wenn ihre Freundinnen ihre Väter beim Vornamen nannten. Aber nun ... Sie hat die Situation wesentlich besser im Griff als ich, dachte er verwundert. Sie war die Starke und Mutige, er war unsicher und nervös. Weil sie um so vieles jünger war oder er sie noch als seine Tochter betrachtete?

Da stand sie auf und zog ungeniert ihr Kleid aus. Sie trug keine Spitzenunterwäsche wie gestern Deborah, doch ihr Körper reizte ihn bedeutend mehr. Ein gertenschlankes Mädchen, mit fraulichen Rundungen, stand vor ihm und blickte ihn erwartungsvoll an.

»Was ist?«, flüsterte sie, denn er starrte sie nur an. Nie hätte er gedacht, dass er dieses liebreizende Geschöpf einmal als Mann betrachten würde. Er streckte ihr die Hand entgegen, sie nahm diese und er zog sie auf seinen Schoß. Er strich mit beiden Händen über ihren Rücken, öffnete den Verschluss ihres Büstenhalters. Der fiel von selbst in ihren Schoß. Er beugte sich zu ihr, küsste zärtlich zuerst die eine, dann die andere Brustwarze. Sie stöhnte auf. Und begann, seine Hemdknöpfe zu öffnen. Fuhr mit ihrer Nase seinen Hals entlang, schmiegte ihren Kopf an seine behaarte Brust.

Verzückt gurrte sie, als sie ihren nackten Oberkörper an seinen drängte. Er küsste ihren Haaransatz, da hob sie ihren Kopf und sie fielen in einen leidenschaftlichen Kuss.

Nach Luft schnappend sprang sie von seinem Schoß, zog dicht vor ihm stehend ihren Slip über die Hüften. Ihm blieb fast der Atem stehen, als sie wie Gott sie schuf vor ihm stand. »Du bist wunderschön«, flüsterte er, riss sich sein Hemd vom Körper und schlüpfte aus seiner Hose.

Erneut streckte er seine Hand nach ihr aus. Vertrauensvoll legte sie ihre in seine und er zog sie in ihr Jungmädchenbett. Sie hatten zwar vorgehabt, ihr Jungmädchenzimmer zu renovieren, aber Lilly hatte abgelehnt. Lachend hatte sie gemeint, sie wolle es so belassen, das erinnere sie an ihre Kindheit und seine Märchenerzählungen. Nun würde er sie in diesem Bett lieben. Und ihr nie mehr Märchen erzählen.

Da lag sie nun unter ihm. Nackt. Seine Tochter. Nein, Carolines Tochter. Seine geliebte Lilly. Caroline hatte recht, er liebte sie. Nicht wie eine Tochter, sondern wie eine Frau. Und das schon eine Weile, als hätte er gespürt, dass ihn mit Lilly mehr verband als väterliche Liebe.

»Bist du bereit?«, flüsterte er rau.

»Ja«, nickte sie zusätzlich bekräftigend mit dem Kopf. »Ja, ich bin bereit. Für dich«, hauchte sie mit einem verzückten Lächeln auf den Lippen.

»Lilly, du bist wunderschön. Du hast keine Ahnung, wie glücklich du mich machst«, und er drang langsam und gefühlvoll in sie ein. »Ich werde dich jetzt zur Frau machen.

Zu meiner Frau«, und küsste die Glückstränen weg, die über ihre Wangen kullerten. Übersah dabei die Frau, die in der Tür stand und hasserfüllt auf das Treiben vor ihr blickte. Und diese Frau dachte nur mehr eins: Ich werde dich vernichten, Ben Warden!

Er spürte den leichten Widerstand, den Lillys Jungfernhäutchen verursachte und war stolz, dass er es sein durfte, der sie entjungferte. Zärtlich liebte er sie und war glücklich, als er ihr Aufbäumen in dem Moment seiner höchsten Befriedigung spürte. Liebevoll raunte er: »Ich liebe dich Lilly, wie ich noch keine Frau vor dir geliebt habe.«

Ihre Antwort war ein lustvoller Aufschrei, indem der Knall der zuschlagenden Eingangstür unterging.

»Hätte das nicht bis zum Morgen warten können? Leichen laufen nicht davon«, maulte Detective Johnson vor sich hin, als sie in der Dunkelheit über den geschichtsträchtigen Campus der Harvard Universität zwischen den unscheinbaren Backsteinhäusern in Richtung der Harvard School of Law stapften. »Ich hatte grad eine heiße Blondine an der Bar aufgetan.«

Ein missbilligender Blick von seinem Kollegen Monroe traf ihn. »Und du denkst, diesmal hätte es geklappt?«, fragte dieser zynisch.

Beleidigt wandte sich Johnson an den am Eingang stehenden Polizisten. »Was steht an?«

»Ein Jura-Professor, Dr. Rufus Sommersby, wurde in seinem Büro vom Wachdienst tot aufgefunden. Zweiter Stock links, Zimmer 215.«

Die Detectives schritten über die Treppe in den zweiten Stock. Das Büro war leicht zu finden, am Gang wimmelte es von Polizisten. Im Büro des Opfers war die Spurensicherung am Werk. Die Gerichtsmedizinerin beugte sich über den Toten am Boden.

»Hallo Doc, keine bessere Beschäftigung für eine so schöne Nacht gefunden?«, fragte Johnson anzüglich und zwinkerte Monroe zu. Der drehte seine Augen über und dachte nur ›Idiot.‹

Mary Brighton, deren üppige Figur von Johnson mit den Augen verschlungen wurde, antwortete kurz angebunden, dass sie soeben eingetroffen und noch dabei sei, sich einen Überblick zu verschaffen. Die Detectives schauten sich um.

Ein älterer Mann mit weißen, kurzen Haaren in dunklem Anzug lag auf dem Rücken, die Krawatte leicht gelockert. Die Augen erstaunt aufgerissen, so, als könnte er nicht glauben, was mit ihm passierte. Neben ihm lag eine Schere mit rotem Griff.

Die Gerichtsmedizinerin richtete sich auf. »Eine Einstichwunde am Rücken. Scheint ihm mit der Schere beigebracht worden zu sein.«

»Scheint?«, hakte Monroe nach.

»Ja, scheint. Genaueres kann ich erst nach der Obduktion sagen, aber ich sehe im Moment kein anderes Werkzeug, das ihm diese Wunde am Rücken zugefügt haben könnte.« Dabei drehte sie den Toten so, dass die Einstichwunde mit dem verkrusteten Blut sichtbar wurde.

»Müsste dann die Schere nicht in seinem Rücken stecken?«, fragte Monroe zweifelnd nach.

»Außer, jemand hat sie ihm nach dem Tod herausgezogen. So sieht es im Moment aus«, antwortete sie knapp.

»Todeszeit?«, wollte Johnson wissen.

»Nicht so lange her. Höchstens vier bis sechs Stunden. Also zwischen zwanzig und zweiundzwanzig Uhr gestern Abend.«

»Sonst noch was Relevantes für uns, Doc?«

»Nein, im Moment nicht. Mehr nach der Obduktion. Wie immer«, fügte sie sarkastisch an.

Johnson drehte sich schmollend um, da fiel sein Blick auf einen glänzenden Gegenstand neben dem Kopf des Toten.

»Was haben wir denn hier?«, überlegte er laut und hob einen goldenen Füller vom Boden auf. »Vom Opfer?«, wandte er sich an die Gerichtsmedizinerin.

Diese schüttelte den Kopf. »Keine Ahnung. Er lag direkt neben dem Kopf des Toten, als ich eintraf.«

»Es sind Initialen eingeritzt. Wie hieß der Tote noch mal?«, blickte Johnson fragend auf seinen Kollegen.

»Dr. Rufus Sommersby.«

»Rufus, komischer Name. Aber dann scheint das nicht sein Füller zu sein. Hier sind die Initialen *B.F.W.* eingraviert und ein komisches Wappen«, und damit reichte er den Füller seinem Kollegen, nicht ohne ihn vorher in einen Plastiksack zur Beweissicherung zu stecken.

Monroe starrte auf die Initialen und sagte gedankenverloren: »Benjamin Franklin.«

Johnson lachte. »Also, wenn ich beim Geschichtsunterricht aufgepasst habe, ist der schon länger tot als der Typ hier, oder irre ich mich?«

»Idiot«, fuhr ihn Monroe an. »Wenn mich nicht alles täuscht, gehört dieser Füller Benjamin Franklin Warden, von seinen Freunden kurz *Ben* genannt«, fügte er gehässig hinzu.

»Du meinst *den* Warden?«, fragte Johnson ungläubig.

»Genau. *Den* Warden, der – darf man den Gerüchten glauben – für den Senatsposten unseres schönen Bundesstaates Massachusetts kandidieren möchte.«

Johnson pfiff durch die Zähne. »Bist du sicher?«

»Zu neunundneunzig Prozent«, und ein grimmiges Lächeln glitt über sein Gesicht. »Aber ich weiß, wen wir fragen können.«

»Na, am besten den Herrn persönlich«, meinte Johnson.

»Nein, wir befragen zuerst seine Sekretärin. Damit wir eine eindeutige Bestätigung von dritter Seite haben.«

»Du denkst doch nicht, dass dieser Warden der Täter sein könnte?«

»Warum nicht?«, äußerte Monroe grimmig. Endlich, dachte er, endlich habe ich etwas in der Hand, um gegen diese Familie vorgehen zu können. Er freute sich auf die direkte Konfrontation mit Ben Warden.

Ein glückliches Lächeln um die Lippen trank Ben eilig seinen Morgenkaffee. Es war schon spät, seine Partner in der Anwaltskanzlei, eine der größten Neu-Englands, warteten bereits auf ihn. Er hatte gestern kurzfristig eine Zusammenkunft vereinbart, um seine Scheidungsangelegenheit zu besprechen, da Caroline ebenfalls Partner der Kanzlei war.

Zärtlich dachte er an die letzte Nacht, als er sich in der Vorhalle einen leichten Mantel überwarf, denn für Ende August war es empfindlich kalt in Boston. Noch nie war er mit einer Frau so eins wie mit Lilly.

Sie war nicht nur eine bezaubernde junge Frau, sondern auch eine bemerkenswerte Geliebte. Seine Geliebte, dachte er beglückt. Er nahm sich vor, die Scheidung von Caroline schnellstmöglich durchzuziehen, auch wenn er dadurch bluten musste. Er wollte Lilly zu seiner Frau machen. Zu seiner Ehefrau. Das würde zwar für einen Skandal sorgen und er konnte seine Ambitionen auf den Senat endgültig begraben. Doch Lilly war es wert.

Als er sich überlegte, ob er für einen Abschiedskuss auf einen Sprung in ihr Zimmer laufen sollte, schritt sie die Treppe hinab. Bekleidet mit einem Seidenbademantel, der ihre Brustwarzen durchschimmern ließ. Entweder war ihr kalt oder ...

»Guten Morgen Ben«, sagte sie verlegen und blieb auf der letzten Stufe stehen. Bisher war sie die Treppe hinabgestürmt, wenn sie ihn gesehen und dabei fröhlich gerufen hatte: ›Hi Dad, gut geschlafen?‹ Und ihn herzlich umarmt hatte. Jetzt fügte sie zögerlich an: »Hast du gut geschlafen?«

»Ja mein Liebling. Das habe ich. Nach dieser wundervollen Nacht, die du mir geschenkt hast. Und du?« Er trat auf sie zu, zog sie für einen zärtlichen Kuss in seine Arme.

»Wunderbar«, flüsterte sie. »Musst du schon fort?«

»Ja, leider, Don und die anderen erwarten mich bereits. Aber ich beeile mich. Sehen wir uns nach der Besprechung?«

»Ich muss kurz zur Uni, Tutorenstunde bei Dr. Sommersby«, lächelte sie ihn liebevoll an. »Danach komm ich gleich zurück.«

Der Name ihres leiblichen Vaters versetzte ihm einen Stich. Wie sollte er ihr das nur beibringen? Er musste es heute hinter sich bringen, bevor Caroline es auf ihre nicht sehr sanfte Art und Weise ausplauderte.

»Gut, dann bis später mein Liebling«, und er küsste sie das erste Mal bei Tageslicht auf den Mund.

»Ich liebe dich Lilly«, flüsterte er in ihr Haar.

»Ich weiß«, antwortete sie selbstbewusst.

»Du meinst, ihr wollt euch scheiden lassen?«, fragte sein langjähriger Freund und Partner Charles Spencer, für Geschäftsverträge zuständig, ungläubig.

»Ja«, nickte Ben in die Runde. Er betrachtete die Gesichter der Menschen, die um den Konferenztisch saßen. Zum Teil arbeitete er seit Jahren mit ihnen zusammen

»Und du Charles«, wandte Ben sich an den Angesprochenen, »wirst die Papiere aufsetzen, die Caroline als Partnerin aus der Kanzlei ausscheiden lassen. Sie wird keinen Cent mehr bekommen, als ihr unbedingt zusteht. Hast du mich verstanden?«

»Das kannst du nicht machen. Sie ist deine Frau. Wovon soll sie in Zukunft leben?«, fragte Charles aufgebracht.

Ben zog die Augenbrauen zusammen. Was sollte das?

»Ist dir klar, dass es um unsere Kanzlei geht? Warum sollten wir Caroline auszahlen, obwohl sie nie auch nur einen Strich gearbeitet hat?«, formulierte er schärfer, als er wollte.

»Nein, da spiele ich nicht mit«, antwortete Charles trotzig.

»Warst du einer ihrer Liebhaber?«, fragte Ben verächtlich.

Charles senkte die Augen. Nicht nur ihr Liebhaber, dachte er.

»Nein, das glaube ich nicht. Du als mein vertrautester Partner? Als Pate von Lilly?« Ben war außer sich. Charles, Caroline und er hatten gemeinsam in Harvard studiert. Er hatte ihm die Partnerschaft angeboten, da Charles ein fähiger Anwalt war und unheimlich gut mit Klienten umgehen konnte. Nie wäre er auf die Idee gekommen, dass ...

Die Spannung war greifbar. Charles schaute Ben angriffslustig an. Nun werde ich mich einmal durchsetzen, nahm sich Charles vor. Ständig stand er in der zweiten Reihe. Caroline hatte ihn geliebt, aber Ben geheiratet, weil der reich war. Charles hatte das Angebot der Partnerschaft nur akzeptiert, weil er damit in Carolines Nähe bleiben konnte. Doch Ben hatte er immer gehasst.

»Verlasse diesen Raum«, sagte Ben eisig. Seine Stimme und seine Haltung erlaubten keinen Widerspruch. Ben strahlte eine natürliche Autorität aus, der man sich nur schwer entziehen konnte. Seine Erziehung und seine Herkunft ließen ihn wie einen Aristokraten aus der Alten Welt wirken, was er nach amerikanischen Verhältnissen auch war, denn seine Familie gehörte zu den ersten Einwanderern.

»Ich ...«, wollte Charles antworten, Ben jedoch unterbrach ihn schneidend. »Raus. Sofort!«

Charles erhob sich und ging langsamen Schrittes aus dem Raum. Als die Tür hinter ihm ins Schloss gefallen war, blickte Ben in die Runde. »Wer war noch ihr Geliebter?«, und dabei sah er einem nach dem anderen in die Augen.

Nur Don DeCarlo, seit fünf Jahren Partner in der Kanzlei und ein ausgezeichneter Strafverteidiger, obwohl erst Anfang dreißig, erwiderte seinen Blick offen. Hätte mich gewundert, wenn du Carolines Charme erlegen wärest, dachte Ben bei sich. Obwohl Caroline nach wie vor eine hinreißende Frau war, so war sie doch um einiges älter als Don. Außerdem wusste Ben, dass Don in Lilly verliebt war. Armer Don. Nun konnte er seine Ambitionen zu Grabe tragen. Kurz zuckten Dons Augenlider. Hat er doch?, fragte sich Ben. Und ihm fiel das vergangene Weihnachtsfest in den Firmenräumlichkeiten ein, das Don relativ früh verlassen hatte, nachdem er zuvor mit Caroline in sein Büro verschwunden war. Nein, entschied er für sich, Don war nicht so ein Idiot, um auf Caroline hereinzufallen.

Seine Augen glitten weiter, zu Loyd Sachs, ebenfalls Strafverteidiger. Der hatte seinen Blick bei Bens Frage gesenkt. Auch einer, der bei ihr schwach geworden ist, dachte Ben nur mitleidig. Wie der nächste in der Runde, Willy Blake, Wirtschaftsfachmann wie er selbst.

Ben seufzte auf. Also konnte er die Angelegenheit nur Kathleen Stewart übertragen, die Jüngste in der Runde. Kathleen war vor ungefähr einem Jahr in die Firma eingestiegen und er hatte ihr sofort die Partnerschaft angetragen. Nicht nur, weil ihr Vater bereits Seniorpartner und letztes Jahr plötzlich verstorben war und Frau und Tochter ohne Vermögen zurückgelassen hatte, das er mit diversen Liebschaften und Spielsucht durchgebracht hatte. Sondern weil Kathleen etwas Besonderes war. Bildhübsch und ausgesprochen klug. Sie war eine brillante Anwältin, spezialisiert auf Partnerschaftsabkommen und hat der Kanzlei zu einflussreichen Klienten verholfen. Caroline hatte nach ihrer Einstellung getobt.

»Du willst wohl mit ihr ins Bett?«, hatte sie ihn hämisch gefragt. »Das werde ich zu verhindern wissen«, und war schnurstracks in Kathleens Büro marschiert. Ihre kreischende

Stimme war gut zu hören gewesen und ihr peinlicher Auftritt war noch lange Gesprächsthema unter den Angestellten.

Er hatte Mühe gehabt, Kathleen zu halten. Trotz seiner Entschuldigung wollte sie die Kanzlei sofort verlassen, er aber konnte sie überzeugen, dass Caroline nur aus gekränktem Stolz so gehandelt und er selbst keinerlei Absichten an ihr hatte. Er schätze sie als Anwältin, kein anderer Grund war ausschlaggebend für ihre Einstellung, hatte er ihr erklärt. Kathleen war geblieben und als Dankbarkeit hatte er ihr kostenlos die Partnerschaft übertragen.

»Gut zu wissen, wo man steht«, meinte Ben nach einigen Minuten spöttisch. »Dann werde ich diese Aufgabe an Kathleen vergeben. Willy, du übergibst Kathleen die Partnerverträge und weihst sie in die Fallstricke ein. Alles Weitere werde ich mit Kathleen unter vier Augen besprechen. Und meine Herren«, und er blickte erneut von einem zum anderen, »sollte einer Caroline über das, was hier besprochen wurde oder was noch besprochen wird, informieren, so hat dies eine sofortige Auflösung der Partnerschaft zur Folge. Und zwar ohne Entschädigung. Und ich mache euch öffentlich fertig. Ist das klar?«

Ben kam erst am späten Nachmittag nach Hause. Die Besprechung mit Kathleen hatte länger gedauert als gedacht, aber er wusste, dass der Auftrag in guten Händen war. Sie würde Caroline nicht schonen. Außerdem hatte er im Anschluss eine hässliche Auseinandersetzung mit Charles. Was war plötzlich mit Charles los, dass er sich so für Caroline einsetze? Ja, er hatte immer schon für sie geschwärmt, aber so einen Aufstand? Er traute ihm zu, dass er sofort zu Caroline laufen würde, um sie über die Vorgänge zu informieren. Doch er hatte ihm klar zu verstehen geben, dass dies das Ende seiner Karriere wäre. Er hätte die Wahl, hatte er verächtlich zu ihm gemeint. Dann hatte er ihn stehen gelassen. Er wollte nach Hause. Zu Lilly.

Im Kühlschrank fand er wie mit seiner Haushälterin Mrs. Walters vereinbart einen kleinen Imbiss für sich und Lilly. Was Mrs. Walters wohl dazu sagen wird, wenn sie von ihm und Lilly erfährt? Ob sie das verstehen wird?, überlegte Ben.

Mrs. Walters liebte Lilly wie ihre eigene Tochter, ersetzte ihr die Mutter. Lilly ging mit allen Anliegen zuerst zu Mrs. Walters, nicht zu Caroline. Hatte sie als Schulmädchen eine gute Note erhalten, war sie in die Küche zu Mrs. Walters gelaufen und hatte ihr freudestrahlend davon berichtet. Und wurde mit einer heißen Schokolade belohnt. Er lächelte zärtlich, als er sich die junge Lilly vorstellte, wie sie ihn mit ihrem Schokolademund geküsst hatte, wenn er von der Arbeit nach Hause gekommen war.

Lilly. Wie freute er sich auf heute Abend. Er würde ihr zuerst von Dr. Sommersby erzählen und mit ihr gemeinsam überlegen, wie sie mit dieser Tatsache umgehen würden. Und dann ...

Da hörte er die Tür. Er erhob sich erfreut und eilte Lilly entgegen. Die stand wie gestern bleich in der Halle.

»Er ist tot«, flüsterte sie kaum hörbar.

»Wer ist tot?«, fragte er verständnislos.

»Dr. Sommersby«, schluchzte sie verzweifelt.

Sein Herz krampfte sich zusammen. »Wie, Dr. Sommersby ist tot?«, fragte er besorgt nach. »Woran ist er gestorben?«

»Keine Ahnung«, flüsterte sie. »Man munkelt, dass er ermordet wurde. In seinem Arbeitszimmer.«

»Ermordet?« Er konnte es nicht glauben. Wer sollte ein Interesse haben, den alten Professor zu ermorden? Außer ihm, der gestern erfahren hatte, dass seine Frau ihn mit dem Professor betrogen und ihm sein Kind untergeschoben hatte. Gut, dass niemand davon wusste. Er musste Caroline sofort informieren, damit sie diese Tatsache nicht ausplauderte. Wer weiß, auf welche Ideen die Polizei sonst kommen könnte.

»Weiß man schon, wer es getan hat?«

»Nein ... nein, ich glaube nicht«, stotterte sie.

»Komm her«, und er zog sie in seine Arme. Lilly zittere wie Espenlaub. Beruhigend strich er über ihre Haare.

»Wer kann so grausam sein und einen alten, lieben Professor ermorden?«, fragte sie verstört.

»Ich habe keine Ahnung«, sagte er tröstend, dachte allerdings, dass es mehr betrogene Männer wie ihn geben könnte. Und lieb war er bestimmt nicht, wenn er mit jungen Studentinnen schlief. Jetzt würde es noch schwieriger werden, Lilly über ihren leiblichen Vater aufzuklären. Vielleicht sollten sie einfach sagen, sie kennen den wahren Vater nicht? Ob Caroline damit einverstanden wäre? Aber so wie er sie kannte, sah sie Lilly gerne leiden. Und es würde ihr Schadenfreude bereiten, es Lilly genau jetzt unter die Nase zu reiben. Wie konnte er sie beschützen?

»Lass uns auf den Schreck etwas trinken«, und er zog sie mit sich in die Bibliothek. In dem Moment läutete es an der Haustür.

»Wer kann das sein?«, sagte er verblüfft. »Erwartest du jemanden?«

»Nein«, murmelte Lilly.

»Dann lass uns nicht öffnen«, und er ging in Richtung Bibliothek, denn er vermutete, Deborah könnte hinter der massiven Holztür stehen. Vielleicht hatte sie seine Einladung für einen weiteren gemeinsamen Abend in seiner Bibliothek zu wörtlich genommen.

Da läutete es erneut. Und zusätzlich wurde der schmiedeiserne Türklopfer betätigt, der von seinem Urgroßvater angebracht worden war. Trotz mancher Umbauten in den letzten Jahrzehnten und dem Einbau der Alarmanlage konnte sich niemand entscheiden, diesen Eisenring mit dem Familienwappen zu entfernen.

»Hier ist die Polizei! Bitte öffnen Sie!«

Lilly schaute sich erschrocken zu ihm um.

»Was geht hier vor? Was wollen Sie von uns?«, fragte Ben indigniert, als er die Tür geöffnet hatte und sich einem weißen Mann Mitte Fünfzig und einem afroamerikanischen Mann ungefähr in seinem Alter gegenüber sah.

»Sind Sie Benjamin Franklin Warden?«, schnarrte der Ältere der beiden Herren vor der Tür.

»Wer will das wissen?«, antwortete Ben kühl, trotzdem amüsiert, dass ihn jemand mit seinem kompletten Taufnamen ansprach. Alle nannten ihn Ben ... bis auf Deborahs Mann, fiel ihm plötzlich ein. Der sprach ihn stets betont mit *Benjamin Franklin* an.

»Detective Johnson«, stellte sich der weiße Ermittler vor und mit einem Nicken zu seinem Kollegen »und Detective Monroe. Dürfen wir reinkommen?«

Kurz durchzuckte Ben der Gedanke, im Gesicht des Jüngeren bekannte Züge zu entdecken. Verwarf dies in der nächsten Sekunde und kam zu dem Schluss, dass er wahrscheinlich in seiner Zeit als Strafverteidiger mit ihm zu tun gehabt hatte.

Ben trat einen Schritt zur Seite und gab die Tür frei. Johnson schaute sich überrascht in der sehr eleganten Eingangshalle mit der geschwungenen Treppe um. Es war das erste Mal, dass sie in Kreisen wie diesen ermittelten.

»Würde Sie mir bitte den Grund Ihres Besuches verraten?«, bat Ben höflich.

Monroe wandte seinen Blick Lilly zu und fragte unfreundlich: »Und wer sind Sie?«

Es kostete Ben Mühe, freundlich zu bleiben, doch er gab ruhig zur Antwort. »Das ist meine Tochter Lilly Warden.« Er sah die Enttäuschung in Monroes Augen, der wohl gehofft hatte, ihn hier mit einer jungen Geliebten angetroffen zu haben. Was er ja auch hatte, aber nicht erfahren durfte.

Ben wandte sich an den weißen Ermittler: »Ich frage Sie erneut, was Sie zu so später Stunde von mir wollen.«

»Kennen Sie einen Dr. Rufus Sommersby?«

Lilly schrie bei der Erwähnung des Namens leise auf. Überrascht blickten die Detectives sie an.

»Ja. Er war vor Jahren mein Professor in Harvard und ist jetzt Lillys Professor. Lilly hat mir soeben von seinem schrecklichen Ableben berichtet«, fügte er betrübt hinzu.

»Sie wissen also schon von seinem Tod?«

»Ja, wie gesagt, Lilly kam gerade bestürzt von der Universität nach Hause und hat mir erzählt, dass er angeblich ermordet worden sei.«

»Woher wissen Sie das?«, fragte der schwarze Detective Lilly barsch.

»Ich wollte zu Dr. Sommersby wegen einer Tutorenstunde. Wir waren verabredet. Doch ein Polizist verstellte mir den Weg und meinte, ich könnte da nicht hinein. Er wollte mir keine Auskunft geben, was passiert war. Ein Kommilitone hat mir erzählt, dass unser Professor angeblich ermordet worden sei«, schluchzte sie auf.

Ben trat zu ihr und nahm sie beruhigend in seine Arme.

»Das scheint Sie ja sehr mitgenommen zu haben«, stellte Detective Monroe schadenfroh fest.

»Welchen Tonfall erlauben Sie sich meiner Tochter gegenüber?«, ereiferte sich Ben.

»Na, für einen Professor scheint sie mächtig zu trauern.«

»Alle Studenten haben mit ihren Tutoren ein gutes Verhältnis, sonst wären sie nicht ihre Tutoren. Somit ist es kein Wunder, dass Lilly erschüttert ist«, antwortete Ben schneidend.

»Und Ihr Verhältnis zu dem verehrten Professor?«, fragte der weiße Detective mit einem eigenartigen Unterton.

Ben wurde hellhörig. »Mein Verhältnis?«, fragte er verwundert nach. Die können doch noch nicht wissen, dass Lilly ... Auch wenn Caroline ein Schandmaul hatte, so schnell konnte sie der Polizei nichts erzählt haben, oder?

»Ja, genau. Ihr Verhältnis.«

»Ich habe Dr. Sommersby seit Jahren nicht gesehen. Seit meinem Studium hatte ich keinen Kontakt mehr mit ihm. Erst durch Lilly wurde ich an ihn erinnert.« Und durch das Geständnis meiner Frau, dachte er wütend. Behielt diesen Gedanken jedoch für sich. Doch auf seinem Gesicht musste er sich gezeigt haben, denn Detective Monroe hakte nach.

»Sie haben Sommersby seit Ihrem Studium nicht mehr gesehen, keinerlei Kontakt mit ihm gepflegt?«

»Nein, wie ich bereits sagte ...«

»Sie waren nie mehr in seinem Büro?«, unterbrach ihn Monroe unwirsch. »Auch nicht gestern Abend?«

Ben schüttelte verneinend den Kopf. Was sollen all diese Fragen?, überlegte er verwirrt.

»Da sind wir allerdings anderer Meinung. Wir haben Beweise, dass Sie gestern Abend im Büro des Professors waren«, spuckte Monroe die Worte kalt in den Raum.

»Sie haben was?«, fragte Ben verblüfft.

»Sie haben richtig gehört. Und nun darf ich Sie bitten, uns zu begleiten.«

»Wollen Sie mich verhaften? Mit welcher Begründung?«, rief Ben erbost.

»Nein, wir nehmen Sie nur zu einer Befragung mit. Um eventuelle Unklarheiten zu beseitigen«, meinte Monroe herablassend und packte Ben am Oberarm.

Lilly schrie auf. »Aber mein Vater …«

Ben unterbrach sie schnell, bevor sie unbedacht äußern konnte, dass sie den gestrigen Abend gemeinsam verbracht hatten: »Lilly, sag nichts. Überlass alles mir. Ruf Don an. Er soll aufs Revier kommen.«

Lilly nickte tränenüberströmt, während ihn die Detectives abführten.

»Kennen Sie das?«, und Detective Johnson legte Bens goldenen Füller auf den Tisch, der zwischen ihm und den beiden Detectives stand. Mit Gravur und Familienwappen, ein Geschenk Lillys zu seinem vierzigsten Geburtstag. Seit damals trug er diesen Stift ständig bei sich.

»Wo haben Sie den her?«, fragte Ben überrascht.

»Den haben Sie neben der Leiche verloren«, merkte dieser höhnisch an.

»Das kann nicht sein. Ich war nie an diesem Ort. Zumindest in den letzten zwanzig Jahren nicht.«

»Wie erklären Sie sich dann, dass er direkt neben dem Kopf der Leiche lag?«

Eine Pause folgte. Ben überlegte fieberhaft, wo er den Füller verloren haben könnte. Er konnte sich nicht erinnern, ihn heute verwendet zu haben. Hatte er ihn im Büro überhaupt dabei? Er war am Morgen noch verwirrt durch die Nacht mit Lilly, hatte so nicht auf seine Gewohnheiten geachtet, den Stift in seine Brusttasche im Sakko zu stecken, wie er es sonst jeden Morgen tat. Er wusste nur, dass er ihn gestern wie jeden Abend auf den Tisch in der Empfangshalle gelegt hatte. Doch wer sollte ihn von dort entfernen und bei einer Leiche deponieren?

»Also, wir erklären uns das so. Sie haben sich über den toten Sommersby am Boden gebeugt und dabei ist Ihnen der Füller aus der Brusttasche gerutscht. Wir haben unsere Hausaufgaben gemacht. Ihre Sekretärin hat bei ihrer toten Mutter geschworen, dass dieser Füller immer - ich wiederhole - *immer* in Ihrer Brusttasche steckte.«

Monroe erzählte nicht, dass sie außerdem geschworen hatte, dass Ben Warden nie und nimmer ein Mörder sei. Dass ein schrecklicher Irrtum vorliegen müsse. Leider konnte sie sich nicht erinnern, ob der Füller heute Morgen in Bens Brusttasche gesteckt hatte. Angeblich hatte sie Warden wegen einer wichtigen Sitzung der Kanzlei-Partner nur kurz zu Gesicht bekommen und nicht darauf geachtet.

»Und Sie denken, nur weil mein Füller am Tatort gefunden wurde, bin ich der Mörder?«, lächelte Ben herausfordernd. »Haben Sie sich überlegt, dass ihn dort jemand deponiert haben könnte? Jemand, der mir oder meiner Familie schaden möchte?«

»Wer könnte das Ihrer Meinung nach sein?«, fragte der weiße Detective.

»Keine Ahnung. Bin ich der Detective?«

»Sie müssen uns schon ein paar Hinweise liefern, für uns stellt sich der Fall klar dar. Sie haben Sommersby ermordet und dabei den Füller verloren.«

»Welches Motiv sollte ich haben, diesen Mann umzubringen?«, wollte Ben wissen. Natürlich, er kannte ein Motiv, doch wusste die Polizei bereits davon?

»Das werden wir herausfinden. Wir sind erst am Beginn unserer Ermittlungen. Und wir werden Ihr Leben auseinandernehmen und ein Motiv finden, das schwöre ich Ihnen«, sagte der schwarze Detective hasserfüllt.

Ben blickte ihn irritiert an. Wieder hatte er das Gefühl, dieses Gesicht zu kennen. Aber er konnte es nicht greifen. Vielmehr dachte er: Ein Weißenhasser? Dann konnte er sich auf etwas gefasst machen. Sobald sie herausfanden, dass Lilly die Tochter von Sommersby war und er das wenige Stunden vor dem Mord erfahren hatte, würden sie ihn festnageln.

Ein Indizienbeweis reichte aus. Und es würden sich Geschworene finden, um ihn dafür büßen zu lassen. Der Hass auf privilegierte Schichten war in den USA weit verbreitet. Er brauchte sich nur den schwarzen Detective anzusehen. Und wenn sie die Geschworenen dementsprechend auswählten …

»Wann genau war ich Ihrer Meinung nach bei Sommersby im Büro?«, erkundigte sich Ben.

»Zwischen zwanzig und zweiundzwanzig Uhr gestern abends«, antwortete Johnson.

»Dann haben Sie garantiert den Falschen. Ich habe den Abend und die Nacht mit einer Frau verbracht, kann diesen Professor also nicht ermordet haben.« Ben schaute die beiden Detectives zuversichtlich an, obwohl er sich nicht so fühlte. Er konnte das Zusammensein mit Lilly nicht preisgeben. Noch nicht. Das wäre ein gefundenes Fressen für die Detectives und die Öffentlichkeit.

»Mit welcher Frau?«, wollte der Weiße wissen.

»Das kann ich Ihnen nicht sagen, ohne vorher mit der Dame gesprochen zu haben.«

»Mit der Dame ...«, lächelte der weiße Detective anzüglich. »Wohl eine Verabredung mit einer verheirateten Frau gehabt, was Warden?«, und schlug sich feixend mit der Hand auf seinen rechten Oberschenkel.

»*Mister* Warden für Sie. Ich habe niemanden ermordet. Auch wenn Sie mich für einen Verdächtigen halten, so haben Sie mich mit Respekt zu behandeln. Abgesehen davon gilt die Unschuldsvermutung. Und jetzt möchte ich meinen Anwalt sprechen.«

Trotz der Beweise, die sie vorlegten, brachten sie Ben nicht aus dem Konzept. Immer noch saß er mit seiner angeborenen Eleganz, wie sie über Generationen vererbte Privilegien und eine gute Kinderstube hervorbrachten, vor ihnen und bestritt die ihm zur Last gelegte Tat mit ruhigen Worten und klaren Argumenten.

Monroe glühte innerlich vor Zorn und schaute verächtlich auf den vor ihm sitzenden Warden. Diese weiße privilegierte Schicht, die denkt, sie kann sich alles so zurechtzimmern, wie sie sich das vorstellt. Nicht mit mir, Bürschchen. Ich werde dir den Mord beweisen, war alles, was er denken konnte.

Er hatte kein Ohr für die entlastenden Worte, er hörte nur aus der Stimme des Verdächtigen, dass dieser Sommersby verachtet hatte. Warum, musste er herausfinden. Aber er war sich sicher, hier den Mörder des Professors vor sich zu haben.

Widerstrebend überließen die beiden Detectives Ben seinem Anwalt.

»Ben, was ist los?«, begrüßte ihn in einem kleinen Besprechungsraum am Revier ein aufgebrachter Don DeCarlo. »Lilly hat mich völlig verstört angerufen, dass du verhaftet wurdest?«

»Nicht verhaftet. Sie haben mich nur zu einer Befragung mitgenommen«, antwortete Ben müde.

»Zu einer Befragung? Wozu denn?«

»Sie vermuten in mir den Mörder von Dr. Sommersby«, sagte Ben trocken.

»Den Mörder ... wie kommen sie auf diese Idee?«, wollte Don verblüfft wissen.

»Mein goldener Füller wurde neben der Leiche gefunden.«

»Dein Füller? Aber, wie kommt der neben eine Leiche?« Don war mehr als überrascht.

»Das würde mich ebenfalls interessieren. Also müssen wir es herausfinden. Die Polizei wird das nicht tun. Die halten mich für den überführten Mörder, obwohl sie mit den Ermittlungen noch nicht einmal richtig begonnen haben. Und ich über ein Alibi für den entsprechenden Zeitraum von zwanzig bis zweiundzwanzig Uhr verfüge«, meinte Ben verächtlich.

»Dann ist doch alles gut. Hast du ihnen von deinem Alibi erzählt?«

»Zum Teil.«

»Wie darf ich das verstehen?«

»Ich habe die Nacht mit Lilly verbracht. Sie kann es bezeugen.«

»Lilly ist deine Tochter, damit ist das ein wackeliges Alibi. Außerdem werdet ihr nicht die gesamte Nacht im selben Zimmer verbracht haben. Also könnte man sagen, dass du ...«

»Wir haben die ganze Nacht im selben Zimmer verbracht«, unterbrach ihn Ben. »Aber wenn ich das zu Protokoll gebe, machen sie uns erst recht fertig.«

Don schaute ihn entgeistert an und fragte bestürzt: »Du ... du hast doch nicht mit ihr geschlafen?«

»Doch. Wir haben gestern Abend erfahren, dass Lilly nicht meine leibliche Tochter ist. Und da ... da ist es einfach passiert.« Und Ben verlor sich.

»Don, ich liebe sie. Wirklich. Aufrichtig und ehrlich«, fügte er nach einer Weile bestimmt hinzu, als er den entsetzten Blick seines Kollegen und Freundes sah. »Und sie liebt mich. Sie ist wesentlich weiter als die Jungs in ihrem Alter. Wir sind füreinander bestimmt. Ich denke, Caroline hat das bemerkt und ist deshalb mit der Wahrheit herausgerückt.«

»Du hast also ein Alibi«, kam es trocken und mit schmalen Lippen von Don.

Ben war sich bewusst, dass er soeben alle Träume seines jungen Partners zerstört hatte. Er konnte nur hoffen, dass sich Don professionell verhalten würde.

»Ja, noch dazu eines, das nicht mit mir verwandt ist«, lächelte er schmerzlich.

»Warum hast du den Detectives nichts davon erzählt?«, fragte Don verständnislos.

»Erstens, weil ich Lilly diese Schmach nicht öffentlich antun möchte. Du weißt, wie die Meute über uns herfallen wird. Und sie ist so verletzlich ... Und zweitens ...«

»Und zweitens?«, fragte Don nach.

»Zweitens ist Dr. Sommersby ihr leiblicher Vater«, kam es mit brechender Stimme.

Wenn Don überrascht war, ließ er sich nichts anmerken. Er hatte ebenfalls in Harvard studiert, und die Gerüchteküche wegen Caroline und Sommersby hatte sich viele Jahre gehalten. Ob er irgendetwas geahnt hatte?, überlegte Ben. »Du wusstest es«, stellte er fest.

»Nein, ich habe es vermutet. Jeder wusste, dass Caroline ein Verhältnis mit euch beiden hatte. Nur du nicht ... Sommersby war verheiratet, du eine gute Partie. Und Caroline nicht auf den Kopf gefallen ...«

Besorgt fuhr er fort: »Die Tatsache, dass Sommersby Lillys leiblicher Vater ist, macht die Sache nicht einfacher. Ihr habt ein Motiv. Beide. Und könntet euch gegenseitig decken.«

»Ich kann zwar bei Lilly kein Motiv entdecken, doch wer weiß, wie die Polizei tickt. Deshalb hege ich die gleichen Befürchtungen wie du. Und die Detectives werden einen Teufel tun und sich nach einem anderen Täter umschauen. Ich bin der perfekte Sündenbock«, sagte er verzweifelt.

»Und, muss ich mir als Anwalt Sorgen um euch beide machen?«, fragte Don leise.

Ben schaute ihn verblüfft an. Dann lachte er. »Nein. Ich bin Sommersby sogar dankbar. Ich habe Lilly immer schon geliebt, zwar wie ein Vater, aber gestern ist es mir wie Schuppen von den Augen gefallen, dass hinter dieser Liebe mehr gesteckt hat. Und Lilly sieht es genauso. Ich habe in ihr die Frau gefunden, nach der ich mich ständig gesehnt habe. Klug, hübsch, warmherzig, ernsthaft und doch voller Humor und Lebensfreude. Nicht so hintertrieben wie Caroline. Don, ich habe mein Glück gefunden. Warum sollte ich das wegen eines alternden Professors aufs Spiel setzen?«

Er sah in das schmerzvoll verzogene Gesicht seines Kollegen. Armer Don. Es würde eine Weile dauern, bis er diesen Schock überwunden hatte.

Nach einem intensiven Augenkontakt zwischen den beiden Männern sagte Don schließlich: »Gut, ich glaube dir. Trotzdem, die Sache mit dem Füller macht mir zu schaffen ...«

»Mir ebenfalls. Und ich habe keine Erinnerung, wo ich ihn verloren haben könnte. Ich bin mir fast hundertprozentig sicher, dass ich ihn gestern Abend an seinen üblichen Platz in der Empfangshalle gelegt habe. Aber wie sollte er von dort an den Tatort kommen?«

»Ja, wie?«, überlegte Don laut. »Vielleicht will dir den Mord jemand unterschieben?«

»Das war mein erster Gedanke. Doch wer? Und warum? Und vor allem, wie könnte derjenige an den Füller gekommen sein?«

»War an dem Abend noch jemand im Haus außer dir und Lilly?«

»Nein, Mrs. Walters hatte ich schon nach Hause geschickt, bevor Lilly kam. Wir waren alleine. Die ganze Nacht.«

»Dann wird uns nichts andres übrig bleiben, als den

wahren Täter zu finden und das Geheimnis des Füllers zu klären«, seufzte Don. »Ich denke, du bist nicht der Einzige, der ein Hühnchen mit Sommersby zu rupfen hatte. Soviel ich weiß, grapschte er jede halbwegs hübsche Studentin an. Manchmal auch die anderen und beschimpfte sie sogar, dass sie froh sein sollten, wenn er sie vögelte, weil das sonst keiner tun würde.«

Ben war fassungslos. »Bist du sicher?«, fragte er schockiert nach.

»Nein, das sind nur Gerüchte, doch wir werden diesen auf den Grund gehen.«

»Gott sei Dank ist Lilly seine Tochter. So war sie sicher.«

»Hoffentlich!«

»Obwohl, er hatte sich stets besonders um sie gekümmert«, sagte er mit bekümmerter Miene. »Wir müssen mit Lilly reden.«

»Ja, lass uns allerdings zuerst schauen, wie ich dich da rauskriege. Wenn du nicht bereit bist, dein Alibi preiszugeben, werden sie dich hierbehalten. Sie haben das Recht dazu. Zumindest für vierundzwanzig Stunden.«

»Ich weiß. Und sie werden von diesem Recht Gebrauch machen. Du hättest den schwarzen Polizisten sehen sollen, wie er mich angesehen hat. Verachtung pur. Und er hat mir geschworen, ein Motiv für den Mord zu finden. Du musst sofort mit Caroline reden, dass sie vorerst nicht preisgibt, wer Lillys leiblicher Vater ist. Und fahr zu Lilly. Beruhige sie und schärfe ihr ein, dass sie nichts unternimmt, bis wir uns eine Strategie überlegt haben, wie wir weiter vorgehen. Auch, wenn sie mein Alibi ist. Und verrate ihr um Himmels willen nicht, dass Sommersby ihr leiblicher Vater ist. Ich will ihr das schonend beibringen.«

Don grübelte beim Verlassen des Reviers, wen er zuerst aufsuchen sollte. Lilly oder Caroline. Lilly war wahrscheinlich nervös, und wollte wissen, was mit Ben passiert war. Doch er scheute sich, ihr gegenüber zu treten. Er hegte Gefühle für sie und hatte gehofft, sie irgendwann bei ihr zu erwecken. Aber dieser Traum war vorbei. Lilly liebte ihren Vater. Verrückt.

Er kannte Ben seit fast zehn Jahren, als er als junger Anwalt die Chance bekommen hatte, in das Team des berühmten Ben Warden aufgenommen zu werden. Er bewunderte Ben und seine Art, mit Klienten umzugehen. Insgeheim hatte er ihn stets beneidet, in so eine Familie hineingeboren worden zu sein. Dadurch stand Ben im Leben viel mehr offen als ihm selbst. Doch wenn er überlegte, in welcher Misere Ben im Moment steckte, dann wollte er auf keinen Fall mit ihm tauschen. Würde ihm selbst eine Mordanklage drohen, oder hätte er eine Affäre mit seiner »untergeschobenen« Tochter, würden sich die Medien nicht weiter darum kümmern. Aber bei Ben Warden war das etwas anderes.

Spätestens morgen würde die Schlammschlacht losgehen und er musste Caroline zur Vernunft bringen, bevor sie eine Lawine lostrat, die nicht mehr zu stoppen war. Er hatte nie verstanden, warum sich Ben nicht von Caroline getrennt hatte. Jeder wusste, dass sie ihn ständig betrog und Lilly vernachlässigte. Man konnte ihr den Hass ansehen. Don war sich sicher, dass sie Ben den Todesstoß versetzen würde, wenn sie nur könnte.

Bevor er zu Carolines neuer Adresse fuhr, die er von Ben erhalten hatte, rief er kurz bei Lilly an. Er wollte sie über Bens Aufenthalt informieren und sich erkundigen, ob sie Bens Alibi bestätigen würde. Aber er konnte ihr nicht gegenübertreten. Noch nicht heute Abend.

»Don, was ist mit Ben los?«, fragte sie sofort, als sie den Anruf entgegennahm. Keine Begrüßung, nichts. Nur ihre Sorge wegen Ben war ihr anzumerken.

»Sie haben ihn dabehalten. Sie ...«

»Warum?«, unterbrach sie ihn erschrocken.

»Lilly, hast du die letzte Nacht mit deinem Vater verbracht?«

»Hat er dir erzählt, dass er nicht mein Vater ist?«

»Ja. Also, hast du mit Ben ... hast du mit ihm ...« Es fiel ihm schwer, die Tatsache auszusprechen. Doch Lilly machte es ihm leicht.

»Ja Don. Ich habe mit Ben geschlafen und die Nacht mit ihm verbracht. Es tut mir leid, aber ich liebe ihn.«

Don schluckte schwer. Es aus Lillys Mund zu hören war härter als gedacht. Reiß dich zusammen, befahl er sich. Betrachte dich nicht als verschmähter Liebhaber, sondern als Anwalt der beiden. Lilly hatte ihm nie Hoffnungen gemacht, musste er sich eingestehen. Doch er hatte die Hoffnung nie aufgegeben.

Professionell fragte er nach: »Hätte er sich eine Weile aus dem Zimmer schleichen können, ohne das du es gemerkt hättest?«

»Nein«, sagte sie entschieden. »Wir sind erst in der Früh erschöpft eingeschlafen und genauso verschlungen wieder aufgewacht. Es ist also unmöglich. Ich schwöre, dass wir die ganze Nacht zusammen verbracht haben.«

»Das kannst du auch vor Gericht beschwören?«

»Natürlich«, rief sie aufgebracht. »Warum sollte Ben Sommersby ermorden? So ein Unsinn.«

Ich wüsste schon Gründe, dachte sich Don. Laut sagte er: »Ja, du hast recht. Aber die Polizei hält ihn für den Mörder.«

»Warum das?«, fragte Lilly entsetzt.

»Sie haben seinen goldenen Füller bei der Leiche gefunden.«

»Wie kommt der da hin?«

»Das ist die Frage.«

»Da will jemand Ben belasten. Aber wer? Und warum?«

Sie denkt wie er. Kommt zu den gleichen Schlussfolgerungen. Lilly ist Ben sehr ähnlich, obwohl sie nicht seine Tochter ist, überlegte Don.

»Das müssen wir herausfinden.«

»Wann wurde Sommersby ermordet?«, wollte Lilly wissen.

»Zwischen acht und zehn Uhr abends.«

»Dann kann es Ben auf alle Fälle nicht gewesen sein. Da waren wir noch munter und sehr aktiv«, sagte sie fröhlich. »Ich werde gleich aufs Revier fahren und Ben ein Alibi verschaffen.«

»Nein, das tust du nicht. Ben möchte vorerst nicht, dass

eure Beziehung bekannt wird. Wer weiß, was in diese Tatsache hineininterpretiert werden könnte. Wir wollen uns morgen einen Schlachtplan überlegen«, meinte Don beschwichtigend.

»Du meinst, wir lassen ihn die Nacht unschuldigerweise in einer Gefängniszelle verbringen?«, fragte Lilly aufgebracht.

»Ben will es so«, sagte Don bestimmt. Und dachte bei sich, dass es Ben Recht geschah. Was muss er sich mit Lilly einlassen.

»Nein, ich ...«

»Lilly, du wirst nichts unternehmen, ist das klar? Du bleibst schön brav zu Hause, rufst niemanden an, auch deine Mutter nicht. Du hörst morgen von mir, ja?«

»Gut, ich vertraue dir. Aber ... möchtest du nicht vorbeikommen? Ich fühle mich einsam. Dann könnten wir schon überlegen, wer Ben das antut ...«

»Nein«, unterbrach er sie unwirsch.

»Ich verstehe«, sagte sie nur.

»Gute Nacht, Lilly.«

»Gute Nacht, Don.«

Mittlerweile war er an Carolines Adresse angekommen. Bei Weitem nicht so vornehm wie in *Beacon Hill*. Er hatte gar nicht gefragt, bei wem sie nun wohnte. Das Schild an der Tür verriet es ihm. Jim Henderson. Wer zum Teufel war das?

Seufzend klingelte er an ihrer Tür.

»Don, welche Überraschung. Du so spät?«, sagte sie kokett, als sie die Tür öffnete. »Hast du Sehnsucht nach mir?«

»Ich muss mit dir reden, Caroline. Über Ben.«

»Über Ben? Mitten in der Nacht? Wenn du mir von der geplanten Scheidung erzählen willst, darüber weiß ich längst Bescheid«, lächelte sie siegessicher. »Er wird mich nicht so leicht los, wie er sich das vorstellt. Charles wird mich unterstützen.«

Charles. Also doch. Don hatte Charles schon lange als Langzeitgeliebten von Caroline in Verdacht, die beiden hatten sich allerdings stets unauffällig verhalten. Bei anderen Liebhabern war sie nicht so diskret. Also schien ihr an Charles etwas zu liegen.

»Nein, es geht um ein wesentlich ernsteres Thema. Du hast gestern Abend mit Ben telefoniert?«

»Ja, wegen der Unterhaltszahlungen.«

»War da nicht noch etwas anderes?«, fragte Don bestimmt.

Caroline lachte. »Er hat dir erzählt, dass er nicht Lillys leiblicher Vater ist, oder? Ich denke jedoch, dass er darüber nicht sehr wütend ist, sondern eher erfreut«, spie sie verächtlich hervor. Don wurde hellhörig.

»Wie meinst du das?«

»Na, er schläft ja mit ihr. Kannst du dir das vorstellen? Wer weiß, wie lange das schon geht. Ein Vater mit seiner Tochter. Und dafür mache ich ihn fertig«, kreischte sie plötzlich hysterisch.

Don war wie vor den Kopf gestoßen. Ob zwischen den beiden schon länger etwas lief? Ben hatte ihm doch versichert, es sei erst gestern Nacht das erste Mal passiert. Aber wenn Caroline davon wusste ...

Er musste sie beruhigen. In diesem Zustand konnte sie Ben

nur schaden. Er war sich nun nicht mehr sicher, ob Ben ihm die Wahrheit gesagt hatte. Er musste Lilly fragen, obwohl ihm das äußerst schwerfiel.

»Caroline, hast du Ben gestern Abend erzählt, dass Dr. Sommersby Lillys leiblicher Vater ist? Hatte er davor keine Ahnung davon?«

»Nein, der Idiot hat immer geglaubt, Lilly sei von ihm. Dabei hat sie nichts von ihm. Nichts. Nichts«, schrie sie jetzt.

Oh Gott, wie sollte er ihr beibringen, sich ruhig zu verhalten?

»Caroline, zu welcher Uhrzeit hast du mit ihm telefoniert?«

»So gegen acht Uhr. Warum willst du das eigentlich alles wissen?«

»Weil Ben unter Mordverdacht steht. Er soll Sommersby umgebracht haben.«

Sie lachte schallend. »Das geschieht ihm recht. Hoffentlich können sie es ihm beweisen.«

»Caroline, du denkst doch nicht ...«

»Warum nicht? Ich war jahrelang die Geliebte von Sommersby, auch noch während meiner Ehe und ich bin sicher, dass Ben davon wusste. Außerdem ist Lilly untergeschoben. Vielleicht hat ihn all das zusammen wütend gemacht?«

»Aber du hast vorhin gesagt, dass Ben eher erfreut über die Tatsache war, dass Sommersby Lillys Vater war.«

»Ja, er hat die Situation sofort zu seinen Gunsten ausgenutzt und mit Lilly geschlafen. Dieser Mistkerl. Nicht einen Tag hat er gewartet.« Sie schaute böse vor sich hin.

Also war es doch erst letzte Nacht passiert?, überlegte Don. Dann hatte es ihr entweder Lilly oder Ben erzählt. Er nahm sich vor, die beiden danach zu fragen.

»Caroline, ich glaube nicht, dass Ben den Mord begangen hat. Außerdem gibt ihm Lilly ein Alibi. Sie haben die Nacht miteinander verbracht. Wie du ja weißt. Allerdings nicht die Polizei. Ben hat es bisher verschwiegen. Er fürchtet, dass seine Beziehung mit Lilly an die Öffentlichkeit dringen könnte ... Du weißt, was das bedeuten würde.

Ben sorgt sich darüber hinaus, dass die Vaterschaft von Sommersby zur Sprache kommen könnte und ihm damit ein Motiv nachzuweisen wäre.« Don schwieg kurz. Betrachtete das ausdruckslose Gesicht Carolines. Sie hatte ihre Augen gesenkt. Zu gerne hätte er ihre Empfindungen darin gesehen.

»Caroline, könntest du diesen Sachverhalt eine Weile für dich behalten? Ich verlange nicht von dir, dass du lügst. Sondern nur, dass du nicht von dir aus die Polizei oder Presse darauf stößt«, bat er eindringlich.

»Warum sollte ich Ben schonen?«, höhnte sie und warf ihren Kopf in den Nacken. »Jahrelang hat er mich nicht beachtet, sich nur um Lilly gekümmert.«

»Du hast ihn ebenfalls nicht beachtet. Sondern ihn hintergangen, wo es nur gegangen ist. Ihn ständig betrogen und Lilly vernachlässigt. Jede Gelegenheit hast du für ein Schäferstündchen genutzt.« Er wusste, wovon er sprach. Das gesamte Büro wusste es. Hatte sie Bedarf, kam sie ins Büro spaziert und schnappte sich einen der jungen Anwälte. Die fühlten sich geehrt und wiesen sie nicht zurück. Kam Ben dahinter, flog derjenige. Alle bemitleideten Ben, Caroline hielten sie für nymphomanisch.

»Also, was ist? Wenn du schon nicht für Ben den Mund hältst, tu es für Lilly. Denke einmal im Leben an deine Tochter«, sagte Don beschwörend.

»Warum nur hat er mit Lilly geschlafen? Das macht alles komplizierter«, seufzte Caroline.

Don konnte ihr nur zustimmen. »Aber du kannst Lilly nicht für Bens Verhalten strafen.«

»Was ist, wenn er es war?«, fragte sie lauernd.

»Dann müssen es beide gewesen sein. Denn Lilly schwört, dass sie die gesamte Nacht mit Ben zusammen war. Und warum hätten sie Sommersby ermorden sollen?«

»Weil der versucht hat, sich an Lilly zu vergehen?«

Don war sprachlos. Es dauerte eine Weile, bis er nachfragen konnte: »An seiner eigenen Tochter? Wie kommst du darauf?«

»Frag Lilly«, war alles, was sie noch sagte, bevor sie ihn bat, zu gehen.

Er schlich aus dem Haus. Und fand nicht den Mut, Lilly gegenüber zu treten. Dabei wäre es klüger, sofort persönlich nachzuhaken, ob das Verhältnis wirklich erst letzte Nacht begonnen und sie ihrer Mutter davon erzählt hatte. Und was da mit Sommersby vorgefallen war.

So rief er sie nur kurz an, um herauszufinden, ob sie mit ihrer Mutter über die Nacht mit Ben gesprochen hatte.

Empört wies sie diese These zurück. Reagierte völlig aufgebracht, als er sie auf die Dauer ihrer Beziehung zu Ben ansprach. Und brach in hysterisches Weinen aus, als er den Übergriff von Sommersby anschnitt.

Wie könne er ihr nur solche Fragen stellen?, hatte sie geschrien. Er meinte beschwichtigend, dass er morgen mit ihr in aller Ruhe darüber reden würde.

Don hatte das Gefühl, dass es Lilly nicht unrecht war. Ob sie etwas zu verbergen hatte?

Ben hörte den Schlüssel in seiner Gefängnistür, da trat schon Detective Johnson ein. »Sie können gehen, Mr. Warden«, sagte er unfreundlich.

Ben erhob sich von seiner Pritsche. Müde und zerknautscht. Er hatte kein Auge zugetan, sondern ständig überlegt, wer ihn in diese Situation gebracht haben könnte. Allerdings war ihm beim besten Willen niemand eingefallen, der ihn so hasste. Außer Caroline. Aber warum sollte Caroline Sommersby ermorden und ihn belasten?

»Ihr Alibi wartet auf Sie«, unterbrach Johnson seine Gedanken.

»Mein Alibi?«, stotterte Ben erstaunt.

»Ja, die Dame kam heute am frühen Morgen und gab an, die besagte Nacht mit Ihnen verbracht zu haben.«

Ben war fassungslos. Wie konnte Lilly nur so dumm sein? Hatte Don sie nicht gewarnt?

Da fuhr der Detective mit lüsterner Stimme fort: »Die Dame hätte ich auch nicht von der Bettkante gestoßen, trotz Ehemanns. Sie sind schon ein Glückspilz.«

Ben war verwirrt. Von wem sprach er? Und folgte Johnson den Gang entlang. Am Ende standen zwei Frauen. Lilly und – Deborah. Beide liefen auf ihn zu. Doch Lilly stoppte, als sie sah, wie Deborah auf Ben zustürzte und sich ihm an den Hals warf.

»Oh Ben, wie bin ich froh, dass sie dich entlassen. Warum

hast du ihnen nicht gesagt, dass du die Nacht mit mir verbracht hast? Ich stehe dazu, trotz Frank. Du weißt, wie ich für dich empfinde«, und sie küsste ihn zärtlich auf den Mund. Dabei sah er die Tränen, die Lilly in die Augen stiegen und ihr enttäuschtes Gesicht. Wie gerne hätte er sie in die Arme genommen anstatt Deborah.

Don nahm sich Lilly an und führte sie hinaus. Ben folgte mit einer glückstrahlenden Deborah am Arm. Die Detectives schauten ihm verärgert nach.

Zu Hause angekommen stürmte Lilly auf ihr Zimmer. »Was hat sie denn?«, fragte Deborah überrascht.

»Deborah, ich muss dir etwas sagen. Komm mit in die Bibliothek«, und er ließ Don in der Halle stehen.

»Deborah, warum hast du für mich gelogen?«

»Aber Ben, das war selbstverständlich. Don hat mir erzählt, was dir zur Last gelegt wird und ... und da habe ich spontan beschlossen, dir zu helfen. Du weißt, dass ich schon lange mehr für dich empfinde. Ohne dich hätte ich die letzten Jahre nicht durchgehalten. Ich habe davon geträumt, dass du Caroline verlässt und dich für mich entscheidest. Und diese Nacht letztens ...« Sie blickte ihn träumerisch an.

»Die Nacht war wunderschön«, sagte Ben warm. »Fast hätte ich dich gebeten zu bleiben. Doch dann ...«

»Was dann?«, fragte Deborah ängstlich.

»Ich war nahe daran, dich am nächsten Abend erneut anzurufen. Da kam Lilly völlig verstört nach Hause. Und erzählte mir, dass Caroline ihr gebeichtet hatte, ich sei nicht ihr leiblicher Vater.«

»Was?«, rief Deborah erstaunt. »Wer ist es dann?«

»Sommersby«, antwortete Ben heiser.

»Oh Gott«, entfuhr es Deborah. »So hättest du ein Motiv.«

»Ja, trotzdem bin ich kein Mörder. Ich habe die Nacht mit Lilly verbracht. Sie war vollkommen aufgelöst. Ich musste sie trösten.«

»Also hast du ein Alibi.«

»Nein, wenn die Cops herausfinden, dass Sommersby Lillys Vater ist, werden sie mich erst recht festnageln. Was gilt in diesem Fall das Alibi? Sie könnten uns der Verschwörung bezichtigen und Lilly ebenfalls hineinziehen.«

»Ich werde euch helfen und bleibe bei meiner Aussage. Ben, du ... du magst mich doch, oder?«

»Ja, Deborah, ich mag dich. Sehr. Vor zwei Tagen hätte ich sogar behauptet, ich liebe dich. Aber ...«

»Was hat sich geändert?«, fragte sie leise.

»Lilly. Die Tatsache, dass sie nicht meine Tochter ist. Ich liebe sie Deborah, wie ich noch nie eine Frau geliebt habe. Kannst du das verstehen? Bitte verzeih mir, wenn ich falsche Hoffnungen bei dir geweckt habe. Aber als ich Lilly nach Carolines Geständnis in den Armen gehalten habe, da ... da ist es einfach passiert. Die Gefühle haben mich – haben uns übermannt. Ich habe mit ihr geschlafen, Deborah. Und es war ... es war überwältigend. Ich kann es nach wie vor kaum glauben, doch sie ist die Frau meiner Träume.«

Jetzt sah er Tränen in Deborahs Augen, zog sie in seine Arme. »Es tut mir so leid. Ich schätze dich sehr, möchte dich als Freundin nicht verlieren. Aber ... ich kann nicht anders. Es ist Lilly, der mein Herz gehört.«

Vorsichtig wischte er ihr die Tränen aus dem Gesicht.

Sie schluchzte.

So kannte er die stets lustige Deborah nicht. Wenn er gewusst hätte, dass sie ihn so sehr liebte, hätte er nicht jahrelang mit ihr gespielt. Sie war für ihn eine hingebungsvolle, nie launenhafte Geliebte. Ständig zur Stelle, wenn er Zeit und Bedarf hatte. Mehr wollte er nicht von ihr, obwohl er manchmal mit dem Gedanken gespielt hatte. Doch sie hatte sich mehr erhofft. Arme Deborah.

»Es tut mir aufrichtig leid. Ich wollte dich nicht verletzen. Bitte glaube mir. Ohne Lilly ...«, brach er hilflos ab, als ihr Schluchzen lauter wurde. Er hielt sie umschlungen, bis ihr Beben erstarb und ihr Schluchzen aufhörte. Sie befreite sich aus seinen Armen.

»Es freut mich für dich Ben, wenn du die Liebe deines Lebens gefunden hast. Du bist meine. Aber ich werde es nie wieder erwähnen und euch helfen. Ich bleibe bei meiner Aussage, dass ich die Nacht mit dir verbracht habe. Alles andere wäre ein Fehler. Die Meute da draußen würde über dich und Lilly herfallen, sobald sie erfahren, dass ihr ein Paar seid.«

»Du willst weiter für mich lügen?«, fragte er gerührt.

»Ja, denn ich liebe dich Ben Warden. Und ich weiß, dass du kein Mörder bist. Und wenn es keine andere Möglichkeit gibt, lüge ich für dich. Ich wünsche dir und Lilly alles Gute.« Und damit rauschte sie aus der Bibliothek und aus dem Haus. Don folgte ihr.

Arme Deborah, überlegte er, während er sich einen Scotch eingoss. Dabei fiel ihm ein, dass ihre Tochter Jessica eine

Kommilitonin Lillys war. Ob sie ebenfalls bei Sommersby studierte? Er nahm einen kräftigen Schluck von seinem Drink, der angenehm warm durch seinen Körper floss und stieg mit dem Glas in der Hand die Stufen zu Lillys Zimmer empor. Auch von dort hörte er Schluchzen. Er klopfte. »Geh weg«, rief Lilly mit tränenerstickter Stimme.

Trotzdem öffnete er die Tür. »Hast du nicht gehört? Du sollst verschwinden«, fauchte sie ihn an und warf ein Kopfkissen nach ihm.

»Lilly, hör zu. Das mit Deborah war vor uns. Sie war in der Nacht, als deine Mutter mich verlassen hat, hier. Wir haben miteinander geschlafen, wie wir es seit fünf Jahren tun. Doch seit der Nacht mit dir hat sich alles verändert. Ich liebe dich, das habe ich dir nicht nur gesagt, sondern auch bewiesen. Deborah wusste nichts von uns und wollte mir helfen. Dafür bin ich ihr dankbar. Sie will weiterhin für mich lügen, obwohl sie jetzt die Wahrheit kennt.«

»Du ... du hast ihr von uns erzählt?«

»Natürlich. Ich will kein Geheimnis daraus machen, dass ich dich liebe. Deborah hat die Wahrheit verdient. Wie Don ebenfalls. Beide werden uns helfen. Ich würde mein Glück sofort in die Welt schreien, ich fürchte jedoch, die Polizei wird das anders sehen und uns ein Mordkomplott anhängen.«

»Warum sollte sie? Wir sind doch glücklich darüber, dass Mom dich betrogen hat und du somit nicht mein Vater bist. Das müssen sie einsehen.«

»Ja mein Liebling, in einer perfekten Welt. Aber nicht in der Welt da draußen. Wir werden einiges durchzustehen haben, denn viele werden uns verdächtigen, schon lange ein

Liebespaar zu sein und damit deine Mutter vertrieben zu haben. Kaum jemand wird sich für die Wahrheit oder die Reinheit der Liebe zwischen uns interessieren. Die Menschheit ist nun mal böse und hinterlistig. Sieht nur, was sie sehen will. Es kommen harte Zeiten auf uns zu, und das nicht nur wegen der Mordanklage, die sie garantiert gegen mich erheben werden. Wir müssen stark sein, mein Liebling, wenn wir den Sturm überstehen wollen, der über uns hereinbrechen wird.«

Liebevoll strich er über ihr Haar, ihr Gesicht. Wischte ihr wie vorhin Deborah die Tränen aus dem Gesicht.

»Wenn wir uns lieben und zueinanderstehen, schaffen wir das. Davon bin ich überzeugt«, sagte Lilly mit fester Stimme. »Niemand kann mich in meinem Glauben an dich erschüttern.«

»Auch Mom nicht?«, fragte er zweifelnd. »Sie wird versuchen, uns auseinanderzubringen.«

»Mom schon überhaupt nicht.« Und damit erhob sie sich von ihrem Bett, zog mit einem Schwung ihr Kleid über den Kopf und stand in Spitzenunterwäsche und halterlosen Strümpfen vor ihm. Wunderschön, wenn auch sehr verweint.

»Ich habe mich extra für dich hübsch gemacht, wollte deine Heimkehr mit dir feiern«, flüsterte sie rau.

»Dann lass uns das tun«, und er zog sie bei diesen Worten auf das Bett.

»Ich liebe dich, Lilly.«

»Ich dich auch, Ben.«

Er schaute auf sie hinab. Wieder überkam ihn der gleiche Stolz wie vorgestern. Schnell schlüpfte er aus seinen zerknautschen Sachen. Sie lächelte und streckte die Hand nach ihm aus.

»Ich liebe dich«, flüsterte er erneut rau und senkte sich über sie.

»Sommersby hatte Geschlechtsverkehr vor seinem Tod?«, fragte Detective Johnson die Gerichtsmedizinerin Mary Brighton in der Gerichtsmedizin verblüfft. Denn sie hatten Sommersby völlig bekleidet vorgefunden.

»Ja, unmittelbar davor. Eigentlich mittendrin«, lächelte sie.

»Dann kann es nicht Warden gewesen sein, außer die beiden wären schwul«, ätzte Johnson.

»Er hat auch Kratzer an der Wange, die von einer Frau stammen. Zumindest sagt das die DNA-Spur. Aber das Beste kommt erst«, und damit hob sie das Tuch, das den obduzierten Toten bedeckte, bis zu den Hüften hoch.

Den Detectives stockte der Atem. Der Penis war fein säuberlich abgetrennt.

»Haben wir das Teil gefunden?«, fragte Detective Johnson anzüglich.

»Nein«, meinte Mary Brighton, »den scheint der Mörder mitgenommen zu haben.«

»Also haben wir keine DNA für einen Vergleich«, seufzte Monroe.

»Nicht vom Penis, dafür von dem Kratzer an der Wange.

Ich gehe davon aus, dass die Frau, die ihn gekratzt hat, auch die diejenige war, mit der er geschlafen hat«, erklärte Mary.

»Wie kommen Sie darauf, Doc?«

»Die Kratzer wurden ihm erst kurz vor dem Tod zugefügt. Entweder beim Liebesspiel oder die Frau war nicht freiwillig bei der Sache. Wofür der abgetrennte Penis sprechen würde.«

»Sie meinen, der alte Sommersby hat eine Frau zum Sex gezwungen?«

»Sagen wir so, der Tathergang lässt es vermuten. Die Frau wehrt sich, kratzt ihn, er wirft sie auf den Tisch, direkt auf seine Brillengläser, die dadurch zerbrechen. Die Frau muss Verletzungen an der Schulter oder im Rückenbereich davongetragen haben. Wir haben geringe Blutspuren auf dem zerbrochenen Glas gefunden.«

»Sollen wir jetzt jede Frau Bostons auf Verletzungen am Rücken kontrollieren?«, maulte Johnson.

»Nein, aber Sie haben ein weiteres Indiz, wenn Sie eine Verdächtige haben. Außerdem könnte sie Vergewaltigungsspuren aufweisen.«

»Ebenso nicht sehr hilfreich«, fügte Monroe mürrisch an. Er sah seine Felle davon schwimmen, was eine Beteiligung von Warden an diesem Mord betraf.

»Kann es nicht doch ein Mann gewesen sein?«, fragte er hoffnungsfroh nach.

»Nein, der Mord wurde definitiv von einer Frau begangen. Er starb während des Geschlechtsaktes.«

»Und das ein Mann dazu kam und der Frau zur Seite

springen wollte? Wäre das ein vorstellbares Szenario?«

»Auch das ist ausgeschlossen. Die Einstichwunde zeigt deutlich, dass sie von der Person unter Sommersby ausgeführt worden ist.«

»Was war nun die eigentliche Todesursache? Hat er das Abschneiden seines besten Stückes nicht überlebt?«, mischte sich Johnson grinsend ein.

»Falsch. Als sein Penis abgetrennt wurde, war er seit mindestens zwei Stunden tot. Der Tod wurde eindeutig durch einen Stich in sein Herz herbeigeführt.«

»Mit der Schere, die wir am Tatort neben dem Toten gefunden haben?«

»Exakt. Die Schere passt genau in die Wunde. Die Frau muss sich gewehrt und irgendwie diese Schere in die Hand bekommen haben. Sie hat sie ihm in den Rücken gerammt, dabei zufällig die Herzgegend erwischt. In seiner Überraschung hat er sie vermutlich losgelassen und sie ihn nach hinten gestoßen. Er ist auf den Rücken gefallen und die Spitze der Schere hat sich in sein Herz gebohrt. Er war sofort tot.«

»Also kein geplanter Mord, sondern eine Tat im Affekt. Warum hat sie nicht Hilfe geholt?«

»Wahrscheinlich stand sie unter Schock«, stellte die Gerichtsmedizinerin klar.

»Aber als der vorbei war, fiel ihr ein, in welchen Schwierigkeiten sie steckte. Und kehrte zum Tatort zurück, um ihre Spuren zu beseitigen. Und ihm sein ›Tatwerkzeug‹ zu entfernen«, fügte Johnson sarkastisch hinzu. »Mit welcher Gerätschaft wurde der Penis abgetrennt?«

»Die Abtrennung erfolgte mit einem sehr scharfen Messer oder einem Skalpell. Es gibt keinerlei Ausfransungen an der Schnittstelle, was auf einen scharfen Gegenstand schließen lässt.«

»Gibt es irgendwelche verwertbaren Fingerabdrücke?«, wollte Johnson noch wissen.

»Nein, die Schere wurde sorgfältig abgewischt. Am Schreibtisch und im restlichen Büro gibt es tausende Abdrücke, nicht nur die von Sommersby.«

»Um die alle zuordnen zu können, müssen wir ganz Harvard aufs Revier laden«, stöhnte Johnson.

»Vielleicht nicht«, überlegte Monroe, der ihnen mit einem grüblerischen Gesichtsausdruck gelauscht hatte. »Als wir gestern Warden abholten, war doch seine Tochter anwesend. Und sie wirkte sehr erschüttert über den Tod ihres Professors. Was, wenn der gute Professor sich an Wardens Tochter vergangen und sie ihn in ihrer Panik erstochen hat? In ihrem Schock zu Daddy gelaufen ist und er ihr geholfen hat, die Spuren zu beseitigen?«

»Ein erfahrener Rechtsanwalt? Würde der nicht eher die Polizei verständigen?«, zweifelte Mary Brighton.

»Wenn es um die eigene Familie geht, reagiert man oft unüberlegt. Und Warden ist ein Mensch, dem Familie und Familienehre über alles geht«, meinte Monroe grimmig.

»Woher willst du das wissen?« Johnson schaute seinen Kollegen durchdringend an. Was hatte dieser nur mit den Wardens?

»Ich weiß es eben«, zuckte Monroe nur mit den Schultern.

»Lilly, ich muss ins Büro«, flüsterte Ben der neben ihm schlummernden Lilly ins Ohr. Erschöpft waren sie nach dem kurzen, aber heftigen Liebesakt eingeschlafen. Schließlich hatten beide in der Nacht kein Auge zugetan. Er nicht, weil er ständig überlegt hatte, wer hinter dem perfiden Plan stecken könnte, ihm den Mord an Sommersby anzuhängen, sie in Sorge um ihn.

»Warum?«, fragte sie verschlafen.

»Ich möchte einige Vorkehrungen treffen, falls die Detectives noch mal auf mich zukommen«, meinte er süffisant. »Außerdem müssen wir uns überlegen, wie wir weiter vorgehen. Ich komme danach mit Don nach Hause. Lass uns von Mrs. Walters ein leichtes Abendessen zubereiten, ja?«, und küsste zärtlich ihre Wange.

»Alles klar, Sir«, lachte sie, munter geworden. Fügte ernst hinzu: »Denkst du, sie kommen wieder?«

»Mein Füller lag neben der Leiche. Was denkst du als angehende Anwältin?«

»Sie kommen wieder.«

Als er im Büro aus dem Lift stieg, kam ihm Dorohtee Miller, seine langjährige Sekretärin und treue Seele, mit rot geweinten Augen entgegen.

»Es tut mir so leid, Sir. Ich konnte nicht anders.«

»Schon gut Dorohtee, keine Sorge. Sie haben nichts falsch gemacht. Es war richtig, den Detectives zu sagen, dass es mein Füller war und ich ihn täglich mit mir führe«, nahm er Dorothee tröstend in die Arme. »Können Sie sich erinnern, ob ich ihn gestern bei der Partner-Konferenz dabei hatte?«

»Wie ich der Polizei bereits sagte, ich kann mich nicht daran erinnern. Aber es muss ein furchtbarer Irrtum vorliegen«, schluchzte sie los.

»Ja, nur leider sieht die Polizei das nicht so. Sind alle Partner im Haus?«

Nachdem Dorothee nickte, bat er sie, alle in den Konferenzraum zu rufen.

Als die Partner der Kanzlei um den eindrucksvollen Konferenztisch saßen, der im Licht der Nachmittagsonne glänzte, räusperte sich Ben.

»Wie ihr wisst, hatte ich ein besonders luxuriöses Nachtquartier«, begann Ben ironisch. »Die ersten Medien campen bereits vor meinem Haus und es ist nur eine Frage der Zeit, wann die Polizei erneut bei mir auftaucht.«

»Bist du schuldig?«, fragte Charles Spencer.

Bens Blick auf Charles war eisig.

»Charles, wie kannst du nur annehmen ...«, ereiferte sich Don.

Ben unterbrach ihn. »Schon gut, Don. Ich kann für mich selbst sprechen, hier brauchst du nicht die Rolle des Verteidigers zu übernehmen. Nimmt noch jemand in der Runde an, ich könnte Sommersby ermordet haben?«

Bis auf Charles schüttelten alle den Kopf. »Gut, denn ich war es nicht. Welches Motiv sollte ich haben? Weil er mir vor zwanzig Jahren eine Vier auf eine Klausur gegeben hat?« Niemand lachte.

»Wie auch immer. Mein Füller wurde am Tatort gefunden. Die Polizei ist davon überzeugt, dass ich dort war. Was ich allerdings nicht war. Ich habe ein einwandfreies Alibi. Doch ich vermute, die Polizei lässt nicht so schnell locker. Da ich der Kanzlei keinen Schaden zufügen möchte, lege ich meine Partnerschaft bis zum Beweis meiner Unschuld auf Eis. Kathleen, du wirst den Papierkram dazu erledigen und mich bis auf Weiteres vertreten. Noch Fragen?« Ben schaute in die Runde.

Charles blickte grimmig, wahrscheinlich passte es ihm nicht, dass er Kathleen die Vertretung übergeben hatte. Aber Ben traute Charles nicht mehr.

Kathleen nickte bekümmert. »Wenn du Hilfe brauchst, lass es mich wissen«, lächelte sie Ben aufmunternd an.

»Danke«, sagte er berührt. »Gut, das war alles. Don hält euch auf dem Laufenden. Don, lass uns zu Lilly fahren und das weitere Vorgehen besprechen. Wünscht mir Glück!«

Alle erhoben sich und einer nach dem anderen umarmten sie Ben. Bis auf Charles, der gedankenverloren auf seinem Stuhl sitzen blieb.

Kelly Preston, Studentin an der Harvard School of Law und angeblich eine von Dr. Sommersbys Lieblingsstudentinnen, saß unsicher vor dem wuchtigen Schreibtisch im Büro der Detectives Johnson und Monroe.

»Miss Preston, Sie haben bei Dr. Sommersby studiert?«, fragte sie der afroamerikanische Detective freundlich.

Sie hatte in ihrer Aufregung die Namen der beiden

vergessen. Warum nur war sie zu einer Aussage gebeten worden? Sie war doch nur eine von vielen Studentinnen, dachte sie nervös.

»Ja«, presste sie daher nur undeutlich hervor.

»Sie brauchen nicht nervös zu sein, das ist nur eine Routinebefragung, um mehr über Dr. Sommersby zu erfahren«, erklärte der freundliche Detective. »Wir befragen verschiedene Studierende. Sie wurden uns von Sommersbys Sekretariat als eine seiner Studentinnen genannt.«

Sie nickte.

»Also, in welchem Semester befinden Sie sich zur Zeit?«

»Im dritten«, antwortete sie nun fester.

»Und in welcher Beziehung standen Sie zu Dr. Sommersby?«, fiel nun der weiße Polizist ein.

»Beziehung?«, fragte sie verständnislos.

»Na, hatten Sie ein gutes Verhältnis mit Ihrem Professor oder eher nicht? Wie sind Sie mit ihm ausgekommen? Was für eine Art Mensch war er?«, fragte der weiße Detective ungeduldig nach.

»Ich war eine von vielen Studentinnen. Stand somit in keiner besonderen Beziehung zu Dr. Sommersby. Sondern habe wie andere auch seine Pflichtvorlesungen besucht. Ich kannte ihn kaum, zumindest nicht im persönlichen Gespräch, nur von der Vorlesung.«

»War er nicht Ihr Tutor?«, hakte der freundliche Detective nach.

Kelly errötete. »Ja, das war er.«

»Warum behaupten Sie dann, Sie kennen ihn nur von den

Vorlesungen?«, kam es kalt vom unfreundlichen Polizisten.

»Ich, ich ...«

»Was ›Ich‹?«, bohrte der Weiße nach.

»Ich dachte nicht, dass dies relevant für Ihre Untersuchung ist. Ich habe mit dem Mord an Dr. Sommersby nichts zu tun«, antwortete sie bestimmt.

»Miss Preston, Kelly – ich darf Sie doch Kelly nennen, nicht wahr?« Auf ihr Nicken fuhr der freundliche Polizist fort. »Alles ist für uns von Bedeutung. Wir sind dabei, die Person Dr. Sommersby zu erforschen, und wer ein Motiv gehabt haben könnte, ihn zu töten. Und Sie als eine seiner Lieblingsstudentinnen können möglicherweise dazu beitragen, ein Motiv zu finden und die Umstände seines Todes aufzuklären. Daher ist alles für uns von Bedeutung, das Sie uns mitteilen können. Verstehen Sie mich?«

Sein eindringlicher Blick ließ sie kurz die Augen schließen und die Schere mit den roten Griffen vor sich sehen, die immer an der gleichen Stelle auf Sommersbys Schreibtisch gelegen war.

»Stimmt es, dass er mit seiner Schere ermordet wurde?«, fragte sie zögerlich.

»Wie kommen Sie darauf?«, schnaubte der Unfreundliche.

»Es geht das Gerücht um, dass er mit seiner eigenen Schere erstochen worden ist.«

»Geben Sie nichts auf Gerüchte. Aber wieso sollte jemand Sommersby mit seiner Schere erstechen?«, wollte der freundliche Detective wissen.

Weil er diese Schere für einen bestimmten Zweck benutzt

97

hat?, dachte sie im Stillen. Und nicht nur bei ihr. Es schauderte sie bei dem Gedanken an die geräumige Schreibtischschublade mit seinen Trophäen. Trotzdem konterte sie. »Ich habe nicht die geringste Ahnung.«

»Das glauben Sie doch selber nicht. Sie wissen mehr. Los, sagen Sie schon, was hat es mit der Schere auf sich?«, brüllte sie der Unfreundliche an. Sie gab keine Antwort.

Dicht trat der weiße Detective an sie heran. Sie spürte seine körperliche Nähe, die Bedrohung, die von seinem massigen Körper ausging. Und hielt den Blick gesenkt.

»Los, schauen Sie mich an. Welche Bewandtnis hat es mit der Schere? Was hat er damit getan?«

Sie blickte immer noch zu Boden, sah die Schere vor sich, die Sommersby vor ihrem Gesicht geschwenkt und dabei geflüstert hatte: ›*Wenn du nicht willig bist, zerkratzte ich dir damit dein hübsches Gesicht.*‹

»Sie sollen mich anschauen. Was hat er mit der Schere getan?« Das Brüllen des bösen Detectives war lauter geworden, Kelly drückte sich ängstlich in ihren Sessel. »Hat er Sie bedroht? Los, reden Sie schon, oder wir nehmen Sie wegen Behinderung der Ermittlungen fest.« Grob fasste er an ihre Schulter. Sie zuckte zurück. Tränen liefen über ihre Wangen. Verstört blickte sie auf.

»Kelly, hat sich Dr. Sommersby an Ihnen vergangen?«, fragte der schwarze Detective nach einer Weile leise.

Kelly schlug die Augen erneut nieder. Die Bilder von jenem Nachmittag stiegen ihr in den Kopf. Dr. Sommersby, der sich mit einem lüsternen Lachen über sie gebeugt, ihr T-Shirt nach oben geschoben und mit der Schere mit den roten Griffen ihren Büstenhalter durchschnitten hatte. Wie hatte sie sich geschämt, als ihr Busen nackt seinem gierigen Blick freigegeben war.

Und während sie bei der Befragung durch den Detective heftig verneinend den Kopf schüttelte, fühlte sie erneut den Ekel in sich aufsteigen, den sie empfunden hatte, als Dr. Sommersby ihren Rock hochgeschoben, ihr den Slip durchschnitten und ihre Beine an den Oberschenkel haltend gespreizt hatte. Sie hörte nach wie vor ihr Wimmern und sein ungeduldiges ›Halt still, dann tut es nicht weh.‹ in den Ohren.

Die Schmerzen jener Stunde ließen sie bis heute zusammenzucken, doch sie presste die Zähne zusammen. Niemand sollte je erfahren, was Sommersby ihr angetan hatte. Schließlich hatte sie einen Traum. Bundesrichterin zu werden. Wie die Mutter von Lesley, einer Studienfreundin. Und wie sollte sich dieser Traum je erfüllen, wenn jemand erfuhr, dass Sommersby sie vergewaltigt hatte? Nach wie vor herrscht in einem Großteil der Gesellschaft die Meinung vor, dass Frauen ein solches Verhalten provozierten. Und sie konnte im Blick des weißen Detectives das Verlangen spüren, nur weil sie blond und mit einer vorteilhaften Figur gesegnet war. Nie würde ihr jemand glauben, dass sie nicht freiwillig mit Sommersby geschlafen hatte.

Mitleidig blickte der schwarze Detective sie an. Sie war überzeugt, dass er wusste, was in ihr vorging. Doch er konnte sie nicht zu einer Aussage zwingen.

»Gut Kelly, Sie können gehen«, sagte er nach kurzem Zögern, fügte noch ermahnend hinzu: »Aber halten Sie sich zu unserer Verfügung!«

Sie stand so schnell auf, wie sie konnte, und schloss erleichtert die Tür hinter sich.

»Bist du verrückt?«, blaffte Johnson seinen Kollegen an. »Die hätten wir geknackt. Die hatte hundertprozentig was mit diesem Typen. Hast du ihre Oberweite gesehen? Welcher Mann möchte da nicht gerne darin versinken?«

»Ich«, antwortete Monroe kühl. »Du solltest mehr deinen Kopf zum Denken verwenden. Wenn die zwei etwas miteinander hatten, war das von der Kleinen aus nicht freiwillig.«

»Damit hätte sie ein Motiv. Wenn du mir nicht dazwischen gefunkt hättest, würde uns jetzt ein Geständnis vorliegen. Ich wette alles, dass Sommersby sie flach gelegt und sie sich dafür gerächt hat. Wäre nicht das erste Mal.«

Monroe schüttelte den Kopf. »Nein, dazu ist sie nicht der Typ.«

»Bist du jetzt der große Frauenversteher?«, höhnte sein Kollege.

»Nein, doch im Gegensatz zu dir kann ich mich in Menschen hineinversetzen. Ich stimme dir zu, Sommersby hat sich wahrscheinlich an ihr vergangen. Aber sie schämt sich. Hast du nicht ihre Verlegenheit wahrgenommen? Sie würde sich lieber selbst umbringen, als je zu erzählen, dass sie Opfer eines Missbrauches geworden ist. Denn Männer wie du würden sie sofort als Schlampe abstempeln, nur weil sie hübsch ist. Nein, die war es nicht«, schüttelte Monroe energisch den Kopf. »Es war Warden. Glaub mir«, fügte er bestimmt hinzu.

»Was hast du nur gegen Warden?«

»Diese weiße Oberklasse kommt zu allen Zeiten ungeschoren davon«, zischte Monroe hasserfüllt.

Johnson lachte dröhnend. »Mir wirfst du vor, ich sei Frauen gegenüber voreingenommen und denke nur an das eine. Und du? Immer noch diese Scheiße im Kopf wegen Weiß und Schwarz. Vielleicht besuchst du mal das neue *Museum für afroamerikanische Geschichte und Kultur* in Washington«, fügte er feixend hinzu.

»Das solltest eher du besichtigen«, giftete Monroe zurück.

»Komm, reg dich ab. Du bist Detective bei der Mordkommission. Zuständig für Gerechtigkeit. Nur weil du die Weißen aus wohlhabenden Familien nicht ausstehen kannst, sind sie nicht automatisch schuldig.«

»Warden schon.«

»Wo ist das Motiv?«

»Wir werden eines finden«, sagte Monroe entschieden.

»Vielleicht war Sommersby doch hinter Lilly Warden her und ihr Vater hat das spitz gekriegt? Diese Schere, mit der muss es eine Bewandtnis haben. Hast du die Reaktion von Kelly auf die Schere gesehen? Möglicherweise hat er Studentinnen damit gefügig gemacht? Gedroht, sie damit zu verletzen? Lass uns herausfinden, ob Sommersby auf seine Studentinnen scharf war und somit auch auf Lilly Warden. Aber lass uns die Konzentration nicht nur auf die Wardens richten«, meinte Johnson versöhnlich.

Monroe nickte. Obwohl ihm die Ausdrucksweise seines Kollegen missfiel, war er trotzdem überzeugt, dass das Motiv mit sexueller Gewalt zu tun hatte. Noch mehr war er überzeugt, dass Ben Warden der Mörder war.

Der Enkel jenes Mannes, der seine Mutter auf dem Gewissen hatte.

Ben und Lilly saßen mit Don um den ovalen Esstisch. Die letzten Sonnenstrahlen des Tages tummelten sich auf dem Glastisch, doch niemand hatte einen Blick dafür. Lilly druckste herum. Don hatte sie geradeheraus gefragt, ob Sommersby sie belästigt hatte. »Lilly, wenn du etwas weißt, musst du es uns anvertrauen. Um deinem Vater ... um Ben zu helfen«, verbesserte er sich.

Da brach es aus ihr heraus. »Ja, er hat mich begrapscht. Mir an den Busen gefasst und versucht, mich zu küssen. Ich bin weggelaufen.«

»Dieses Schwein«, ereiferte sich Ben. »Wäre er nicht schon tot, dann ...« Innerlich kochte er wesentlich mehr. Dieses Arschloch grapschte seine eigene Tochter an. Wie pervers war das denn? Aber Lilly wusste nicht, dass Sommersby ihr Vater war, also musste er seinen Zorn verbergen.

»Ben, beruhige dich. Lass Lilly erzählen.« Zu Lilly gewandt fuhr Don fort. »Lilly, hat dich jemand gesehen?«

»Ich ... ich weiß nicht. Als ich in sein Büro ging, saß niemand an dem Schreibtisch vor seiner Tür. Beim Hinauskommen ...«

»Was war da?«, bohrte Don nach.

»Ich bin gerannt. Wollte nur mehr weg. Ich habe nicht darauf geachtet.«

»Wo bist du hin?«

»Zu Mom.«

»Zu Caroline? Seit wann läufst du mit einem Problem zu deiner Mutter? Warum bist du nicht zu mir gekommen?«, fragte Ben aufgebracht.

»Genau aus dem Grund. Weil du dich fürchterlich aufgeregt hättest. Und das getan, was du vorhin angedeutet hast.«

Womit sie recht hatte. Er hätte Sommersby ermordet. Vor allem mit dem Wissen von heute.

Lilly begann zu schluchzen. Ben nahm sie in die Arme. »Ist schon gut, Liebes. Wir kriegen das hin«, und küsste ihr tränennasses Gesicht. Es tat ihm in der Seele weh, sie so zerstört zu sehen, doch er war sich sicher, dass ihre beiderseitige Liebe sie diese Situation überstehen lassen würde.

Don räusperte sich. »Können wir uns wieder dem Fall widmen?«, sagte er betont geschäftsmäßig. Es fiel ihm schwer, Ben und Lilly als Liebespaar zu sehen. Noch dazu, wo er selbst Gefühle für Lilly hegte. Und gehofft hatte, als Partner ihres Vaters ... er seufzte auf. Diese Karrierepläne musste er vergessen.

Lilly drehte sich verschämt um. Sie wusste um Dons Gefühle, hatte ihm aber nie Hoffnungen gemacht. Obwohl sie manchmal mit der Idee gespielt hatte, ihn zu heiraten, denn dann wäre sie ihrem Vater auch durch persönliche Freundschaft ihres Mannes verbunden gewesen.

»Wenn die Polizei herausfindet, dass Lilly an dem Tag dort war, werden sie eins und eins zusammenzählen. Außerdem steht im vorläufigen Obduktionsbefund, dass Sommersby auf beiden Wangen eine Verletzung hatte, wahrscheinlich herbeigeführt durch kratzende Nägel. Sie haben DNA-Spuren gefunden.«

»Lilly, hast du ihn gekratzt?«, erkundigte sich Don. Sie schüttelte den Kopf.

»Sag die Wahrheit. Ich kann dir nur helfen, wenn du ehrlich und aufrichtig zu mir bist.«

»Aber Don, ich würde dich nie belügen. Das weißt du doch«, wandte sie erbost ein.

»Schon gut, verzeih mir.« Er durfte sich nicht anmerken lassen, wie gekränkt er war.

»Also, du hast ihn nicht gekratzt. Sonst irgendwie berührt?«

»Ja, ich habe ihn zurückgestoßen, als er mir ... als er mir zwischen die Beine gegriffen hat«, beendete sie tapfer den Satz.

»Könnte man Spuren von dir finden?«

»Natürlich. Er war mir sehr nahe gekommen, demnach könnten Haare von mir auf ihm sein. Außerdem war ich fast täglich in seinem Büro. Auf der Schere werden ebenfalls Fingerabdrücke von mir sein, die hatte ich erst vorgestern in der Hand, weil ich einen Artikel aus der täglich erscheinenden Studentenzeitung *The Harvard Crimson* ausgeschnitten hatte.«

»Die Schere war abgewischt worden. Keine brauchbaren Fingerabdrücke. Ben«, und er drehte sich zu Ben um, der mit dem Rücken zu ihnen stand und auf den sommerlichen Garten blickte.

»Ben, wir müssen uns eine Strategie überlegen. Sobald sie Lilly mit Sommersby in Verbindung bringen, werden sie hier sein und sie verhaften. Euch des Mordkomplotts anklagen. Denn jeder weiß, wie du Lilly vergötterst und das du es nie geduldet hättest, wenn Sommersby ...«

Ben drehte sich langsam um. Er war kreidebleich. Nur zu gut kannte er die Denkweise der Polizei. Wenn es ihnen nicht gelang, den wirklichen Mörder zu finden, würden er und Lilly dafür büßen. »Don, ruf Doc Carter an. Er hat schon öfter für uns gearbeitet und ist zuverlässig. Er muss herausfinden, wer Vorteile durch den Tod Sommersbys hatte. Oder sich an ihm rächen wollte.«

Don nickte. Doc Carter war eine ausgezeichnete Wahl. Zwar ruppig in seiner Art, aber sehr effektvoll beim Stöbern in fremden Leben.

Ben unterbrach Dons Gedanken. »Übrigens, warum hast du Deborah angerufen und ihr von meiner misslichen Lage erzählt?«

Don blickte auf Lilly. Ben lachte. »Keine Sorge. Lilly weiß Bescheid. Also?«

»Ich wusste, dass sie dich liebt. Und wahrscheinlich von sich aus anbieten würde, dir zu helfen.«

»Mir war nicht bewusst, dass sie mich liebt. Ich habe vielmehr angenommen, dass sie unsere Beziehung wie ich sieht – als schönen Zeitvertreib«, sinnierte Ben.

»Was seid ihr Männer blind«, warf Lilly ein. »Das kann doch ein Blinder sehen, wie verliebt Deborah in dich ist. Mir war das immer furchtbar peinlich, wenn wir gemeinsam öffentlich aufgetreten sind. Und Jessica hasst mich dafür, weil ihre Mutter dich liebt.«

»Tut mir leid, das habe ich nie bedacht. Ich war überzeugt, dass wir diskret waren.«

»Ja, das ward ihr. Ich wusste bis heute nicht, dass du mit ihr wirklich eine Affäre hattest. Doch es war mir klar, dass sie in dich verliebt ist. Und ich denke, dass alle aus unserem Kreis darüber im Bilde sind, inklusive ihrem Mann«, fügte Lilly spitzzüngig an.

»Lilly, weißt du, ob Jessica unter Sommersby zu leiden hatte?«, wollte Don das Thema wechseln. »Ihr studiert zusammen, oder?«

»Ja, das tun wir. Aber uns verbinden keine freundschaftlichen Bande und sie würde mir nie einen derartigen Übergriff gestehen.«

»Ich setze Doc darauf an, vielleicht kann er etwas erfahren.«

»Deborah war in der Nacht vor Sommersbys Tod von bei mir, da lag Carolines Haustürschlüssel am Tisch in der Eingangshalle«, meldete sich Ben.

»Du willst doch nicht behaupten, Deborah hätte den Schlüssel genommen, weil sie plante, nächsten Tag Sommersby zu ermorden, danach bei dir ›einzubrechen‹, um deinen Füller zu stehlen und dich zu belasten?«, fragte Don entrüstet.

»Nein, aber Tatsache ist, Carolines Schlüssel lag in der Halle auf dem Tischchen. Möglicherweise hat Deborah ihn beim Weggehen mitgenommen, weil sie mich eines Nachts mit einem Besuch überraschen wollte. Ohne Lilly hätte ich nichts dagegen gehabt«, und schaute Lilly entschuldigend an.

»Dann hat sie am nächsten Abend zufällig Sommersby getötet und ...«, meinte Don ironisch.

»Was, wenn Sommersby Jessica belästigt hat? Und Deborah ihn zur Rede stellen wollte? Und dabei ist das passiert, was ihr mir zugetraut habt? Und sie in ihrer Panik zu mir gekommen ist? Und mich in Lillys Armen gefunden hat?«

»Aber Ben, das würde Deborah doch nie tun«, ereiferte sich Lilly. »Denk nur daran, wie sie dir mit ihrem Alibi zur Hilfe geeilt ist.«

»Ja, und dadurch hat auch sie ein Alibi«, stellte Ben klar.

Don und Lilly schauten sich betreten an. »Das meinst du nicht ernst, oder?«, wollte Don wissen.

»Nein, natürlich nicht. Diese Theorie zeigt allerdings, dass es Möglichkeiten gab, an den Füller heranzukommen. Und irgendwer muss ihn am Tatort deponiert haben. Wir sollten auf alle Fälle eruieren, was mit Carolines Schlüssel passiert ist. Gleich morgen werde ich mich bei Mrs. Walters danach erkundigen. Und Doc Carter soll sich um Jessica kümmern.«

Don war bestürzt. Hatte Ben Deborah wirklich in Verdacht? Die Geschichte klang zu konstruiert, um wahr zu sein. Oder wollte Ben nur von sich ablenken?

»Sie schon wieder«, begrüßte Ben die beiden Detectives am nächsten Morgen nicht unbedingt freundlich.

»Wir hätten noch einige Fragen, Sir«, sagte Detective Johnson höflich.

»Bitte, was wollen Sie wissen?«, kam es unwirsch von Ben.

»Wir würden gerne Ihre Haushälterin befragen«, bat Detective Monroe.

»Mrs. Walters? Wozu?«, erkundigte sich Ben überrascht.

»Das lassen Sie unsere Sorge sein«, entgegnete Monroe feindselig.

»Bitte, wie Sie wollen. Sie ist in der Küche. Lilly, bist du so lieb und führst den Detective zu Mrs. Walters?«, bat Ben.

Noch bevor Lilly antworten konnte, meinte Monroe. »Ich finde den Weg.«

Nicht nur Johnson schaute verblüfft hinter seinem Kollegen her, der gezielt seinen Weg ging.

Monroe traf Mrs. Walters in der Küche, die für Lilly eine heiße Schokolade zubereitete. Sie war davon überzeugt, dass eine gute, heiße Schokolade trösten konnte. Und Lilly brauchte Trost.

Sie schaute überrascht auf, als der Detective die Küche betrat. »Johnny«, flüsterte sie verdutzt.

»Hallo Mrs. Walters, schön, dass sich in diesem Haus doch jemand an mich erinnert«, lächelte der Detective. Und dieses Lächeln erinnerte sie an den Jungen, der immer zu ihr gelaufen kam, wenn er etwas angestellt hatte und sich bei ihr verkroch.

»Führst du die Ermittlungen gegen Ben?«, wollte sie besorgt wissen.

»Ja, das tue ich.« Dabei nickte der Detective bekräftigend mit dem Kopf.

»Aber ihr seid wie Brüder aufgewachsen«, sagte sie mit leisem Tadel in der Stimme.

»Trotzdem erkennt er mich nicht mehr«, antwortete Monroe traurig.

»Ben hat oft nach dir gefragt. Doch es wurde ihm verboten, je wieder deinen Namen in den Mund zu nehmen. Also hat er dich verdrängt«, meinte Mrs. Walters bekümmert.

»Das kann sein. Allerdings bin ich nicht deswegen hier.« Er räusperte sich. »An dem Abend, an dem der Mord an Dr. Sommersby geschah, wann sind Sie da gegangen, Mrs. Walters?«

»Johnny, du kannst nicht ernsthaft annehmen, dass Ben dieses Verbrechen begangen hat.«

»Warum nicht?«

»Du kennst Ben. Der konnte keiner Fliege was zuleide tun.«

»Menschen ändern sich, Mrs. Walters. Also, wann sind Sie gegangen?«

»So um achtzehn Uhr.«

»Ist das Ihre normale Zeit, an der Ihr Feierabend beginnt?«

»Nein, Mr. Warden hat gemeint, er brauche mich nicht mehr. Jetzt, da er wieder Single sei.«

»Single?«, fragte Monroe nach.

»Ja, seine Frau ist am achtundzwanzigsten August von zu Hause ausgezogen.«

Monroe überlegte. Das traf sich gut. Er musste herausfinden, warum sie Warden verlassen hatte. Vielleicht gab es Gründe, die seine These untermauerten.

»Das heißt, er könnte Sie bewusst weggeschickt haben, um Vorbereitungen zu treffen?«

»Um Vorbereitungen für den Mord zu treffen, meinst du wohl, Johnny, oder?«

Detective Monroe nickte.

»Ja, das könnte er. Wie ich dir allerdings schon gesagt habe, hat Ben Warden diese abscheuliche Tat nicht begangen. Er hat nicht einmal ein Motiv. Aber du, du willst ihm das doch nur anhängen, weil ...« Ihr stockte die Stimme.

»Weil ...?«

»Weil Bens Vater dich mit deiner Mutter aus dem Haus geworfen hat, als heraus kam, dass du ...« Sie verstummte verschämt. »Es war ungerecht. Keine Frage. Aber Ben, der war zu der Zeit noch ein Kind. Er hatte nichts mit der Sache zu tun. Du kannst dich nicht jetzt an ihm rächen.«

»Sie irren sich, Mrs. Waters. Ich will mich an niemanden rächen. Ich will nur die Wahrheit herausbekommen.«

Sie glaubte ihm nicht. Sein Gesichtsausdruck verriet all die Wut und Hoffnungslosigkeit, die sie damals auch in dem Gesicht des achtjährigen Jungen gesehen hatte, als Bens Vater wutentbrannt die sofortige Entlassung von Mariah Monroe durchgesetzt hatte, nachdem er herausgefunden hatte, dass Mariahs Sohn Johnny sein Halbbruder war.

Der Detective und Mrs. Walters starrten sich eine Zeit lang in die Augen. Beiden stand das Bild vor Augen, wie der ebenfalls achtjährige Ben sich schreiend an seinen besten Freund Johnny geklammert hatte, als seine Mutter unter Tränen das Haus fluchtartig verlassen und Johnny hinter sich hergezogen hatte. Für Ben war Johnny wie ein Bruder, sie sind gemeinsam aufgewachsen und Bens Großvater behandelte beide Kinder wie seine eigenen. Johnnys Mutter hatte schon vor seiner Geburt für Bens Großvater gearbeitet und lebte mit ihrem Sohn im Haus der Familie Warden. Doch dann war die Bombe geplatzt ...

Der Detective unterbrach die Gedanken abrupt. »Wann haben Sie den goldenen Füller von Ben Warden das letzte Mal gesehen?«

»Ich erinnere mich, dass er auf dem Tisch in der Eingangshalle lag, als ich an dem besagten Abend gegangen bin.«

Monroe nahm diese Aussage mit einem befriedigenden Lächeln zur Kenntnis. »Gibt es hier im Hause etwas ähnliches wie ein Skalpell oder ein kleines Messer mit einer scharfen Klinge?«

»Ben bewahrt in seinem Arbeitszimmer ein Skalpell auf, das er nach einem gewonnenen Prozess als Geschenk erhalten hat.«

»Ist das nicht ein etwas eigentümliches Geschenk?«

»Er hat einen Chirurgen erfolgreich vertreten, der angeklagt war, seine Frau mit diesem Skalpell ermordet zu haben.«

Das heißt, Ben Warden weiß, wie er mit einem Skalpell umzugehen hat, den er hat für den Fall bestimmt recherchiert, überlegte der Detective erfreut.

»Wo ist das Skalpell jetzt?«, fragte Monroe scharf.

»Da, wo es immer ist. In Ben Wardens Arbeitszimmer.«

»Ich würde es gerne sehen.«

Mrs. Walters blickte ihn mit gerunzelter Stirn an, dann schritt sie zur Tür. Monroe folgte ihr.

Ben befand sich mit Detective Johnson und Lilly im Arbeitszimmer. Mrs. Walters klopfte höflich, bevor sie die Tür öffnete.

»Ja, Mrs. Walters?«

»Der Detective«, und dabei zeigte sie missbilligend auf Monroe, »möchte gerne Ihr Skalpell sehen.«

»Mein Skalpell? Wozu das?« Verdutzt blickte Ben auf den Detective.

»Zeigen Sie es uns einfach«, meinte Monroe unwirsch.

Ben wollte schon seinen Mund öffnen und sich über die schroffe Behandlung beschweren, kam allerdings zu dem Schluss, dass es nichts bringen würde. Er trat an den gläsernen Schrank, der einige Skurrilitäten von verschiedenen Prozessen enthielt und von ihm als der *Glasschrank des Bösen* bezeichnet wurde. Und erstarrte. Das Skalpell war nicht da.

»Also?«, erkundigte sich Monroe in herausforderndem Ton.

Aschfahl geworden flüsterte Ben. »Es ist weg.«

»Aber das kann nicht sein«, fuhr Lilly dazwischen. »Wo

sollte es denn sein?«

»Ja, wo? Vielleicht auch bei Dr. Sommersby verloren wie den Füller?«, fragte Monroe höhnisch.

»Haben Sie dort ein Skalpell gefunden?«, entgegnete Ben von oben herab.

»Nein.«

»Gut. Dann geht Sie mein verschwundenes nichts an. Und jetzt bitte ich Sie, mein Haus zu verlassen. Alle weiteren Fragen richten Sie an meinen Anwalt. Das gilt ebenso für den Fall, dass Sie erneut mit einer meiner Hausangestellten sprechen möchten. Auf Wiedersehen«, und er komplimentierte die unerbetenen Gäste aus dem Haus.

Kaum hatte sich die Tür hinter den Detectives geschlossen, rief Mrs. Walters bang aus: »Ben, hast du ihn nicht erkannt?«

Ben drehte sich verblüfft zu ihr um. Es kam selten vor, dass sie ihn beim Vornamen nannte und auch noch duzte. Nur mehr in sehr vertraulichen Situationen, schließlich war sie schon sein Mutterersatz, so, wie sie es später für Lilly war.

Seine Mutter hatte zwar nur eine Affäre in ihrem Leben, aber die war ihr zeitlebens wichtiger als ihr Sohn. Deshalb hasste er Frank Williams. Und nur deshalb hatte er eine Affäre mit seiner Frau Deborah begonnen.

»Wen erkannt?«, erkundigte er sich erstaunt.

»Na, Johnny.«

»Johnny?« Seinem Gesichtsausdruck war anzumerken, dass langsam die Erinnerung in ihm hochkroch. Hätte er doch nur darüber nachgedacht, woher ihm das Gesicht von Detective Monroe bekannt vorgekommen war.

»Wer ist Johnny?«, wollte Lilly wissen.

Mrs. Walters blickte Ben an. »Es ist gut Mrs. Walters. Ich kläre Lilly auf.«

Als Mrs. Walters außer Hörweite war, fragte Lilly ungeduldig: »Und?«

»Komm, setz dich. Das ist eine längere Geschichte«, seufzte er und goss sich auf den Schreck einen Scotch ein. »Für dich auch einen?« Lilly nickte.

»John Monroe wuchs mit mir gemeinsam in diesem Haus auf. Mariah, Johnnys Mutter, war bei meinem Großvater als Haushälterin angestellt. Johnny war mein bester Freund, ich fühlte mich ihm wie einem Bruder verbunden, trotz der unterschiedlichen Hautfarben und des gesellschaftlichen Standes. Großvater kümmerte sich rührend um uns. Mein Vater war hauptsächlich mit seiner Karriere beschäftigt, Mutter mit ihren gesellschaftlichen Ambitionen«, äußerte er bitter. Und dachte bei sich: Und mit Frank Williams.

»Ja, und eines Tages bestand mein Vater auf der Entlassung von Mariah. Niemand wollte mir den Grund verraten und mir wurde verboten, je wieder Johnnys Name in den Mund zu nehmen oder mich nach ihm zu erkundigen. Und über die Jahre habe ich die Gedanken an ihn und seine Mutter verdrängt ...«

»Wie traurig«, meinte Lilly mitfühlend. »Ob darin der Hass von Monroe begründet ist?«

»Bestimmt. Von Anfang an hatte ich das Gefühl, es sei etwas persönliches. Allerdings habe ich diese Ahnung auf meine Hautfarbe, meinen Stand oder mein Geld geschoben, doch es geht tiefer. Viel tiefer. Monroe wird sich wie ein Hund an mir festbeißen. Wenn wir keine Beweise für meine Unschuld finden, bin ich geliefert.«

»Wir können ihn wegen Voreingenommenheit ablehnen.«

»Nein, das machen wir erst, wenn wir nicht mehr weiterkommen. Diesen Trumpf behalten wir uns für später auf, wenn es hart auf hart geht.«

Lilly schmiegte sich an ihn. »Wir kriegen das hin. Ich bin zuversichtlich. Ich lasse mir meine große Liebe nicht wegsperren.« Zärtlich küsste sie ihn auf den Mund.

Ben war zu zerstreut, um auf Lillys Zärtlichkeiten einzugehen. »Hast du eine Ahnung, wo mein Skalpell steckt?«

»Nein. Ich weiß nur, dass du das Skalpell von einem Klienten geschenkt bekommen hast, der damit angeblich seine Frau ermordet hat. Du aber seine Unschuld in einem aufseheregenden Prozess beweisen konntest. Bei jeder Gelegenheit hast du es mir oder deinen Freunden gezeigt. Jedes Mal hast du mit einem grimmigen Lächeln betont, dass dies dein letzter Fall als Strafverteidiger gewesen ist. Warum eigentlich?«

»Weil mir der Klient nach dem Freispruch seine Schuld gestanden und in allen Einzelheiten geschildert hat, wie er vorgegangen ist«, antwortete Ben nach einer Welle leise.

»Nein«, rief Lilly entsetzt.

»Doch. Und ich hatte keine Möglichkeit mehr, ihn dafür zu belangen. Erstens gilt die Verschwiegenheitspflicht des Anwalts und zweitens – du weißt, man kann in den USA nicht zweimal für dasselbe Verbrechen angeklagt werden. Es besteht keine Möglichkeit der Revision, auch wenn der Täter nach der Urteilsverkündung öffentlich seine Schuld eingesteht. Ich treffe ihn hin und wieder auf Veranstaltungen. Wenn ich in das hübsche Gesicht seiner zweiten Frau blicke, sehe ich stets das mit dem Skalpell entstellte seiner ersten Frau vor mir.«

»Oh Gott«, entfuhr es Lilly.

»Ja, und danach habe ich der Strafverteidigung ade gesagt, weil ich es mit meinem Gewissen nicht länger vereinbaren konnte.«

»Das kann ich nachvollziehen. Deshalb tendiere ich zur Staatsanwaltschaft.«

»Und wenn ein Unschuldiger wie ich aufgrund von Indizien angeklagt wird?«

»Werde ich alles dafür tun, um seine Unschuld zu beweisen.«

»Ja, aber nur, wenn du unvoreingenommen bist und nicht wie in diesem Fall nur belastendes Material gesucht wird«, sagte Ben bitter.

»Lass uns nach dem Skalpell forschen. Irgendwo muss es abgeblieben sein. Ich frag mal Mrs. Walters.« Mit einem Kuss verabschiedete sich Lilly.

Lilly fand Mrs. Walters bekümmert in der Küche. »Er wird ihn vernichten, Kind.«

»Nein, nicht, wenn wir seine Unschuld klar beweisen können. Wann haben Sie das Skalpell zuletzt gesehen?«

»Lilly, Johnny ist der Onkel deines Vaters.«

Entgeistert blickte Lilly in das von Tränen geschwollene Gesicht der alten Haushälterin. »Aber was reden Sie denn da?«

»Es ist, wie ich es sage. Johnny ist der Sohn des alten William Warden des Vierten, also der Halbbruder deines Großvaters William Warden dem Fünften.«

»Detective Monroe ist der Sohn von Bens Großvater?«, fragte Lilly ungläubig nach. »Wie, wie ...?«

»Mariah war die Geliebte von Bens Großvater, William Warden dem Vierten. Jeder im Haus wusste das, nur nicht Bens Vater. Als der dahinterkam, gab es einen Riesenkrach. Der damit endete, dass Mariah mit dem Kind das Haus verlassen musste und Bens Vater die gesamten Geschäfte übernahm und der Alte aufs Abstellgleis geschoben wurde. Alle – auch wir Angestellten – wurden mittels Verschwiegenheitspflicht gezwungen, dieses Geheimnis für uns zu behalten, weil es einen Skandal gegeben hätte, wenn diese Tatsache an die Öffentlichkeit gedrungen wäre. Alle politischen Ambitionen deines Großvaters wären zerstört gewesen. Doch Johnny traf es am schlimmsten. Er war seines Heimes beraubt und seiner Familie ... denn das waren wir.«

»Und hat in ihm den Hass ausgelöst, der uns heute zu schaffen macht. Weiß Ben, dass Johnny sein Onkel ist?«

»Nein. Und du wirst dich hüten, es ihm anzuvertrauen. Er hat schon genug Kummer. Außerdem ...«

Lilly blickte interessiert zu Mrs. Walters, die stockend fortfuhr. »Johnnys Mutter hat sich das Leben genommen, als der Junge zehn war. Der kam daraufhin zu diversen Pflegeeltern.«

»Und gibt Bens Familie die Schuld am Tod seiner Mutter. Oh Gott, der wird sich hüten, Beweise für Bens Unschuld zu suchen.«

Lilly überlegte. Sie musste es Ben erzählen, wollte allerdings den richtigen Zeitpunkt abwarten und sich vorher mit Don darüber beraten. Monroe hatte eindeutig private Gründe, Ben zu verfolgen.

»Seit wann nennst du deinen Vater eigentlich Ben?«

Ein Lächeln huschte über Lillys Gesicht. Es fiel ihr schon vor den Detectives schwer, Ben als ihren Vater zu bezeichnen, und sie musste höllisch aufpassen, dass sie keinen Fehler machte. Bei Mrs. Walters war sie nicht so achtsam gewesen, doch diese hatte ohnedies die Wahrheit verdient.

»Weil er nicht mein leiblicher Vater ist«, antwortete sie schlicht.

Der entgeisterte Blick von Mrs. Walters ließ sie hell auflachen. »Ja, in diesem Haus scheint nichts so zu sein, wie es nach außen hin den Anschein hat.« Und sie erzählte Mrs. Walters die Geschichte von Carolines Beichte.

»Und wer ist dann dein Vater?«

»Das weiß ich nicht. Im Moment ist es wichtiger, Bens Unschuld zu beweisen. Meinen Vater kann ich dann immer noch ausforschen. Da wäre noch etwas ...«

»Ja?«

»Ben und ich lieben uns. Nicht wie Vater und Tochter. Sondern wie Mann und Frau.« Ängstlich wartete Lilly auf die Reaktion von Mrs. Walters.

»Du wirst ihm eine bessere Frau sein als deine Mutter.«

Monroe frohlockte, als sie im Wagen auf dem Weg zum Revier waren. »Wir haben ihn. Die Haushälterin hat bestätigt, dass der Füller am Abend des Mordes auf dem Tisch in der Eingangshalle lag, als sie das Haus verließ. Außerdem hat sie gemeint, dass sie früher als sonst nach Haus geschickt wurde, damit er mehr Zeit für die Mordvorbereitung hatte.«

»Das hat sie so sicher nicht gesagt«, argwöhnte Johnson.
»Nein, natürlich nicht. Aber sie gab zu, dass es hätte so sein können.«

»Verdrehst du nicht eher ihre Worte?«

»Was willst du? Wir haben einen Schuldigen. Denn ich wette alles, dass sein Skalpell für die Abtrennung des Penis verwendet wurde. Wir müssen es nur finden.«

»Was hast du gegen Ben Warden? Du verfolgst ihn ja richtig. Jeder könnte das Skalpell genommen haben, du hast doch gehört, dass viele Menschen davon wussten.«

»Ja, jedoch hat der gute Ben Warden zu Protokoll gegeben, dass außer ihm, seiner Tochter und seiner Geliebten niemand im Haus war«, frohlockte Monroe.

»Also hat er ein Alibi. Jedoch kein Motiv.«

»Das Alibi werden wir erschüttern. Ich nehm mir noch mal seine Geliebte vor. Und das Motiv– er hat Lilly beschützt. Die beiden stecken unter einer Decke, da bin ich mir sicher. Sie kommt heulend nach Hause, erzählt ihrem Daddy, was passiert ist, und anstatt die Polizei zu rufen, nimmt er das Gesetz selbst in die Hand.«

»Er kann ihn nicht ermordet haben. Laut der Gerichtsmedizinerin hatte Sommersby unmittelbar vor seinem Tod Geschlechtsverkehr. Außer du nimmst an, Warden und Sommersby ...«, lachte Johnson schmutzig.

»Dann war es Lilly. Und er hat ihr geholfen, alles zu vertuschen«.

»Verrenn dich nur nicht«, warnte Johnson.

»Don, die Polizei war hier. Die suchten nach Bens Skalpell.«

»Also bringen sie ihn nach wie vor mit dem Mord in Verbindung. Laut Obduktionsbefund könnte ein Skalpell zum Abtrennen des Penis verwendet worden sein.«

»Zum Abtrennen des Penis?«, fragte Lilly schockiert.

»Ja, etwa zwei Stunden nach seinem Tod wurde Sommersby der Penis abgeschnitten.«

»Wie furchtbar.«

»Und, haben sie das Skalpell mitgenommen?«

»Nein. Es ... es ist nicht mehr in der Vitrine. Es muss wie der Füller gestohlen worden sein, um Ben zu belasten.«

Don sagte nichts.

»Don, bist du noch da?«

»Lilly, bist du sicher, dass du die ganze Nacht mit Ben zusammen warst und ihm nichts von Sommersbys Übergriff erzählt hast?«

»Aber Don, wie kannst du nur denken ...«

»Lilly, es spricht so vieles für Ben. Ich würde es ja verstehen ...«

»Don, wenn du uns nicht glaubst, dann solltest du dein Mandat zurücklegen. Wir haben nichts verbrochen, außer, dass wir uns lieben«, sagte Lilly mit tränenerstickter Stimme.

»Ach Lilly, ich würde dir ja gerne glauben. Du musst allerdings auch die andere Seite sehen ...«

»Wir haben schon einen, der uns unbedingt zu Fall bringen will. Bist du der Nächste?«, rief sie erbittert. »Wie oft soll ich dir noch beteuern, dass Ben und ich uns die ganze Nacht geliebt haben? Soll ich dir Einzelheiten schildern, damit du mir glaubst?«

»Nein Lilly, ist gut. Ich vertraue dir. Wer möchte euch zu Fall bringen?«, fragte er besorgt nach.

»Monroe. Ben will nicht, dass ich es dir erzähle. Doch ich denke, es ist essenziell für den Fall. Monroe ist der Halbbruder von Bens Vater. Mrs. Walters hat mich soeben über die Vergangenheit aufgeklärt. Bens Vater ist für den Rauswurf von Monroes Mutter, die für Urgroßvater gearbeitet hat, verantwortlich. Aus dem Grund gibt Monroe Ben die Schuld am Selbstmord seiner Mutter.«

»Aber dann ist er ja befangen.«

»Ja. Ben will diesen Trumpf allerdings erst ausspielen, wenn wir unsere Unschuld nicht beweisen können. Er will nicht falsch spielen und nur durch die Verleumdung eines anderen freigesprochen werden. Du weißt, in solchen Fällen bleibt immer etwas hängen. Also müssen wir alles daran setzen, klare Unschuldsbeweise zu finden. Monroe wird sie nicht suchen.«

»Oh Gott, Lilly, ihr steckt tiefer im Schlamassel, als ihr euch das vorstellen könnt.«

»Ich weiß Don. Deshalb brauchen wir deine Hilfe. Hoffentlich findet Doc Carter brauchbare Spuren.«

Nach einer kurzen Pause fügte sie hinzu: »Übrigens, Mrs. Walters hat Moms Haustürschlüssel erst gestern Nachmittag in einer Schublade verstaut. Er lag bis gestern in der Eingangshalle.«

»Die ganze Zeit?«

»Keine Ahnung. Ich habe nicht darauf geachtet und Mrs. Walters nicht danach gefragt.«

»Okay, schon gut. Ben liegt mit seiner These wegen Deborah ohnedies falsch.«

»Das sehe ich ebenso«, seufzte Lilly.

Nervös ging Alison Hart, Bundesrichterin in New York, in ihrem Büro auf und ab. Was wollte Doc Carter von ihr? Sie wusste aus Medienberichten, dass er hin und wieder bei heiklen Fällen für Ben Warden arbeitete. Ob er ihn auch im aktuellen Fall unterstützte, wo Ben selbst der Verdächtige ist?

Ach Ben, wie konnte die Polizei nur annehmen, das er ein Mörder sei? Ben war liebenswürdig und könnte bewusst nie jemanden verletzen. Aber sie traute ihm zu, dass er für Lilly alles tun würde. So wie damals in Harvard für Caroline.

Wie hatte er sie stets verteidigt, wenn man ihr ein Verhältnis mit Sommersby unterstellt hatte. Er war dermaßen vernarrt gewesen, dass er nicht gesehen hatte, wie Caroline mit ihm gespielt hatte. Nicht nur Sommersby gehörte zu ihren Liebhabern, ebenso Charles Spencer, ihr gemeinsamer Studienfreund. Alison war sich sicher, dass Caroline auch anderen Kommilitonen ihre Gunst geschenkt hatte. Sie war nicht geizig damit gewesen.

Wehmütig dachte Alison daran, wie sehr sie Ben geliebt hatte. Und überzeugt gewesen war, dass er dasselbe für sie empfunden hatte. Zumindest hatte er ihr das versichert. Also hatte sie seinem Drängen nachgegeben und war mit ihm ins Bett gegangen. Gegen ihre Überzeugung, denn eigentlich wollte sie auf die Hochzeitsnacht warten. Doch Ben war so charmant gewesen. Und hatte so ehrlich gewirkt.

Lächelnd erinnerte sie sich, wie sie ihn eines Nachts in seinem Haus überrascht hatte. Er hatte ihr verraten, wo der

Ersatzschlüssel versteckt war. Sie wollte ihn nur ein bisschen necken ... konnte seinem Charme und seiner Überzeugungskraft jedoch nicht widerstehen. Sie hatte die Nacht in seinen Armen genossen. Er war zärtlich und liebevoll gewesen. Am liebsten wäre sie nie mehr aus diesem Traum aufgewacht.

Da war Caroline aufgetaucht. Sie hatte allen Männern den Kopf verdreht, leider auch dem klugen Ben. Und dann hatte dieser Idiot sie geheiratet, obwohl die Spatzen von den Dächern gepfiffen hatten, dass er nie und nimmer der Vater des Kindes gewesen sein konnte, dass Caroline erwartet hatte. Alle hatten auf Sommersby getippt. Nur Ben hatte fest an seine Vaterschaft geglaubt und war stolz gewesen.

Kurz darauf hatte sie Harvard verlassen und an der *Stanford University* in Kalifornien fertig studiert. Ben hatte sie nie wiedergesehen, trotzdem wusste sie nach wie vor, wo der Ersatzschlüssel für sein Haus versteckt war. Und dass er kein Mörder war.

Wieso dachte sie so intensiv an Ben? Sie sollte sich vielmehr Sorgen um ihre Tochter Lesley machen. Seit ihrem verzweifelten Anruf vor ein paar Tagen hatte sie nichts mehr von ihr gehört. Es war der Nachmittag vor Sommersbys Tod, dass sie das letzte Mal mit Lesley gesprochen hatte.

Lesley hatte nur ins Telefon geheult, dass Sommersby sich an ihr vergangen hatte, dass sie ihn dafür umbringen würde.

Daraufhin war Alison sofort nach Harvard gefahren, um den Mistkerl zur Rede zu stellen. Aber er hatte sie genauso ausgelacht wie vor zweiundzwanzig Jahren, als er ihr dasselbe angetan hatte. Warum hatte sie ihn damals nicht angeklagt? Was wäre Lesley jetzt erspart geblieben.

In dem Moment klopfte es. Ihre Sekretärin meldete Doc Carter. Sie bat ihn herein.

»Was kann ich für Sie tun?«, fragte sie den Privatdetektiv reserviert, während sie ihm die Hand reichte.

»Euer Ehren, ich arbeite für Ben Warden und will seine Unschuld beweisen.«

»Dafür braucht Ben einen Privatdetektiv?«, lächelte sie leicht.

»Ja, der Polizei in Boston ist nur daran gelegen, Beweise gegen ihn zu sammeln. Es werden keine anderen Spuren verfolgt.«

»Andere Spuren? Und da kommen Sie zu mir?«, fragte sie überrascht.

»Ja, denn wie mir berichtet wurde, haben sie an besagtem Abend den guten Professor besucht.«

»Ja, dazu hat mich die Polizei bereits befragt. Allerdings lebte er noch, als ich ging.«

»Das sagen Sie.«

Für einen kurzen Moment war sie sprachlos über die Selbstgefälligkeit dieses Typen, hatte sich aber sofort wieder in ihrer Gewalt.

»Sie wollen mir doch nicht weismachen, dass Sie andere Erkenntnisse hätten als die Polizei?«

»Nein, ich möchte nur wissen, was Sie von Sommersby wollten.«

»Ich denke nicht, dass Sie das etwas angeht«, sagte sie kühl und blickte ihn herausfordernd aus grünen, blitzenden Augen an.

Die möchte ich nicht zu Feindin haben, dachte sich Doc.

»Sie könnten Ben Warden helfen, indem Sie uns mitteilen, wann und warum Sie Sommersby nach so vielen Jahren aufgesucht haben. Ben meinte, wenn ihm jemand hilft, dann Sie.«

Doc sah, wie sie unsicher wurde und sich Tränen in ihre schönen Augen schlichen.

»Ach, nach so vielen Jahren erinnert er sich an mich?«, kam es bitter von ihr.

Oh, oh, da ist mehr dahinter, als ich vermutet habe, schätzte Doc Carter. Die hatten mal was miteinander. Das hat mir der liebe Ben nicht erzählt.

Vorsichtig erkundigte er sich: »Hatte der Besuch mit Ihrer Tochter Lesley zu tun?« Seine Nachforschungen an der Universität hatten ergeben, dass Lesley am selben Tag wie Lilly heulend aus dem Zimmer des Professors gelaufen kam.

»Wie kommen Sie darauf?«, entgegnete Alison entrüstet. »Nein, es ging um eine rechtliche Angelegenheit.«

»Die konnten Sie nicht telefonisch bereden? Da mussten Sie extra aus New York anreisen?«, fragte er spöttisch nach.

»Ja, es war zu wichtig, um die Sache am Telefon zu klären. Und jetzt muss ich Sie bitten zu gehen, ich habe gleich eine Besprechung.«

»Dann danke ich für Ihre Zeit. Und schöne Grüße an Lesley. Sie schaut ihrem Vater sehr ähnlich«, meinte er abschließend mit einem Blick auf das gerahmte Foto einer hübschen jungen Frau mit gelocktem brünettem Haar.

Ihr erschrockener Gesichtsausdruck zauberte ihm ein Lächeln ins Gesicht. Du hast was zu verbergen, sagte sich Doc Carter, an dir bleibe ich dran.

Doc Cater lächelte in sich hinein. Er war auf dem Weg zu Ben Wardens Haus für eine erste Besprechung seiner Recherchen. Es ist immer gut, wenn man alte Kontakte nicht abreißen lässt, überlegte er. Und es gab nach wie vor ehemalige Kollegen bei der Polizei, die ihm eine Gefälligkeit schuldig waren.

So hatte er, ohne sich selbst die Mühe machen zu müssen, eine Liste von allen aktuellen Studenten von Sommersby erhalten. Wichtiger allerdings war ihm die Liste der Ehemaligen. Er wollte ein bisschen in der Vergangenheit des Professors herumschnüffeln. Man wusste nie, was dabei so herauskommen würde.

So war er auf Alison Hart gestoßen. Wer verlässt Harvard schon freiwillig? Keine Frage, die Stanford war ebenfalls eine ausgezeichnete Universität, aber ein Abschluss in Harvard? Das hatte ihn neugierig gemacht.

Nach dem Besuch bei ihr hatte er es geschafft, Einblick in die Geburtsurkunde ihrer Tochter zu bekommen. Und festgestellt, dass ihre Tochter fünf Monate nach dem Weggang von Harvard in einer Privatklinik in Palo Alto auf die Welt gekommen war. Vater unbekannt. So unbekannt nun auch nicht, lächelte er innerlich, als Ben die Haustür öffnete. Sie sieht ihrem Vater verdammt ähnlich.

»Schon was herausgefunden?«, wollte Ben als erstes wissen.

»Hab Bundesrichterin Hart besucht, die hat was zu verbergen.«

»Alison?«, lachte Ben. »Nein, in der konnte ich lesen wie in einem offenen Buch. Sie hat mal für mich geschwärmt.«

»Ach, wirklich?«, fragte Doc interessiert.

»Ja, wir hatten eine kurze Affäre. Wobei, Affäre kann man das gar nicht nennen. Sie schlich sich eines Nachts in mein Haus, nachdem ich sie aufgezogen hatte, sie sei zu schüchtern, um einem Mann näher zu kommen. Und da stand sie die Nacht darauf vor meinem Bett. Ich war ehrlich verblüfft, allerdings sehr erfreut«, lächelte er mit einem Augenzwinkern.

Verträumt fuhr nach einer Weile fort: »Es war eine tolle Nacht«, schwärmte er. »Ich denke, ich war der erste Mann in ihrem Leben.«

»Und warum ist nichts aus euch geworden?«, wollte Don wissen.

»Weil Caroline aufgetaucht ist. Und ich ihr verfallen bin ...«, seufzte Ben auf. »Ich Idiot. Alison wäre die bessere Wahl gewesen. Doch die war plötzlich verschwunden. Ich habe sie nie wieder gesehen. Wie geht es ihr?«

»Ich denke gut, obwohl ... sie wirkte ein bisschen ...«, überlegte Doc Carter.

»Ein bisschen?«, hinterfragte Ben.

»Es beschäftigte sie etwas. Und zwar sehr. Sie schaute besorgt aus. Sehr. Und war ausgesprochen nervös. Außerdem war sie in besagter Nacht in Harvard, bei Sommersby.«

»Ja?«, fragte Don gedehnt nach. »Was wollte sie da?«

»Etwas Juristisches mit ihm klären. Das nehme ich ihr allerdings nicht ab. Man hat an Sommersbys Todestag nicht nur Lilly heulend aus dem Zimmer des Professors laufen sehen. Auch Lesley Hart.«

»Wer ist Lesley Hart?«, erkundigte sich Ben.

»Ihre Tochter«, und Doc Carter beobachtete Ben genau bei dieser Antwort.

»Alison hat eine Tochter? Das wusste ich gar nicht. Aber sie ist doch nicht verheiratet!«

»Ja, so etwas soll es geben«, meinte Doc Carter ironisch.

»Bleiben Sie dran«, forderte Don Doc Carter auf. »Vielleicht steckt da mehr dahinter.«

»Klar. Übrigens Ben, wie kam sie damals in dein Haus?«, wollte Doc Carter wissen.

»Ich hatte ihr das Versteck unseres Ersatzschlüssels verraten«, lachte Ben.

»Gibt es sonst noch Neuigkeiten?«, würgte Don die Diskussion um eine Liebesnacht ab, die vor über zwanzig Jahren stattgefunden und keinerlei Relevanz für ihre Ermittlungen hatte.

»Ja. Ich habe mehr als eine Frau aufgetrieben, die behauptet, von Sommersby vergewaltigt worden zu sein. Einige scheinen es freiwillig mit ihm getrieben zu haben, um nicht durchzufallen. Aber die meisten hat er genötigt.«

Ben und Don schauten ihn entsetzt an. »Das ist nicht dein Ernst, oder?«, fragte Ben schließlich.

»Doch. Leider ist keine bereit, vor Gericht auszusagen. Manche Fälle sind verjährt. Der gute Professor trieb wahrscheinlich mehr als zwanzig Jahre sein Unwesen.«

»Was für ein Arschloch«, entschlüpfte es Ben aufgebracht. »Wenn ich denke, dass er auch Lilly ... Gut, dass er bereits tot ist.«

»Ben, reiß dich zusammen, solche Aussagen schaden dir nur. Doc, Sie müssen wenigstens eine glaubwürdige Zeugin auftreiben, die bereit ist, auszusagen. Ist das klar?« Don klang unerbittlich.

»Yes, Sir«, lachte Doc Carter.

»Hätte eine der Damen Gelegenheit gehabt, ihn zu ermorden?«

»Nein, die hätten sie früher eher gehabt. Es muss was Aktuelles gewesen ein. Warum sonst schneidet man ihm den Schwanz ab?«

Ben schaute Doc Carter entrüstet an. Dieser grinste unverschämt. »Jetzt kennen wir uns schon so viele Jahre und du bist immer noch verwundert über meine Ausdrucksweise.«

»Wir müssen in Lillys Umfeld fündig werden. Strecken Sie Ihre Fühler aus«, beschied Don.

»Bin ich längst dabei«, versicherte Doc Carter.

Ein anonymes Paket war für die Detectives Johnson und Monroe abgegeben worden. Wie üblich wurde es vor dem Öffnen von einem Spezialkommando überprüft, weil man heutzutage nicht mehr sicher sein konnte, ob nicht eine Bombe darin versteckt sein könnte. Das Gelächter war groß, als man in dem Paket gebrauchte Büstenhalter und Slips von Damen fand. Sofort machte die Frage die Runde, ob das Trophäen von Johnson waren, der von keiner Frau die Finger lassen konnte.

Nach den ersten DNA-Untersuchungen stellte sich heraus, dass auf jedem der untersuchten Slips Samenspuren von Dr. Sommersby zu finden waren. Und merkwürdigerweise war jeder der Büstenhalter und Slip mit einer Schere durchschnitten worden. Die Büstenhalter fein säuberlich vorne zwischen den Körbchen, die Höschen knapp unter dem Bauchteil einmal quer durchgeschnitten.

»Das müssen Sommersbys Trophäen sein«, meinte Detective Monroe angewidert. »Jetzt wissen wir, warum Kelly Preston auf diese Schere so eine Reaktion gezeigt hat.«

»Du meinst, er hat den Frauen die BHs aufgeschnitten, dann die Höschen und sie anschließend vergewaltigt?«, fragte Johnson ungläubig.

»Die Samenspuren finden sich innen im Höschen, in dem Bereich, der normalerweise zwischen den Schenkeln ist. Also hat er ein Höschen durchgeschnitten, der Teil fiel nach unten und so kamen die Spuren daran. Wahrscheinlich hat er die Frauen danach gezwungen, die Dinger auszuziehen.«

»Was für ein perverses Schwein«, kam es verächtlich von Johnson.

»Lass uns Kelly Preston noch mal dazu vernehmen. Ich bin zwar überzeugt, dass sie nicht die Mörderin ist, aber sie weiß mehr. Und ich will herausfinden, ob Lilly Warden eines der Opfer war. Wir brauchen ihre DNA, um sie mit den Spuren auf den Höschen abzugleichen.«

»Es kann jede andere gewesen sein. Schau dir nur die Anzahl der Höschen an. Und wer weiß, vielleicht gibt es mehr davon.«

Es war nicht einfach, den Richter davon zu überzeugen, dass sie von jedem Slip eine DNA-Untersuchung und eine DNA-Probe von Lilly Warden bräuchten. Richter Clark sträubte sich dagegen, ein unschuldiges junges Mädchen zu einer Verdächtigen zu machen. Doch Detective Monroe legte so viel Überzeugungskraft in seine Beweisführung, dass Ben Warden somit ein Motiv nachzuweisen sei, dass der Richter schließlich zustimmen musste.

So wurden alle weiblichen Studentinnen der *Harvard School of Law* auf freiwilliger Basis gebeten, in der Gerichtsmedizin eine DNA-Probe abzugeben.

Einen Durchsuchungsbefehl für Ben Wardens Haus und Anwaltskanzlei gab es obendrein. Monroe war überzeugt, dass das Skalpell in der Nähe Wardens versteckt war. Denn er war sich sicher, dass Warden es nicht entsorgen würde, wenn es ihn an einen gewonnen Prozess erinnerte. Solche

Trophäen würde Ben Warden hegen und pflegen. Auch wenn er sie für einen Mord verwendet hatte.

Mrs. Wellington hatte sich gleich am Morgen die Zeitung aus ihrem Garten geholt. Wieder einmal hatte sie sich geärgert, dass Billy, der vierzehnjährige Zeitungsjunge, die Zeitung nicht weit genug über den Zaun geworfen hatte und sie so die Stufen hinunter zum Vorgarten nehmen musste, was ihr in ihrem Alter schwerfiel. Sie nahm sich vor, diesmal ein ernstes Wort mit seinem Vater, dem Fleischhauer von der Parallelstraße, zu sprechen. Würde es aber doch nicht tun, da sie wusste, wie unbeherrscht Billys Vater war. Sie wollte dem Jungen nicht schaden.

Nun saß sie mit einer dampfenden Tasse Tee in ihrem Ohrensessel und las begierig die neusten Nachrichten über ihren Nachbarn Ben Warden.

Sie schüttelte den Kopf bei all den Anschuldigungen, die gegen Ben vorgebracht wurden. Sie kannte ihn schon, seit er ein kleiner Junge war. Nie und nimmer würde sie ihm einen Mord zutrauen. Wie konnten die Leute nur auf so eine verrückte Idee kommen? Caroline dagegen würde sie alles zutrauen. Die war sogar zu stolz, die alte Dame zu grüßen und mehr als einmal war sie von ihr unwirsch abgekanzelt worden.

Wie lieb war dafür Lilly. Das arme Mädchen. Wurde jetzt zwischen den Eltern zerrieben. Jeder Kommentar mit Ben Warden befasste sich auch mit der Trennung der Eheleute. Wie schnell sich herum gesprochen hatte, dass Caroline Ben verlassen hatte.

Heute fand sich ein reißerisches Interview mit Caroline Warden auf Seite drei. Und das im *Boston Globe*, eine liberale Zeitung, die sonst immer positiv über Ben berichtete und zu den angesehensten Tageszeitungen des Landes zählte. Mehrmals schüttelte Mrs. Wellington missbilligend den Kopf beim Lesen all der Vorwürfe, die Caroline gegen ihren Noch-Ehemann vorbrachte.

Mrs. Wellington lachte laut auf, als sie las, wie sich Caroline bitter über die zahlreichen Affäre ihres Mannes beklagte. »Wenn sich einer beklagen könnte, dann Ben«, murmelte sie vor sich hin. »Sie hat doch unzählige Männer in das gemeinsame Haus geschleppt, sicher nicht zum Teetrinken«, meinte sie gehässig.

Nun las sie den Absatz, in dem Caroline die dramatische Szene schilderte, als sie ihrem Mann den Haustürschlüssel vor die Füße geworfen hatte, als sie ihn verließ. Das war einen Tag vor der Ermordung Sommersbys. Als hätte sie schon gewusst, was für ein Scheusal ihr Mann sei. Wie froh sie sei, diesen Schritt getan zu haben. Nie mehr war sie seit diesem Abend in ihrem ehemaligen Heim und würde es auch niemals wieder betreten.

»Aber das stimmt doch nicht«, murmelte Mrs. Wellington. »Ich hab dich in der Nacht, als der Mord passiert ist, gesehen. Da bist du mit Beginn meiner Lieblingssendung die Straße herauf gefahren, grad, als ich die Vorhänge zugezogen habe.«

Sollte sie das der Polizei erzählen?, überlegte Mrs. Wellington. Nein, dafür gab es wahrscheinlich eine harmlose Erklärung und sie wollte sich nicht einmischen.

»Warum haben Sie mich erneut vorgeladen?«, fragte Kelly Preston ohne Grußwort die Detectives Johnson und Monroe, als sie deren Büro betrat.

»Wir haben neue Erkenntnisse und brauchen Ihre Hilfe zur Klärung des Falles«, antwortete Detective Monroe freundlich. »Wir gehen davon aus, dass Dr. Sommersby seine Studentinnen missbraucht hat. Auch Sie. Wir möchten nur zu einigen Untersuchungsergebnissen Ihre Bestätigung. Hat Dr. Sommersby Sie vergewaltigt?«

»Ich muss keine Aussage treffen, wenn sie mich belasten könnte«, sagte Kelly steif.

»Nein, das müssen Sie nicht. Aber Sie werden nicht verdächtigt. Wir möchten viel mehr wissen, wie diese – hm – Übergriffe abgelaufen sind, ob Sie von anderen Frauen wissen, denen ähnliches passiert ist. Und ich betone erneut: Sie stehen nicht unter Verdacht. Wir brauchen nur Ihre Aussage, wie sich diese Abscheulichkeit abgespielt hat.«

»Wird meine Aussage öffentlich aufscheinen?«

»Wenn es sich vermeiden lässt, nicht.«

»Ich sage nur aus, wenn Sie mir versprechen, dass mein Name in der Öffentlichkeit nicht genannt wird.«

Die Detectives tauschten einen Blick. »Gut«, sagte daraufhin Detective Johnson. »Ich gebe Ihnen mein Wort, dass Ihr Name nicht auftauchen wird.«

Lächelnd meinte sie. »Ich studiere Rechtswissenschaften. Sie können mir gar nichts versprechen. Ich weiß, dass es meist nicht gelingt, Namen aus der Öffentlichkeit herauszuhalten. Daher bin ich nicht bereit auszusagen. Weder hier noch vor Gericht.«

Sie sah die Enttäuschung in den Gesichtern der Detectives. »Kelly«, fing der nette Schwarze an, doch Kelly unterbrach ihn.

»Sie können mich nicht zwingen. Ich lasse mich eher in Beugehaft nehmen. Was ich tun kann, ist Ihnen zu schildern, wie es hätte ablaufen können. Rein theoretisch natürlich nur, dann könnten Sie darauf weitere Ermittlungen aufbauen.«

Selbstsicher lehnte sie sich in ihrem Sessel zurück. Sie hatte viel nachgedacht seit dem letzten Verhör. Als Frau war sie zutiefst verletzt worden, aber sie wollte nicht zulassen, dass diese Verletzung von ihr Besitz ergriff und ihr weiteres Leben beherrschte. Sie wollte wieder die Kelly werden, die sie vor dem Übergriff war. Und hier konnte sie einen Anfang setzen.

»Also, angenommen, nur angenommen, ich wäre in Dr. Sommersbys Büro gewesen und er hätte mir Avancen gemacht. Was für ein hübsches und kluges Mädchen ich sei. Was ich alles erreichen könnte. Ich müsste nur ein bisschen nett zu ihm sein.« Angewidert verzog sie ihren Mund.

Die Detectives waren überzeugt, dass es sich genauso abgespielt hatte.

»Fahren Sie fort, Miss Preston«, bat Detective Monroe mitfühlend.

»Ich war entsetzt. Mein verehrter Professor. Doch sein Blick und seine Stimme ließen mich nicht zweifeln.« Erschrocken unterbrach sie sich. »Ich wäre entsetzt gewesen. Denn natürlich ist das nie passiert.«

»Natürlich«, lächelte Johnson herablassend.

Was für ein Mistkerl, dachte Monroe, ergötzte sich sogar an den Erzählungen einer vergewaltigten Frau. Und zeigte ihm mit einer Geste, er sollte seinen Mund halten.

Kelly fuhr fort. »Angenommen, ich hätte mich geweigert, auf sein Angebot einzugehen, dann hätte er mir mit seiner Schere, die griffbereit auf dem Schreibtisch lag, Verletzungen in meinem Gesicht zugefügt. Und sollte ich mich wehren oder ihn anzeigen, dann würde er mich als die Lügnerin hinstellen, die den wundervollen Professor anklagen möchte, weil er ihr eine schlechte Note verpasst hatte.« Sie schluckte. Es fiel ihr schwerer, sich das alles von der Seele zu reden, als sie gedacht hatte. Die Detectives ließen ihr Zeit.

Sie räusperte sich, bevor sie fortfuhr. »Er sagte, ich solle mich auf den Schreibtisch setzen. Es würde mir nichts passieren. Er wolle nur ein bisschen mit mir spielen. Er strich über meine Wangen, meine Lippen, meinte, es wäre doch schade, wenn das hübsche Gesicht ein paar schlimme Stichverletzungen hätte. Legte seinen Mund auf meinen, presste seine Zunge zwischen meine Lippen. Berührte meine Brust, meine Scham. Ich stieß ihn weg. Er lachte höhnisch. ›Du willst doch einen Abschluss in Harvard. Und den bekommst du nur, wenn du mir gefügig bist. Deine Entscheidung.‹ Also fügte ich mich.«

Kelly wurde von einem heftigen Schluchzen unterbrochen. Alle aufgestaute Wut und die Scham überkamen sie und sie verbarg ihr Gesicht in ihren Händen.

Die Detectives warteten stumm, bis sich Kelly beruhigt hatte. Sanft fragte Monroe. »Was passierte dann?«

»Er legte mich mit dem Rücken auf den Schreibtisch. Schob mein T-Shirt hoch, schnitt meinen BH entzwei. Danach zog er mir den Rock über die Hüften, zerschnitt mein Höschen und vergewaltigte mich.«

»Sie haben sich nicht gewehrt?«

»Nein, ich war wie in einem Schockzustand. Und ließ es geschehen.«

Das war, was Kelly am meisten zu schaffen machte. Sie hatte sich nicht gewehrt. Es einfach geschehen lassen. Aber, hätte sie eine Chance gehabt? Das waren die Fragen, die sie sich seither mehrmals täglich stellte. Sie hatte in der Situation nur an ihren Abschluss gedacht. Und an die Macht, die Sommersby besessen hatte. Er hätte sie vernichtet.

»Als er fertig war, zwang er mich, meinen BH und mein Höschen auszuziehen. Dann öffnete er eine Schublade, zeigte stolz auf den Inhalt und meinte höhnisch: ›Nun habe ich eine Trophäe von dir.‹ Die Lade war voll mit Büstenhalter und Höschen. Da wusste ich, dass ich nicht die Einzige war.«

Ihre Stimme erstarb. Monroe lief es kalt über den Rücken. Wie lange der Professor das wohl schon so trieb? Und keine hatte es gewagt, ihm das Handwerk zu legen.

»Warum haben Sie sich nicht mit anderen zusammengetan und ihn angezeigt?«

»Ja denken Sie, ich laufe über den Campus und frage

andere Studentinnen, ob Sommersby sie vergewaltigt hat? Das würde doch niemand zugeben. Und uns würde nie jemand glauben, es nur als Rache für schlechte Noten ansehen. Denn ich bin überzeugt, dass Sommersby uns sofort als miserable Studentinnen hingestellt hätte. Wir hätten keine Chance gehabt, er hätte immer gewonnen. Also warum Schande über mich und meine Familie bringen, das teuere Studiengeld verschwenden? Da beiße ich lieber die Zähne zusammen und habe einen Abschluss in Harvard.«

Monroe zollte ihr Achtung. Ob es mehrerer solcher Fälle auf den Universitäten dieses Landes gab? Wahrscheinlich. Aber er hatte hier einen Mord aufzuklären. Und anscheinend mehr Verdächtige, als ihm lieb war.

»Denken Sie, dass er mit Lilly Warden ebenso verfahren ist?«

»Mit Lilly? Nein, die war sein absoluter Liebling. Er hat sie behandelt wie eine Tochter. Obwohl ...«

»Obwohl?«, unterbrach Detective Monroe die entstandene Pause.

»Obwohl ich sie letztens verstört aus seinem Büro laufen sah. Und mir noch dachte, ob er es auch bei ihr versucht hatte ... allerdings kam ich schnell zur Überzeugung, dass dies nicht der Fall sein könnte, denn Dr. Sommersby war gut mit Lillys Mutter befreundet. Man munkelt sogar, dass die früher eine heftige Liebesbeziehung hatten. Nein, ich denke nicht, dass er Lilly ...«

»Wann haben Sie beobachtet, dass Lilly verstört aus dem Büro von Dr. Sommersby gelaufen kam?«, fragte Monroe hellhörig geworden.

»Das war ... am Tag seines Todes. Am frühen Abend. So gegen neunzehn Uhr.«

Detective Monroe schaute triumphierend zu seinem Kollegen. Der zuckte die Achseln, so, als wollte er sagen, lass uns nicht vorschnell urteilen. Bei der Anzahl an möglichen Vergewaltigungsopfern.

»Danke Kelly, Sie haben uns sehr geholfen.« Die beiden Detectives erhoben sich und gaben Kelly die Hand.

»Ach, eine Kleinigkeit noch. Wir bräuchten Ihre DNA.«

»Meine DNA?«, fragte Kelly überrascht.

»Ja, wir haben Sommersbys Trophäen-Sammlung und möchten die gefunden Stücke zuordnen.«

»Aber Sie sagten doch, Sie verdächtigen mich nicht.«

»Das tun wir auch nicht. Aber wie Sie uns soeben geschildert haben, hat er sich an Ihnen vergangen. Also wird eines der Höschen Ihnen gehören. Wenn wir das ausschließen können, sind wir in der Lage, Verdachtsmomente einzugrenzen.«

»Ich habe nur erzählt, wie es hätte sein können. Ich habe nicht gesagt, dass es sich so abgespielt hat«, gab Kelly trotzig zurück.

»Kelly, machen Sie sich nichts vor. Wir bewundern Ihren Mut, Ihre Offenheit. Und wir drei wissen, dass es sich genauso verhalten hat. Und dass er das mit anderen ebenfalls durchgezogen hat. Eine davon hat ihn getötet. Und wir wollen Sie ausschließen. Sind Sie bereit für eine Analyse?«

Sie nickte. Er hätte auch eine Verfügung des zuständigen Richters gehabt, aber freiwillig war ihm lieber.

Nachdem sich die Tür hinter Kelly geschlossen hatte, meinte Monroe. »Was willst du mehr? Zwei Motive für Warden. Sommersby verging sich an Lilly und hatte außerdem eine Affäre mit Wardens Frau. Würdest du das hinnehmen?«

Johnson schüttelte verneinend den Kopf.

»Trotzdem kannst du Kelly als Täterin nicht ausschließen. Du hast sie nicht einmal nach ihrem Alibi für die Tatzeit befragt.«

»Und wie sollte Kelly an den Füller von Ben Warden kommen? Ich kann keine Verbindung zwischen den beiden erkennen.«

Du hast sie auch nicht danach gefragt, dachte Johnson unglücklich. Wir haben den Hintergrund nicht durchleuchtet, wie das normalerweise in einer Mordermittlung der Fall wäre. Er seufzte auf. Was für eine vertrackte Geschichte.

»Miss Warden, hat Dr. Sommersby sich Ihnen unsittlich genähert?«, wollte Detective Johnson wissen. Sie hatten Lilly höflich zu einer Befragung ins Revier gebeten. Don wollte sie begleiten, Lilly jedoch hatte gemeint, sie komme alleine zurecht, die Begleitung eines Anwalts würde nach Schuld aussehen.

»Wie kommen Sie darauf?«, gab Lilly schnippisch zurück.

»Hat er oder hat er nicht?« Hart kam die Frage von Monroe.

»Ja. Aber ich habe ihn entschieden zurückgewiesen.«

»Wann war das?«

»An dem Abend seines Todes«, gestand Lilly leise.

»Haben Sie jemandem davon erzählt?«

»Ja.«

»Wem?«

»Meiner Mutter.« Immer leiser wurden Lillys Antworten.

»Ihrer Mutter?«, war Monroe verblüfft. »Sind Sie sicher? Nicht Ihrem Vater?«

»Ich werde wohl noch wissen, wem ich was erzählt habe. Ich bin direkt danach zu meiner Mutter und fragte sie, ob er sie auch ... ob es Sommersby bei ihr einmal probiert hat ...«

»Und, hat er?«

»Das müssen Sie sie schon selber fragen.«

»Was haben Sie nach dem Besuch bei Ihrer Mutter getan?«

»Ich bin ins Haus nach *Beacon Hill*.«

»Haben Sie Ihrem Vater von dem Übergriff erzählt?«

»Nein. Sie wissen doch, dass er beschäftigt war«, lächelte Lilly hintergründig.

»Sie sind nicht zurück in Ihr Wohnheim am Campus?«

»Nein. Ich habe die Nacht zu Hause in meinem Zimmer verbracht.«

»Miss Warden, haben Sie etwas dagegen, wenn wir einen Abstrich für einen DNA Vergleich bei Ihnen nehmen?«

»Nein, denn ich habe nichts verbrochen. Ist man schuldig, wenn man von einem Mann bedrängt wird und das nicht dulden möchte?« Herausfordernd blickte sie Monroe ins Gesicht.

»Natürlich nicht. Doch wir haben Kratzspuren im Gesicht des Toten gefunden und möchten nur ausschließen, dass diese nicht von Ihnen stammen.«

»Ich habe Sommersby nicht gekratzt. Ihn nur von mir geschoben und das Büro fluchtartig verlassen.«

»Trotzdem wollten Sie am nächsten Tag wieder hin? Sie erinnern sich, Sie haben uns bei unserem ersten Treffen erzählt, dass Sie einen Termin bei Ihrem Tutor hatten.«

»Ja, ich konnte so einen Termin nicht einfach sausen lassen. Außerdem wollte ich ihn auf das Vorkommnis am Tag zuvor ansprechen. Ich war mir sicher, dass er sich dafür entschuldigen würde, denn er hatte sich bis dahin mir gegenüber stets korrekt und freundlich verhalten.«

»Wie hätten Sie reagiert, wenn er es erneut versucht hätte?«

»Ich hätte ihm eine Ohrfeige gegeben und den Vorfall beim Dekan gemeldet.«

»Denken Sie, der Dekan hätte Ihnen geglaubt?«

»Keine Ahnung. Nun muss ich das Gott sei Dank nicht mehr herausfinden.«

Was für ein selbstsicheres Gör, ärgerte sich Monroe. Er traute ihr sofort zu, dass sie zum Dekan gelaufen wäre, um sich zu beschweren. Allerdings traute er ihr ebenso den Mord an Sommersby zu. So, wie er sie einschätzte, steckte ein ziemliches Temperament in ihr und sie würde sich nicht wie Kelly Preston von einem alten Professor vergewaltigen lassen, nur weil der Macht hatte. Sie würde sich verteidigen. Wenn es sein musste, mit einer Schere.

»War Ihnen bekannt, dass Sommersby sich auch an

anderen Studentinnen vergriffen hatte?« Gespannt wartete Monroe auf ihre Reaktion.

Lilly wirkte ehrlich verblüfft. »Nein, nie im Leben wäre ich auf so einen Gedanken gekommen … Sind Sie sicher?«

Monroe nickte. Wusste sie wirklich nichts davon? Konnte Sommersby sein Tun so gut verheimlichen? Waren die Studentinnen tatsächlich so eingeschüchtert, dass sie sich niemanden anvertrauten?

»Können Sie sich an die Schere in Dr. Sommersbys Büro erinnern?«

»Meinen Sie die mit dem roten Griff? Die lag immer auf seinem Schreibtisch. Erst letzte Woche habe ich damit einen Artikel aus der *Harvard Crimson* ausgeschnitten«, meinte Lilly unbekümmert.

»Gut, Sie können gehen. Danke, dass Sie sich bereit erklärt haben, uns einige Fragen zu beantworten. Die Polizistin begleitet sie in die Gerichtsmedizin für den Abstrich. Hastings, sind Sie so nett?«

Lilly verließ mit Anne Hastings das Büro der Detectives. Kaum hatte sich die Tür hinter den beiden geschlossen, meinte Johnson. »Keine Reaktion bei der Schere. Wenn ich da an Kelly Prestons Reaktion denke.«

»Ja, sie hat nicht einmal mit der Wimper gezuckt. Entweder ist sie eine gute Schauspielerin oder sie hat wirklich nichts damit zu tun«, überlegte Monroe mit gerunzelter Stirn.

»Sag ich dir ja. Du solltest dein Vorurteil schön langsam aufgeben und dich auf andere Tatverdächtige konzentrieren. Auf diese Preston. Ich hab´s im Urin, die war´s. Glaub mir.«

Nach einer Weile fügte Johnson an: »Außerdem, Lilly hat ihrer Mutter davon erzählt, nicht Ben Warden. Denkst du, ihre Mutter geht hin und ermordet den alten Lustmolch?«, grinste Johnson.

»Und der Füller am Tatort?«, fragte Monroe. »Wie kam der dort hin?«

»Ja, wie kam der dort hin«, seufzte Johnson.

Ben war fürchterlich wütend. »Warum hast du Lilly nicht zu dieser Befragung begleitet?«, fauchte er Don an. »Jetzt haben die ihre DNA. Was, wenn sie feststellen, dass Sommersby ihr Vater ist?«

»Wir können es nicht mehr rückgängig machen, nur auf den Ausgang der Untersuchung warten.«

»Ich fühle mich wie auf einer Schlachtbank. Sie versuchen alles, um mir die Tat zu beweisen. Ein Wunder, dass sie bei der Hausdurchsuchung nicht ein Skalpell bei mir gefunden haben. Ich hätte es Monroe zugetraut, dass er mir eines unterschiebt.«

»Ben, wie kannst du so etwas sagen?«

»Merkst du nicht, dass alles, was sie tun, nur auf mich hinweist? Sie sind nicht einen einzigen Schritt in eine andere Richtung gegangen. Sie kümmern sich nur um den Übergriff auf Lilly. Doch was ist mit den ganzen anderen Studentinnen, die er vergewaltigt hat? Unzählige Frauen aus den letzten Jahren haben ein Motiv.«

»Beruhige dich, Ben«, meinte Don beschwichtigend. »Wir werden ihnen all diese Beweise um die Ohren werfen«.

»Aber die Spur zum wahren Mörder wird kälter und kälter«, seufzte Ben frustriert.

»Doc leistet gute Arbeit. Mach dir keine Sorgen«, beruhigte Don seinen Freund. Allerdings war er selbst nicht eben positiv gestimmt. Ben hatte recht, alles wies auf ihn und auf Lilly. Was sollte er davon halten?

Beide nippten an ihrem Scotch. Da fiel Don ein, dass er Ben schon länger etwas fragen wollte, was ihn die ganze Zeit beunruhigt hatte.

»Warum hast du Caroline erzählt, dass du mit Lilly geschlafen hast?«, fragte Don verärgert. »Wer weiß, wem gegenüber sie es ausplaudert.«

»Ich habe es ihr nicht anvertraut.«

»Bist du sicher?«

»Ja. Warum sollte ich Caroline auf die Nase binden, dass ich mit Lilly ins Bett gehe? Sie würde ausflippen. Wie kommst du überhaupt auf die Idee?«

»Sie hat es neulich erwähnt.«

»Wann neulich?«, wollte Ben genau wissen.

»In der Nacht, als du im Gefängnis gesessen bist. Es muss sie sehr beschäftigt haben, denn sie platzte sofort damit heraus. Ich dachte erst, du hättest mich belogen und die Sache zwischen dir und Lilly ging schon länger. Sie stellte es zuerst so dar, dass Vater und Tochter …«

»Dieses Scheusal«, spie Ben hervor.

»Sie korrigierte sich und meinte, du konntest keinen Tag länger warten ...«

»Aber zu diesem Zeitpunkt wusste es außer dir und Lilly noch niemand. Ob Lilly ...«

»Nein, die habe ich gleich danach gefragt.«

»Don, dann muss sie uns gesehen haben. Dann war sie im Haus.«

»Denkst du, dass sie euch beobachtet hat? Ob sie Sommersby ...«

»Nein, Caroline doch nicht. Die tötet nur mit Worten ...«, kam es bitter aus Bens Mund. »Außerdem, welches Motiv sollte sie haben?«

»Aber wenn doch?«, flocht Don ein.

»Hat sie immer noch ihr todsicheres Alibi. Ihren neuen Lover«, sagte Ben verächtlich.

»Ich werde trotzdem nachforschen und Doc darauf ansetzen. Wenn sie in jener Nacht im Haus war, gibt es Gründe.«

»Ja, um mir nachzuspionieren. Das wird sie allerdings nie zugeben.«

»Dann werden wir es ihr beweisen. Sie könnte dein Alibi sein.«

»Guten Morgen Mrs. Wellington«, rief Lilly fröhlich, als sie der alten Dame vom Haus gegenüber begegnete. Auch wenn sie auf Grund der auf sie zustürzenden Journalistenmeute schnell in Dons schützendes Auto springen wollte, so gebot es ihre angeborene Höflichkeit und die langjährige Bekanntschaft mit der netten Mrs. Wellington, dass sie diese freundlich begrüßte und ein paar Worte mit ihr wechselte.

»Guten Morgen Lilly, es tut mir so leid, was gerade mit deinem Vater passiert. Ich bin sicher, es wird sich bald alles aufklären.«

»Das hoffen wir ebenfalls. Danke für Ihre Anteilnahme.«

»Übrigens, Lilly, es ist nichts Wichtiges, aber es ist mir doch aufgefallen.«

»Ja?«, fragte Lilly interessiert.

»In der Zeitung hat gestanden, dass deine Mutter das Haus seit ihrem Auszug nicht mehr betreten hat. Das stimmt nicht. In der Mordnacht war sie da. Ich habe sie deutlich vom Fenster aus gesehen.«

»Wirklich?« Lilly war erstaunt. Sie hatte kein Läuten gehört und ihre Muter besaß zu dieser Zeit keinen Haustürschlüssel mehr. »Um welche Uhrzeit war das ungefähr?«

»So gegen neun Uhr. Meine Lieblingssendung beginnt da gerade auf *Channel Five* und ich habe die Gardinen zugezogen. Da fiel mir auf, dass deine Muter mit erhöhter Geschwindigkeit in unsere Straße eingebogen ist und etwas zu schnell in eine Parklücke vor eurem Haus gelenkt hat. Fast wäre sie mit einer dunklen Limousine zusammengestoßen, die in diesem Moment aus der Lücke rollte. Sie war eilig ausgestiegen und die Stufen zum Tor hinauf geeilt. Als nicht gleich geöffnet wurde, hat sie den Schlüssel aus eurem Versteck genommen und die Tür aufgesperrt.«

Lilly war mehr als überrascht. Dann war ihre Mutter im Haus, während sie mit Ben ...

»Sind Sie sicher, Mrs. Wellington?«

»Natürlich. Deine Mutter würde ich immer und überall erkennen. Sie hat eine besondere Art, sich zu bewegen. Und ihr Auto sowieso. Diesen deutschen Sportwagen mit seinem spezifischen Geräusch fährt in dieser Gegend nur sie.«

Lilly dachte still, wie gut, dass sich Mom diesen speziellen Auspuff hatte einbauen lassen, den alle Nachbarn hassten. Aber sie wollte unbedingt das Röhren ihres *Mercedes AMG GT* hören können. Ob noch jemand Moms Wagen gesehen hatte? Das auffällige *solarbeam Metalic* leuchtete in der Nacht.

»Danke, Mrs. Wellington, für diese Information. Vielleicht hilft sie uns weiter«, und mit diesen Worten stieg Lilly in Dons Auto.

»Du strahlst ja so. Was hat die alte Dame dir denn erzählt?«, fragte Don belustigt.

»Du wirst es nicht glauben. Sie hat Mom in der Mordnacht in unser Haus gehen sehen«, sagte Lilly triumphierend.

»Caroline? Aber die war doch ab acht Uhr mit ihrem neuen Lover zusammen.«

»Behauptet sie. Was, wenn das nicht stimmt? Wenn sie

doch bei uns war? Mich und Ben gesehen hat? Und als Rache ...«

»Und als Rache Ben belastet? Lilly, willst du ernsthaft behaupten, deine Mutter hätte Sommersby umgebracht?«

»Was, wenn sie nach dem Gespräch mit mir zu ihm gefahren ist, um ihn zur Rede zu stellen? Und hier etwas Schreckliches vorgefallen ist? Sie in ihrer Angst sich den Beistand eines Anwalts sichern wollte? Ben hätte ihr auf jeden Fall geholfen, das wusste sie. Aber statt ihre Sorgen mit ihm teilen zu können, findet sie mich in seinen Armen. Da sind vielleicht die Sicherungen bei ihr durchgebrannt? Es wäre ihr ein Leichtes gewesen, den Füller vom antiken Tisch in der Vorhalle zu nehmen und sich des Skalpells zu bemächtigen.«

»Und danach ist sie noch mal zu Sommersby gefahren, um den Füller dort zu platzieren, um deinen Vater ... ich meine, Ben zu belasten und Sommersby mit Bens Skalpell den Penis abzuschneiden? Nein, so berechnend ist deine Mutter nicht.«

»Nein? Dann hast du sie nie richtig kennengelernt«, sagte Lilly bitter.

»Lilly, bitte ...«

»Hast du auch mit ihr geschlafen? Konnte sie dich ebenso einwickeln?«, fragte Lilly nun leise.

Don schwieg. Presste nach einer Weile nur ein »Nein« heraus.

Lilly dachte nur: Warum glaube ich dir nicht? Laut meinte sie: »Mom hat alle Männer mit ihrem Charme eingewickelt, solang sie etwas von ihnen wollte. Und sie danach eiskalt abserviert. Du wärst nicht der Einzige«, lächelte sie ihn mitleidig an.

Don fuhr los.

»Du hast keine Ahnung, welchen Zirkus sie aufführen konnte, wenn Ben ihr widersprochen oder einer ihrer Wünsche mal nicht erfüllt hat. Solange ich denken konnte, war sie der Mittelpunkt und alles musste so geschehen, wie sie sich das vorgestellt hatte. Ben musste für jeden Auftritt, den er von ihr beruflich brauchte, teuer bezahlen. Sie hat uns das Leben zur Hölle gemacht. Doch stets den äußeren Schein gewahrt. Und immer die treu sorgende Mutter und liebende Gattin gespielt.« Lillys Stimme triefte vor Verachtung.

»Aber Lilly, wie kannst du so etwas sagen. Caroline liebt dich doch.«

»Den einzigen Menschen, den meine Mutter liebt, ist sie selbst. Und wenn es so passiert ist, wie ich das vorhin geschildert habe, dann wird sie alles tun, um Ben und mich zu vernichten. Und jetzt lass uns meine Theorie mit Ben und Doc Carter besprechen.«

Don überlegte und dabei fiel ihm ein, dass Caroline an dem Abend, als er bei ihr war und sie um Stillschweigen wegen Dr. Sommersbys Vaterschaft gebeten hatte, nicht überrascht war, dass dieser tot war. Sie hatte nicht nachgefragt. Und ihm von dem Verhältnis zwischen Lilly und Ben erzählt, obwohl beide schwörten, es ihr nie erzählt zu haben. Ob Lilly womöglich recht hatte?

»Hab von meinen Ex-Kollegen erfahren, dass Sommersby eine Trophäensammlung in seinem Schreibtisch hatte«, berichtete Doc Carter bei einem Gespräch in Dons Büro.

»Eine Trophäensammlung?«, fragte Don verwirrt.

»Ja, er scheint jeder Lady, mit der er gevögelt hat, einen Büstenhalter und einen Slip abgenommen zu haben.«

Don schüttelte angewidert den Kopf. »Ist von Lilly was dabei?«

»Ist noch nicht klar. Doch ich bleibe dran. Dafür habe ich Neuigkeiten von Alison Hart. Sie fährt eine dunkle Limousine. Könnte die gewesen sein, die die Nachbarin von Ben gesehen hat.« Doc Carter hatte sofort, nachdem Lilly ihn über Mrs. Wellingtons Beobachtung informiert hatte, Nachforschungen angestellt.

»Dunkle Limousinen fahren viele.«

»Aber sie kennt Ben, war in der Nacht in Boston, und ...«

»Und?«, hakte Don ungeduldig nach.

»Es könnte sein, dass sie Ben in dieser Nacht sprechen wollte. Ihre Tochter starb in jener Nacht«, antwortete Doc Carter geheimnisvoll.

»Oh Gott, warum das?« Erschüttert blickte Don auf.

»Keine Ahnung. Es hält sich jeder bedeckt. Wird noch dauern, das herauszufinden. Vielleicht wollte sie Trost bei Ben finden?«

»Wozu das? Die haben sich seit Jahrzehnten nicht mehr

gesehen.«

»Ben und Alison hatten doch mal was miteinander ...«, meinte Doc Carter kryptisch.

»Ist das nicht ein bisschen weit hergeholt?«, wandte Don ein.

»Man kann nie wissen ...«, orakelte Doc Carter.

»Verschwenden Sie Ihre Zeit nicht für alte Geschichten. Kümmern Sie sich um Jessica Williams. Ich möchte wissen, ob sie ebenfalls von Sommersby belästigt worden ist.«

»Die Tochter vom alten Frank?« Auf das Nicken von Don fuhr Doc fort: »Der würde wohl auch handgreiflich werden, wenn Sommersby seine Tochter ...«

»Ja, nur wurde der Mord von einer Frau durchgeführt. Dafür spricht eindeutig der Sex während der Tat. Und der alte Williams interessiert sich mehr für junge Frauen.«

»Wie Sommersby«, ergänzte Doc Carter.

Ein missbilligender Blick traf Doc Carter. »Aber Frank vergewaltigt Frauen nicht«, stellte Don klar. Doc Carter zuckte die Achseln.

»Ich habe eine weitere brisante Aufgabe für Sie.«

»Ja?«, fragte Doc Carter neugierig.

»Durchleuchten Sie das Leben von Caroline Warden. Alles. Vor allem die Zeit in Harvard und ihr jetziges Leben. Ich will alles wissen, wirklich alles. Auch, was Sie am Todestag von Sommersby unternommen hat. Und bei ihrem Freund Jim Henderson könnten Sie auch ein bisschen nachforschen. Allerdings kein Wort davon zu Ben oder Lilly, ist das klar?«

Doc Carter pfiff leise, als er zustimmend nickte.

»Was hat die Blutprobe ergeben?« Unruhig schaut Monroe auf die Gerichtsmedizinerin.

»Die Übereinstimmung der DNA aus Sommersbys Wangenkratzer mit Lillys DNA ist nicht eindeutig. Es sind nur fünfzig Prozent deckungsgleich.«

»Was bedeutet das?«

»Die Kratzer könnten von Lilly sein, könnten auch von der Mutter oder einer anderen Verwandten stammen. Eindeutig zuordnen könnten wir die Wangenkratzer nur, wenn wir unter Lillys Nägeln Spuren von Sommersby gefunden hätten. Was wir allerdings nicht haben«, sagte Dr. Mary Brighton.

»Und die Blutspuren auf den Brillengläsern?«

»Dasselbe Ergebnis. Wir wissen, dass die DNA auf den Brillengläsern und in den Wangenkratzern von derselben Frau stammen. Ich kann diese DNA nicht eindeutig Lilly Warden zuweisen. Tut mir leid Detectives.«

»Doch es könnte Lilly gewesen sein, oder?«

»Wenn Lilly Sommersby die Kratzspuren zugefügt hätte, wäre eine hundertprozentige Übereinstimmung gegeben«, wandte die Gerichtsmedizinerin ein.

»Aber sie könnte es gewesen sein?«, bohrte Monroe nach.

»Sie könnte, war es aber nicht.«

»Können Sie Lilly ausschließen?«

»Nein, kann ich nicht. Denn ein Teil der DNA stimmt überein. Außerdem habe ich noch die Haare, die wir auf

Sommersbys Sakko gefunden haben, analysiert.«

»Und?«

»Eines der Haare trägt eindeutig Lillys DNA. Ein zweites Haar hat allerdings nur dieselbe Übereinstimmung mit Lilly Wardens DNA wie die Kratzer im Gesicht.«

»Das versteh einer«, murrte Johnson. »War sie´s nun oder nicht?«

»Das müssen Sie herausfinden. Meiner Meinung nach stammen die Haare von zwei verschiedenen Frauen, die miteinander verwandt sind.«

»Aber sie könnten alle von Lilly Warden sein?«

»Wie gesagt ...«

»Ja, ich hab schon verstanden. Doch es kann nur Lilly gewesen sein. Niemand sonst aus ihrer Familie studiert zur Zeit in Harvard. Also war Ihr Test falsch. Machen Sie ihn noch mal«, schnauzte Monroe die Gerichtsmedizinerin an.

»Haben Sie wenigstens auf einem der Höschen oder Büstenhalter Spuren von Lillys DNA feststellen können?«, fragte Monroe grimmig.

»Nein, keines der Höschen oder Büstenhalters kann ihr zugeordnet werden.«

»Scheiße«, meinte Johnson.

»Warum? Das beweist nur, dass er dabei war, sie zu vergewaltigen, als sie ihn getötet hat. Er noch keine Trophäe ergattern konnte.«

»Komm«, drehte er sich zu Johnson um, »lass uns schauen, was Lilly dazu zu sagen hat.«

Mary Brighton schaute den beiden kopfschüttelnd nach.

»Miss Warden, bei Ihrer letzten Befragung haben Sie gefragt, ob man schuldig ist, wenn man von einem Mann bedrängt wird und das nicht dulden möchte. Sie erinnern sich?«, fragte Monroe, der mit Johnson im Verhörraum auf der einen Seite des schmalen Tisches saß, auf der anderen Lilly mit Don.

Ben wollte sie unbedingt begleiten, war außer sich, als die Detectives plötzlich vor ihrem Haus standen und Lilly zur Befragung mitnehmen wollten. Die Detectives ließen ihn unmissverständlich wissen, dass er nicht der Anwalt seiner Tochter sei. Er schärfte Lilly ein, kein Wort zu äußern, bevor nicht Don bei ihr wäre.

Lilly nickte auf die Frage der Detectives. Ja, sie erinnerte sich gut. Auch an den DNA-Abstrich, der danach folgte. Doch sie war sich keiner Schuld bewusst, deshalb reckte sie ihren Kopf in die Höhe und schaute die Detectives herausfordernd an.

»Sie werden sich auch erinnern, dass wir um eine DNA-Analyse gebeten haben, um die Kratzspuren im Gesicht des Toten zuordnen zu können«, fuhr Johnson fort.

Wieder nickte Lilly. Gespannt blickte sie in das Gesicht von Monroe, jetzt, da sie wusste, dass er mit Ben verwandt war. Aber sie konnte keine Züge von ihrem geliebten Großvater oder Ben in ihm wiedererkennen. Ob es an der Hautfarbe lag?

Monroe war leicht irritiert über Lillys Blick, sagte deshalb schärfer als geplant. »Wir haben Sie überführt, junge Lady!«

Lilly schrie auf, Don sog hörbar die Luft ein und fragte: »Wie darf ich das verstehen?«

»Wir konnten ein Haar auf Sommersbys Sakko eindeutig zuordnen.«

»Ja, das kann schon sein. Ich war an diesem Tag bei ihm und wie Sie wissen ...«, antwortete sie hastig.

Doch Don unterbrach sie. »Still Lilly, ab jetzt rede nur noch ich.«

»Sie haben also ein Haar gefunden. Ein Haar, das Sie meiner Mandantin zuordnen können. Und, haben Sie weitere Haare gefunden?«

»Das tut nichts zur Sache«, meinte Monroe selbstgefällig.

»Das spielt sehr wohl eine Rolle. Wie meine Mandantin ausgeführt hat, kam ihr Sommersby sehr nahe, gegen ihren Willen. Da ist es natürlich, dass ein Haar von ihr auf seinem Sakko landet.«

»Ja, er kam ihr sehr nahe, gegen ihren Willen. Daraufhin hat sie ihn gekratzt und als er nicht von ihr lassen wollte, die Schere in den Rücken gerammt«, stellte Monroe hasserfüllt klar.

Lilly erschauderte bei dieser Stimme.

»Konnten Sie in den Kratzspuren Lillys DNA eindeutig nachweisen?«, erkundigte sich Don schmalllpplg.

»Ja«, antwortete Monroe ohne mit der Wimper zu zucken.

Johnson schaute ihn verblüfft an, Don war diese Reaktion nicht entgangen.

»Also nicht eindeutig, obwohl Sie das behaupten«, schlussfolgerte Don daraus.

»Die Übereinstimmung ist nicht zu hundert Prozent, jedoch ausreichend, um sie Ihrer Mandantin zuordnen zu können.«

»Aber ich habe ihn nicht gekratzt«, rief Lilly erbost. »Sie

lügen!«

»Wollen Sie uns bezichtigen, wir basteln uns unsere Beweise zurecht?«, fragte Monroe gefährlich leise.

»Nein, ich sage nur, dass ich Sommersby nicht gekratzt habe. Ich kann mich mit Worten wehren.«

Das glaube ich sofort, dachte sich Monroe. Laut jedoch meinte er: »Und wie kommt dann Ihre DNA in sein Gesicht?«

»Ich habe keine Ahnung«, schüttelte Lilly den Kopf.

»Warum wollen Sie nicht endlich zugeben, dass Sommersby Sie vergewaltigt hat? Sie sich gewehrt haben, zuerst mit Kratzen, aber als das nichts half, die Schere in Ihrer Bedrängnis zu Hilfe genommen haben? Wenn Sie jetzt gestehen, können wir Ihnen entgegenkommen und die Tat als Totschlag im Affekt ansehen. Sie mussten sich gegen einen Übergriff Ihres geliebten Professors wehren«, sagte Monroe eindringlich.

»Wie oft soll ich Ihnen noch sagen, dass ich nicht vergewaltigt worden bin? Das hätte ich sofort angezeigt. Sommersby hat lediglich versucht, mich zu küssen, und ich habe ihn zurückgeschoben«, antwortete Lilly aufgebracht.

»Ich kann mir denken, dass es schwer ist, eine Vergewaltigung zuzugeben. Wenn Sie wollen, holen wir eine weibliche Polizistin, vielleicht ist es dann einfacher für Sie zu gestehen«, bat Monroe mit einem eigentümlichen Lächeln an.

»Meine Mandantin hat nichts zu gestehen, meine Herren. Das sollte Ihnen schön langsam klar werden. Komm Lilly, wir gehen jetzt. Das führt zu nichts«, und Don erhob sich.

»Nicht so schnell, Herr Anwalt. Wir haben Beweise, dass

Lilly dem Toten an seinem letzten Tag sehr nahe gekommen ist und dass er immer wieder Frauen belästigt hat. Und so, wie Lilly aus dem Büro des guten Professors gelaufen ist, ist es naheliegend, dass mehr passiert ist. Und Ihre Mandantin zugestochen hat. Ich an Ihrer Stelle würde mir überlegen, ob Sie jetzt aufstehen und gehen. Noch kann es Totschlag im Affekt gewesen sein. Gehen Sie jedoch, dann klage ich Lilly Warden wegen Mordes an Sommersby und ihren Vater wegen Beihilfe an. Ist das klar?«

Monroe war dabei dicht vor Don getreten, der einen Schritt zurücktrat, da ihm die Nähe des Detectives den Atem genommen hatte. Johnson saß auf seinem Stuhl und schaute dem Schauspiel scheinbar unbeteiligt zu.

»Ich möchte meine Mandantin unter vier Augen sprechen«, bat Don.

»Gute Entscheidung«, kam es süffisant von Monroe und die beiden Detectives verließen den Raum.

»Jetzt knickt sie ein«, frohlockte Monroe, als sie vor der Tür standen und die beiden durch das Glas beobachteten.

»Das denke ich nicht«, vermeldete Johnson, »schau in ihr aufgeregtes Gesicht. Der Anwalt hat hier nicht viel zu sagen.«

Und wirklich. Lilly war Don, sofort nach dem sich die Tür hinter den Detectives geschlossen hatte, wutschnaubend ins Wort gefallen, der sie zu einem Geständnis überreden wollte.

»Bist du von allen guten Geistern verlassen? Du glaubst doch nicht wirklich, dass ich schuldig bin? Ich habe mir nichts, wirklich nichts zu Schulden kommen lassen, außer, dass ich mit Ben geschlafen habe. Und das scheint dein Problem zu sein. Wenn du nicht für mich einstehen willst, dann leg dein

Mandat nieder, aber versuche nie mehr, mich zu einem falschen Geständnis zu überreden.« Lilly war fürchterlich wütend. Wie konnte Don nur glauben?

Don wusste nicht, was er glauben sollte. Aber die Beweise? Die DNA in den Kratzspuren? Er musste den Laborbefund einsehen. »Lass uns gehen«, sagte er zu Lilly.

Beide erhoben sich, öffneten die Tür, hinter der die Detectives nach wie vor standen. »Wenn Sie nicht vorhaben, meine Mandantin zu verhaften, gehen wir jetzt. Guten Abend, meine Herren.«

Monroe und Johnson waren dermaßen verblüfft, dass sie kein Wort herausbrachten. Johnson fing sich als erster: »Denkst du ernsthaft, dass sie den Alten umgebracht und ihr Vater geholfen hat, die Spuren zu beseitigen?«, fragte er zweifelnd.

Monroe nickte grimmig.

»Glaubst du wirklich, ich hätte mich am Abend vergewaltigen lassen und wäre danach mit Ben ins Bett gegangen?«, wollte Lilly enttäuscht wissen, als sie sich auf dem Weg nach Hause in Dons Auto befanden. »Das hätte ich niemals geschafft. Ich wäre sofort zur Polizei und zu einem Arzt, um Vergewaltigungsspuren zu sichern. Ich bin doch nicht blöd, ich studiere Rechtswissenschaft.«

»Aber Lilly ...«

»Was heißt hier ›Aber Lilly‹?«, meinte sie aufgebracht.

»Siehst du nicht, wie die uns manipulieren? Sie behaupten, ich sei verstört aus dem Zimmer gelaufen, nachdem Sommersby mich vergewaltigt hat und ich ihn erstochen habe. Doch Sommersby wurde zwischen zwanzig und zweiundzwanzig Uhr ermordet. Da war ich bei Ben. Und der Übergriff von Sommersby passierte gegen neunzehn Uhr. Da haben mich Kommilitonen gesehen, als ich weggelaufen bin.«

»Und wenn sich die Gerichtsmedizinerin in der Zeit geirrt hat? Und die Detectives das schon wissen?«

»Don«, kam es entrüstet von Lilly. »Wofür hältst du mich eigentlich?«

Don zuckte hilflos seine Schultern, wie so oft in letzten Tagen.

»Ich habe mit Ben geschlafen, mehrmals in dieser Nacht. Er war der erste Mann, mit dem ich das getan habe. Und ich bin nicht von Sommersby vergewaltigt worden. Ja, er hat es versucht, und ich habe mich gewehrt. Aber nicht mit einer Schere. Und außerdem mindestens eine Stunde vor seinem Tod. Es war falsch, davon zu laufen, sondern ich hätte gleich die Polizei verständigen sollen. Ich war so geschockt, ich habe ihn doch so sehr verehrt ...«

»Hast du mit deinem Vater in der Nacht, als ihr ... als ihr ... hast du Ben von dem Übergriff erzählt?«

»Als ich mit Ben geschlafen habe, haben wir uns nur liebeskranke Gedanken zugeflüstert. Er wusste bis zu dem Gespräch am nächsten Abend nichts von dem Übergriff, ich schwöre es dir. Denkst du, ich versaue mir meine erste Nacht mit einem Mann durch Gespräche wegen einer unsittlichen Attacke?«

Empört schüttelte sie den Kopf. »Außerdem hatte ich bereits beschlossen, Sommersby am nächsten Tag meine Meinung zu sagen, ihn darauf hinzuweisen, dass jeder weitere Versuch in einer Anzeige münden würde.«

Ja, das traute Don Lilly zu, sie war mutig genug, es mit Sommersby aufzunehmen.

»Lilly, die Detectives werden nicht locker lassen.«

»Ja, ich weiß. Und du musst eine Strategie finden, die uns da herausholt.«

Don war sichtlich niedergeschlagen. Konnte er Lilly glauben? Er würde ihr nie und nimmer einen Mord zutrauen. Er wusste allerdings auch, wie mutig sie war und sich nichts gefallen ließ. Wenn es nur mehr die Möglichkeit gegeben hat, Gewalt anzuwenden?, dachte er bekümmert. Und sie in ihrer Angst zugestochen hat? Ben hätte ihr geholfen, keine Frage. Da war er sich hundertprozentig sicher.

»Wir hatten Lilly Warden fast so weit«, sagte Monroe im Zimmer des leitenden Staatsanwaltes Barlowe. »Der Verteidiger wollte sie überzeugen, sich zu stellen. Doch dieses selbstsichere Gör glaubt, wir können ihr nichts nachweisen«, schimpfte Monroe.

»Sind Sie wirklich überzeugt, dass Lilly Warden Dr. Sommersby ermordet hat?«

»Ja, da besteht kein Zweifel«, stellte Monroe bestimmt fest.

»Aber das Zeitfenster. Laut Gerichtsmedizin trat der Tod

Sommersbys zwischen zwanzig und zweiundzwanzig Uhr ein. Lilly wurde gegen neunzehn Uhr von Kommilitonen gesehen, als sie fluchtartig Sommersbys Büro verlassen hat«, wandte Johnson besorgt ein.

»Eine Stunde mehr oder weniger. Da hat sich die Brighton halt vertan. Wäre ja nicht das erste Mal«, maulte Monroe. »Außerdem ist sie bei den DNA-Spuren auch nicht sicher.«

»Was heißt das?«, fragte Staatsanwalt Barlowe alarmiert nach.

»Sie meint, sie kann die Kratzspuren nicht eindeutig zuweisen. Was will sie noch mehr? Die Übereinstimmung ist mehr als fünfzig Prozent, das reicht für einen hinreichenden Tatverdacht. Und mit all den Beweisen ...«

»Welchen Beweisen?«, erkundigte sich Johnson sarkastisch.

Monroe schaute ihn böse an. »Der Füller am Tatort ist ein eindeutiger Beweis. Das verschwundene Skalpell, das Haar von Lilly auf dem Toten, die Aussagen der Kommilitonen, das falsche Alibi von Deborah Williams ...«

»Hat Deborah Williams das bereits zugegeben?«, informierte sich der Staatsanwalt.

»Nein, doch wir haben ihr klar gemacht, was Meineid für sie und ihren Mann, den Kongressabgeordneten, bedeuten würde. Danach war sie äußerst verunsichert. Die wird im Gericht nicht unter Eid lügen. Aber es ist bezeichnend, dass sie für Warden die Unwahrheit sagen wollte. Er wird sie dazu angestiftet haben. Und sie muss ihn wahrhaft dafür lieben. Wie lange das wohl schon läuft zwischen den beiden?«

»Das geht uns nichts an, wenn es nicht für die Tat relevant ist«, sagte der Staatsanwalt schneidend und schaute finster auf Monroe.

»Also, was haben wir?«, wollte Barlowe endgültig wissen.

»Lilly Warden wurde um circa neunzehn Uhr des neunundzwanzigsten Augusts von Rufus Sommersby vergewaltigt. Sie wehrte sich, fügte ihm Kratzspuren zu. Als das nichts half, nahm sie die Schere, die ihr irgendwie in die Finger kam, zu Hilfe und stach damit auf den Rücken von Sommersby ein. Der ließ von ihr ab, sie gab ihm einen Stoß, worauf dieser auf seinen Rücken fiel, die Schere bohrte sich in sein Herz.

Bis dahin wäre es Totschlag im Affekt gewesen, wenn man berücksichtigt, dass Lilly ihm den Stoß nicht absichtlich verpasst hat. Sie hätte nach dem Stich mit der Schere bereits davon laufen können. So verschärfte sich die Situation und es kam zum Tod von Sommersby. In ihrer Panik lief Lilly zuerst zu ihrer Mutter und beklagte sich über den Übergriff. Die unternahm aber nichts, also rannte Lilly zu ihrem Vater. Und beichtete ihm alles.

Warden beschloss, den Totschlag nicht preiszugeben, sondern die Tat seiner Tochter zu vertuschen. Er – oder beide, das konnten wir noch nicht genau herausfinden, da beide mauern – fuhr hin, säuberte die Griffe der Schere, auf der sich die Fingerabdrücken seiner Tochter befanden. Danach schnitt er dem Kerl sein Gemach ab. Und das mit Vorsatz, er hatte sein Skalpell extra dafür mitgebracht. Als wollte er sich für Lillys erlittener Schmach rächen. Ja, und blöderweise rutschte ihm sein Füller aus dem Jackett, der wie immer in der Brusttasche seines Sakkos steckte. Und so gibt es keinen perfekten Mord«, lächelte Monroe zynisch.

»Das klingt für mich schlüssig. Und die kleinen Ungereimtheiten, die Sie erwähnten, haben wir im Griff?«

Monroe nickte zuversichtlich.

Barlowe konnte Monroe ansehen, dass dieser sicher war, was seine Theorie anging. Und er vertraute Monroe. Barlowe lächelte in sich hinein. Endlich hatte er etwas gefunden, dass den selbstsicheren und smarten Ben Warden in Bedrängnis bringen würde.

Laut sagte Barlowe: »Also klagen wir die beiden wegen Mordes zweiten Grades an.«

»Warum nicht ersten Grades?«, fragte Monroe aufgebracht.

»Weil keine besondere Heimtücke oder Grausamkeit erkennbar ist, wenn es so ist, wie Sie das eben dargestellt haben. Wäre Ben Warden hingefahren, um Sommersby zu ermorden, nachdem dieser seine Tochter vergewaltigt hatte, dann könnte man ihm Vorsatz und Heimtücke wegen des abgeschnittenen Penis vorwerfen. Und wir könnten ihn wegen Mordes ersten Grades anklagen. Doch Sie haben mir versichert, dass Ben Warden nur Beihilfe geleistet hat. Lilly Warden die eigentliche Mörderin ist, aber kein Vorsatz bestanden hat.«

Monroe blickte verdrossen vor sich hin. Zu dumm, dass sie Ben nicht beweisen konnten, dass er den Mord vorsätzlich begangen hatte, um seine Tochter zu rächen. Nur weil diese Rechtsmedizinerin behauptete, dass Sommersby kurz vor seinem Tod Sex gehabt hätte. Als ob sie das so genau feststellen könnte.

In Massachusetts stand auf Mord erstens Grades lebenslänglich ohne Chance auf vorzeitige Bewährung. Und genau das hätte Ben Warden verdient. Traurig dachte Monroe, dass seine Mutter keine zweite Chance gehabt hatte. Bei Mord zweiten Grades konnte lebenslang nach fünfzehn Jahren zur Bewährung ausgesetzt werden. Dann würde dieser Bastard in ein paar Jahren wieder frei herumlaufen, schimpfte Monroe innerlich aufgebracht. Seine Mutter konnte das nie wieder tun.

Trotzdem war er zufrieden und er fuhr mit Johnson zu den Wardens, um die Verhaftung vorzunehmen.

Mrs. Walters beschimpfte ihn, warum er das denn tat. Aber Ben beruhigte sie. »Lassen Sie es gut sein, Mrs. Walters. Der Irrtum wird sich aufklären. Geben Sie Don Bescheid, ja?«

Monroe fühlte nicht die Befriedigung, als er die beiden in getrennten Zellen untergebracht hatte, wie er sich das vorgestellt hatte. Als er das Revier verlassen wollte, kam Johnson auf ihn zu. »Warum hat dich die Alte ›Johnny‹ genannt?«

»Kein Ahnung«, antworte Monroe mürrisch und verschwand in die Nacht.

»Das Volk gegen Ben und Lilly Warden«, rief der Gerichtsdiener bei der Anklageerhebung in den Saal.

»Wie lautet die Anklage?«, fragte der Richter.

»Mord zweiten Grades an dem Jura-Professor Dr. Rufus Sommersby«, antwortete die Staatsanwältin Samantha White.

»Wie bekennen sich die Angeklagten?«

»Nicht schuldig«, betonte Don laut und bestimmt. »Wir fordern eine Freilassung auf Kaution bis zu Prozessbeginn.«

»Wie lauten die Fakten?«, wollte der Richter wissen.

»Lilly Warden hat während einer Vergewaltigung ihren Peiniger Dr. Rufus Sommersby mit einer Schere erstochen.«

»Wäre das nicht Totschlag im Affekt?«, fragte der Richter überrascht nach.

»Ja, Euer Ehren. Erschwerend kommt allerdings hinzu, dass die Angeklagte Lilly Warden nach der Tat ihren Vater Ben Warden aufgesucht hat, statt die Polizei zu benachrichtigen. Die beiden sind zurück zum Tatort, um die Spuren an dem Mord zu beseitigen. Sie haben die Schere aus dem Rücken des Toten gezogen und die Fingerabdrücke abgewischt. Das Opfer angezogen, um nicht sofort auf die unzüchtige Handlung hinzuweisen«, führte die junge Staatsanwältin aus dem Büro des leitenden Staatsanwaltes aus. Die Sache mit dem abgetrennten Penis wollte sie sich für die Hauptverhandlung aufbehalten.

»Was fordern Sie, Frau Staatsanwältin?«

»Haft, Euer Ehren. Die Angeklagten verfügen über ein beträchtliches Vermögen und könnten sich jederzeit ins Ausland absetzen.«

»Euer Ehren, meine Mandanten sind unbescholtene Bürger, gut verankert in der hiesigen Gesellschaft. Sie wollen ihre Unschuld beweisen und nicht flüchten«, flocht Don leicht lächelnd zur hübschen Staatsanwältin ein.

Verdammt hübsch, dachte sich Don. Schade, dass sie der Gegenpartei angehört, und lächelte sie erneut offen an.

Lilly sah dieses Lächeln einerseits mit Befriedigung, denn sie wünschte Don eine neue Hoffnung auf Liebe, anderseits mit Argwohn, denn sie fürchtete, Don könnte sich von der hübschen Staatsanwältin einwickeln lassen und dann an ihre Schuld glauben. Schließlich spürte sie immer wieder an seinen Blicken, dass er nicht überzeugt war, dass Ben und sie nichts mit dem Tod von Sommersby zu tun hatten.

In dem Moment verkündete der Richter mit donnernder Stimme: »Je eine Million Dollar Kaution. Der nächste Fall.«

Ben und Lilly wurden abgeführt. Don wusste, was zu tun war. Ben hatte für diesen Fall bereits mehrere Millionen Dollar hinterlegt, da sie davon ausgegangen waren, dass die Kaution hoch ausfallen würde.

»Ben«, sagte Don in der Bibliothek des Wardenschen Anwesens in Beacon Hill, in das sie nach der Hinterlegung der Kaution zurückgekehrt waren, während Lilly sich in ihrem Zimmer frisch machte, »sie haben euch nach wie vor als Vater und Tochter bezeichnet.«

»Ja, Gott sei Dank wissen sie nichts von Sommersbys Vaterschaft«, seufzte Ben erleichtert auf.

»Das kann nicht sein. Mary Brighton ist eine gewissenhafte Gerichtsmedizinerin. Sie hätte festgestellt, wenn Lillys DNA mit der von Sommersby Übereinstimmungen gehabt hätte.«

»Was meinst du?«, fragte Ben verwirrt.

»Entweder haben sie die Blutproben nicht verglichen, was ich nicht glaube, oder ...«

»Oder Sommersby ist nicht Lillys Vater«, vollendete Ben den Satz. Dabei war er bleich geworden. »Du denkst nicht, dass Caroline mich belogen hat und doch ich Lillys ... Nein, das kann, das darf nicht sein. Don, du musst eine Analyse in Auftrag geben. Allerdings in einem anderen Bundesstaat. Anonym. Es darf nicht auf uns zurückzuverfolgen sein. Gleich, wenn Lilly wieder unten ist, gehst du hinauf in unsere Schlafzimmer und nimmst dir Haare aus den Bürsten. Machst du das?«

»Was soll Don machen?«, fragte Lilly unschuldig, als sie das Arbeitszimmer betrat.

»Unsere Unschuld beweisen«, sagte Ben tonlos.

Lilly trat zu ihm, umarmte ihn, obwohl sie vor Don Zärtlichkeiten normalerweise vermied, um ihn nicht noch mehr zu kränken. Aber Ben schien es nötig zu haben. »Ben, alles wird gut. Sie haben keine echten Beweise, nur Indizien.

Und wenn wir den Glauben daran erschüttern, werden sich keine zwölf Geschworenen finden, die uns verurteilen. Nicht wahr, Don?«

Der nickte. »Ich werde alle Beweise in Zweifel ziehen, vor allem an der Glaubwürdigkeit von Monroe rütteln. Und wenn Alison Hart aussagt, haben wir klar bewiesen, dass nicht nur ihr Grund gehabt hättet, Sommersby zu ermorden.«

»Ja, nur ist damit nicht unsere Unschuld bewiesen, sondern nur, dass wir nicht eindeutig überführt werden konnten. Lieber wäre es mir, wir würden den wahren Täter finden.«

»Es ist noch nicht aller Tage Abend«, sagte Don mit feinem Lächeln. Er hatte da so einen Verdacht. Aber er wollte damit nicht herausrücken, um keine unnötigen Hoffnungen zu schüren. Trotzdem verabschiedete er sich schnell, denn er wollte die Verdachtsmomente überprüfen, über die er und Doc in den letzten Tagen gestolpert waren.

Bevor Don das Haus verließ, schlich er die Treppe hinauf in die Badezimmer der beiden und holte sich Material für einen Vaterschaftstest. Als er die Stiegen herunterkam, hörte er Lillys leidenschaftliche Seufzer und verließ fluchtartig das Haus.

»Jetzt schau dir das an, er steht schon wieder hinter ihr. Und dieser Moderator ...«, ereiferte sich Ben. Lilly konnte ihm nur zustimmen. Sie verfolgten gemeinsam die zweite Fernsehdebatte zwischen den Präsidentschaftskandidaten *Hillary Clinton* und *Donald Trump* für die Wahl am achten November.

Wieder war Hillary ihrem Konkurrenten Trump weit überlegen, ihre Argumente hatten Hand und Fuß. Aber Trump verlegte sich auf die persönliche Ebene. Im Moment forderte er sogar eine Haftstrafe für seine Gegnerin wegen ihres Umgangs mit ihren dienstlichen E-Mails als US-Außenministerin. Lilly hörte im Geiste, wie seine Anhänger bei jedem seiner Auftritte diese Forderung mit dem Spruch skandierten: »*Sperrt sie ein.*«

Hillary konterte schlagfertig: »Was Sie von Donald hören, ist wieder nicht wahr. Er lebt in einer parallelen Realität.«

Das Schlimme an der Debatte war für Lilly allerdings, dass Trump ständig um seine Mitbewerberin herum schwänzelte, sich hinter sie stellte, wenn sie ihre Argumente vorbrachte. Man hatte das Gefühl, er wollte sie einkreisen, angreifen. Lilly verursachte das körperliche Schmerzen, weil sie direkt fühlen konnte, wie Hillary das empfinden musste. Aber der Moderator ignorierte Trumps Verhalten gänzlich. Lilly war überzeugt, würden da zwei Männer auf dem Podium stehen, hätte der Moderator längst eingegriffen.

»Jetzt fängt Trump auch noch mit den alten Geschichten an«, schimpfte Ben laut.

»Was hast du erwartet? Wenn Hillary seinen ›*Locker Room Talk*‹ von 2005 zur Sprache bringt, dann gräbt er die Sex-Storys von Hillarys Mann als Präsidenten aus.«

»*Bill Clinton* hat sich nie abfällig über Frauen geäußert, wie Trump das tut«, meinte Ben ärgerlich.

»Für mich hat Trump mit seiner Äußerung, ›*als Star könne er sich Frauen gegenüber alles erlauben, auch den Griff an ihre Geschlechtsteile*‹ gezeigt, wer und wie er in Wahrheit ist. Ich kann nur hoffen, dass andere das ebenso sehen«, seufzte Lilly. In Wirklichkeit fürchtete sie vielmehr, dass es zu viele Männer gab, die ihm zustimmten ...

Wenn sie nur an Sommersby dachte. Der hatte sich ebenfalls genommen, was er wollte. Weil er die Macht hatte und ihre Studienkolleginnen sich nicht getrauten, sich zur Wehr zu setzen. Sie hatte sich zur Wehr gesetzt ...

Sie schüttelte die Gedanken an jenen Abend in Sommersbys Büro ab, obwohl sie manchmal Albträume von seinem Übergriff hatte. Hätte sie nicht in jener Nacht das wundervolle Erlebnis mit Ben gehabt, hätten sie die Gedanken an diese Erfahrung nicht so schnell losgelassen.

So konnte sie mit Ben darüber reden, er nahm sie tröstend in seine Arme, wenn dieser Vorfall wieder vor ihr auftauchte. Er gab ihr Halt und Sicherheit. Lilly nahm sich vor, wenn sie heil aus dieser Sache herauskommen sollte, würde sie eine Kampagne starten, um Frauen in ähnlichen Situationen zu unterstützen.

Liebevoll blickte sie zu Ben, der konzentriert der Debatte folgte. Obwohl sie gerade eine schwierige Zeit durchmachten und sie keine Ahnung hatte, was die Zukunft bringen würde, war es die schönste Zeit in ihrem bisherigen Leben. Sie liebte Ben aufrichtig. Der Altersunterschied spielte keine Rolle. Im Gegenteil. Sie fand es wunderbar, wie sie mit ihm über alles diskutieren konnte und er sie so akzeptierte, wie sie war. Sie sich nicht verstellen musste, wie das bei gleichaltrigen Männern oft der Fall war, mit denen sie ausgegangen war. Die sahen in ihr immer nur die hübsche Blondine, die zufällig klug war, von ihr aber erwarteten, dass sie zu ihnen aufblickte und sie bewunderte.

Ben und sie respektierten sich, mussten sich nicht erst kennenlernen, wie das sonst bei frisch verliebten Paaren der Fall war. Sie wusste ob seiner kleinen Macken, er kannte sie in- und auswendig. Manche würden so eine Beziehung vielleicht für langweilig halten, für Lilly jedoch war es perfekt. Sie konnte sich auf die Liebe und das wunderbare Gefühl konzentrieren und sich fallen lassen, wenn Ben sie in seine Arme nahm. Ihre kühnsten Träume von der Liebe wurden mehr als erfüllt.

Die letzten Wochen hatten Ben und sie nie über eine gemeinsame Zukunft gesprochen. Stillschweigend waren sie übereingekommen, die Zeit bis zum Prozess zu genießen. Die Zukunft auf sie zukommen zu lassen. Doch wenn sie Trump so lauschte, fragte sie sich, ob ihre Zukunft nur vom Ausgang des Prozesses abhing.

»Mir macht der Mann Angst«, meinte Lilly nach einer Weile. »Hör dir die Lawine dieser Unwahrheiten an.«

»Das glaubt ja ohnedies niemand, der bis zwei zählen kann«, meinte Ben abfällig.

»Denkst du? Ich sehe das ein wenig anders. Er wiederholt

Unwahrheiten so oft, bis sie sich wahr anhören. Ständig sein ›die korrupte Hillary‹. Ich kann es nicht mehr hören. Ich fürchte, dass ihm mehr Leute Glauben schenken könnten, als uns lieb ist.«

»Mach dir keine Gedanken. Wir sind zwar ein verrücktes Volk, aber so verrückt sind wir auch nicht, dass wir einen Typen wie Trump in ein so wichtiges Amt wählen«, lachte Ben. »Wie stehen wir dann vor der Welt da? Es ist zwar amüsant, dass er als krasser Außenseiter so weit gekommen ist und zeigt wieder einmal, was in unserem Land alles möglich ist. Doch wenn es hart auf hart geht, haben die Menschen seine dummen Sprüche und Lügen durchschaut und werden für Hillary votieren.«

Lilly war sich da nicht so sicher, trotzdem schwieg sie.

Mit einer besorgten Falte auf der Stirn fuhr Ben fort: »Da bereitet mir die Anklage wesentlich mehr Kopfzerbrechen.«

»Was der Staatsanwalt wohl morgen von uns will?«, fragte Lilly bang.

»Er wird uns einen Deal anbieten, weil er weiß, dass er nicht gewinnen kann. Der einzig wirkliche Beweis ist der Füller. Ein bisschen dürftig. Ich bin überzeugt, dass Don Strategien entwickelt hat, wie er dieses Indiz entkräften kann. Ich sehe dem Tag morgen gelassen entgegen.«

Lilly dagegen war ein wenig mulmig zumute. Sie traute dem Bezirksstaatsanwalt Barlowe nicht. Er hatte seine Prozesse zu oft gegen Ben verloren ...

»Was wollen Sie von uns?«, fragte Don Staatsanwalt Barlowe. Der Bezirksstaatsanwalt hatte Ben und Lilly in sein Büro gebeten. An dessen mächtigem Schreibtisch saßen sie dem leitenden Staatsanwalt und der hübschen jungen Staatsanwältin gegenüber. Ben und Barlowe maßen sich mit Blicken, die nichts Gutes verhießen.

»Wenn sich Lilly Warden des Mordes schuldig bekennt, werden wir auf Totschlag im Affekt plädieren. Dann kann sie mit einer Strafe auf Bewährung nach Hause gehen«, antwortete Samantha White für den Angesprochenen.

»Und Ben Warden?«

»Diese Tat war vorsätzlich. Er hat bewusst Spuren verwischt. Das geschah nicht im Affekt, sondern wurde von ihm absichtlich durchgeführt. Außerdem hat er dem Toten post mortem den Penis abgetrennt. So verwerflich die Tat Sommersbys auch war, ist das Abtrennen des Penis eine Straftat an einem Toten. Die Würde des Professors wurde damit verletzt. Hier können wir keine mildernden Umstände geltend machen«, kommentierte der Staatsanwalt kalt.

Don schaute Lilly an. »Lilly, das ist deine Chance …«

Lilly unterbrach ihn grob: »Ich habe nichts zu gestehen. Also kann ich auch keine Absprache treffen.«

»Lilly«, versuchte es Don ein weiteres Mal.

Ben starrte den Staatsanwalt an. Ruhig fragte er Barlowe: »Was wollen Sie mit diesem Angebot bezwecken?«

»Lilly ist unbescholten. Sie hat noch ihr ganzes Leben vor sich. Warum ins Gefängnis gehen und ein vielversprechendes Leben somit beenden? Sie lieben Ihre Tochter, setzen Sie sie nicht der Gefahr aus, den Prozess zu verlieren. Denken Sie wie ein Vater«, antwortete Barlowe besonnen.

Als er allerdings Bens wegwerfende Handbewegung registrierte, fuhr er aggressiv fort. »Sie haben keine Chance, Warden. Die Beweise sind erdrückend. Auch wenn Sie oder Ihre Tochter kein Geständnis ablegen, die Indizien reichen aus, um die Geschworenen zu überzeugen.« Barlowe bedachte Ben mit einem abschätzigen Blick.

Barlowe hatte Ben Warden seit seinem ersten Zusammentreffen in Harvard beneidet. ›Hi, ich bin Ben‹, hatte der lässig gesagt, ›Lust auf eine Tennispartie?‹ Er hatte herum geredet, sich nicht getraut, die Wahrheit zu sagen. Dass er zu *McDonald's* musste, zu seinem Aushilfsjob.

Du musstest dich nie anstrengen, dachte Barlowe hasserfüllt. Dir wurde alles in die Wiege gelegt. Meine Mutter und mein Vater, beide einfache Arbeiter, hatten jeweils zwei Jobs zu bewältigen, um mich studieren zu lassen. Jede freie Minute habe ich geschuftet, um mir Geld für die Studiengebühren zu verdienen, während du mit deiner Clique auf den Tennisplatz bist oder in einem schicken Boot aufs Meer segeln konntest.

Allerdings musste Barlowe zugeben, dass Ben ein brillanter Strafverteidiger gewesen war. Aber, schimpfte er innerlich gehässig, man kann sich auch leicht auf Prozesse vorbereiten, wenn einem ein großes Team von Mitarbeitern zur Verfügung steht.

»Haben Sie meine Siege über Sie nie verwunden?«, fragte Ben höhnisch.

»Sie wissen, dass der Chirurg schuldig war. Trotzdem haben Sie ihn herausgeboxt. Träumen Sie nie davon, dass Sie einen Killer haben laufen lassen?«

Lilly schaute erschrocken zu Ben. Sie wusste, wie nah Ben diese Sache nach wie vor ging.

»Und Sie träumen nun davon, Unschuldige hinter Gitter zu bringen, nur weil Sie damals gegen mich verloren haben?«, konterte Ben geringschätzig und erhob sich.

»Komm Lilly, wir gehen. Wir haben hier nichts verloren. Und Sie«, und er deutete mit dem Finger auf den Bezirksstaatsanwalt, »merken sich eines: Lilly und ich sind unschuldig. Und das werden wir in einem Gerichtsverfahren klären. Und danach mache ich Sie für Ihre Parteinahme und schlechte Ermittlungsarbeit fertig.«

Lilly war aufgestanden, Ben nahm sie am Arm und führte sie aus dem Büro der Staatsanwaltschaft. Don folgte wie vor den Kopf gestoßen, nicht ohne die Staatsanwältin vorher entschuldigend anzulächeln.

»Was hast du dir da drinnen gedacht, als du Lilly überreden wolltest, das Angebot anzunehmen?«, fuhr Ben Don heftig an.

»Es kann eng werden, das weißt du. So wäre Lilly ohne Gefängnis davon gekommen.«

»Das tut sie, wenn du deine Arbeit professionell erledigst. Kann ich mich noch auf dich verlassen oder sollte ich den Anwalt wechseln?«, wollte Ben unwirsch wissen.

Nach einer kurzen Bedenkzeit, bei der er Lillys ernste Miene betrachtete, sagte Don: »Ihr könnt euch auf mich verlassen.«

Wie überzeugend Ben wirkte, überlegte Don. Er glaubte den beiden, wollte ihnen glauben, aber die Beweise ... es deuteten einfach zu viele Beweise auf Ben und Lilly. Vor allem der Füller machte Don schwer zu schaffen. Wie nur sollte er dessen Fundort neben der Leiche im Prozess in Frage stellen?

Gedankenverloren saßen Ben und Lilly in der Bibliothek. Ben mit seinem obligatorischen Scotch in der Hand in seinem Lieblingssessel, Lilly mit einem Glas Champagner zu seinen Füßen. Sie hatten beschlossen, diese Nacht auszukosten. Vielleicht war es die letzte in Freiheit. Morgen würde der Prozess beginnen.

Don saß etwas abseits und beobachtete die beiden. Sie verstanden sich auch ohne Worte und ihre Verbundenheit zueinander war unverkennbar. Er seufzte. Genauso hatte er es sich mit Lilly vorgestellt.

Lilly bemerkte den Seufzer und blickte in seine Richtung. Schon die letzten Tage spürte sie seine Unruhe. Ob es ihm gelingen wird, uns herauszuboxen?, überlegte sie. Doch die Miene, die Don in letzter Zeit zur Schau trug, tat nichts dazu, ihre Zuversicht zu stärken. Ganz im Gegenteil.

Des Öfteren hatten sie und Ben versucht, mit Don über seine Strategie zu sprechen. Er ließ sich nicht gerne in die Karten blicken, sondern meinte nur, je weniger sie wüssten, desto besser für sie. Was das zu bedeuten hatte? Der einzige, mit dem Don ständig in Kontakt stand, war Doc Carter. Der dagegen lief mit einem zufriedenen Gesicht herum.

Sie wollte am liebsten gleich als Erste aussagen, um den Geschworenen klar zu machen, wie unsinnig diese Anklage war. Doch Don weigerte sich hartnäckig. Also sprach sie ihn erneut darauf an.

»Ich rufe dich nur in den Zeugenstand, wenn es absolut unumgänglich ist. Du wärst leichte Beute für den Staatsanwalt«, rief Don aufgebracht.

»Das sehe ich genauso«, unterstützte ihn Ben. »Wir können uns zwar gegenseitig ein Alibi geben, aber was nutzt das? Das würde sehr schnell in Misskredit gezogen werden ...«, beendete er den Satz nicht, da er voll Grauen an die Aussage denken musste, die Caroline am nächsten Tag machen würde. Ab morgen wird jeder wissen, dass Lilly nicht meine Tochter ist, dachte Ben betrübt. Und die Spekulationsmöglichkeiten vervielfachen sich.

»Die, die sich weigern, Kriegsdienst zu leisten, weigern sich auch, Geschworene zu werden, und das sind meist gebildete Demokraten. Die demonstrieren lieber gegen den Krieg«, meinte Ben nach einer Weile. »Also werden in der Jury hauptsächlich Arbeiter sitzen. Und die haben nicht viel übrig für jemanden wie mich oder Lilly, denen alles in die Wiege gelegt zu sein scheint. Wenn wir sie nicht eindeutig überzeugen können, dass wir unschuldig sind, dann ...«, endete Ben unheilvoll.

»Und warum übernimmt von allen Staatsanwälten Bostons ausgerechnet der leitende Bezirksstaatsanwalt höchstpersönlich unseren Prozess? ›Prinz Eisenherz‹, wie er hinter vorgehaltener Hand genannt wird, weil er keine Milde walten lässt«, ätzte Lilly.

»Weil er Bürgermeister von Boston werden möchte? Der optimale Karrieresprung, wenn er einen demokratischen Anwärter auf den Senatsposten ins Kittchen bringt«, gab Ben selbstironisch zur Antwort.

»Das kann ja heiter werden«, seufzte Lilly.

»Ja, es wird nicht leicht. Aber unsere Argumente sind stichhaltig und nachvollziehbar. Ein paar Geschworene werden hoffentlich begreifen, dass es um Gerechtigkeit geht. Wenn wir begründeten Zweifel schüren können, kommt es zu keiner Einigung ...«, wollte Don ausführen, doch Ben unterbrach ihn barsch.

»Berechtigte Zweifel? Wir sind unschuldig. Nichts anderes zählt. Und wenn ich vor Gericht jedes einzelne Detail von der Nacht mit Lilly aufzählen muss ...«

»... wird uns das nichts nützen«, fügte Lilly an. »Abgesehen davon, dass wir dann der Blutschande bezichtigt werden, würden sie uns das als erfundene Geschichte auslegen und uns erst recht verteufeln. Beim Liebesgeflüster den Mord an einem unschuldigen Harvard-Professor ausgeklügelt zu haben.« Bitter klang ihre Stimme. Nicht nur Ben zuckte zusammen.

»Lilly, da ist etwas, dass ich dir bisher verschwiegen habe«, presste Ben undeutlich hervor.

Lilly schaute ihn groß an. Ist er betrunken?, überlegte sie. Was gar nicht gut wäre, schließlich wollte sie diese Nacht in seinen Armen auskosten. Wer weiß, wie oft noch die Gelegenheit dazu bestand. Sein Blick zeigte allerdings keinen betrunkenen Mann, sondern einen besorgten.

»Ja, was hast du mir denn so verschwiegen?«, fragte sie schelmisch.

Don räusperte sich. »Es ist besser, wenn ich jetzt gehe. Wir sehen uns morgen im Gerichtssaal. Eine schöne Nacht euch beiden«, fügte er gallig hinzu.

»Armer Don«, meinte Lilly, als sich die Tür hinter ihm geschlossen hatte.

»Lilly, deine Mutter wird von der Staatsanwaltschaft als Zeugin der Anklage aufgerufen.«

»Das weiß ich längst. Schäbig von ihr, aber nicht anders zu erwarten. Was verspricht sich die Staatsanwaltschaft nur davon?«

»Sie wird aussagen, dass du nicht meine Tochter bist.«

»Ja und? Hilft uns das nicht eher? Dann hättest du kein Motiv gehabt, ›deiner Tochter‹ zu helfen.«

»Sie wird aussagen, dass du die Tochter von Sommersby bist.«

»Nein«, schrie Lilly auf. »Nein, das kann ... kann nicht sein. Er hat doch versucht, mich zu vergewaltigen. Würde das ein Vater seiner Tochter antun?«, fragte sie zweifelnd.

Ben zuckte nur hilflos mit den Schultern.

»Es ... Es stimmt also?« Wieder zuckte Ben nur mit den Schultern.

»Seit wann weißt du es?«

»Seit dieser besagten Nacht.«

»Und du hast es mir nicht erzählt?«, rief sie erbost.

»Ich wollte dich sofort informieren, als es mir deine Mutter am Telefon mitgeteilt hat, aber dann passierte das mit uns ... Ja, und am nächsten Abend beim zweiten Anlauf kam uns die Polizei dazwischen, die mich als Verdächtigen mit aufs Revier schleppte. Da beschloss ich, es einstweilen für mich zu behalten. Du solltest nicht mit einem toten Vater konfrontiert werden.«

»Oh Ben, ich kann nicht glauben, dass Sommersby ... Nein. Er hat nie irgendwelche Anzeichen erkennen lassen. Er wusste bestimmt nichts davon.«

»Doch. Deine Mutter hat behauptet, dass sie beide mich als Vater ausgesucht hätten, da ich wohlhabend sei und Sommersby für ein uneheliches Kind nicht seine Karriere opfern wollte.«

»Glaubst du es?«, fragte Lilly leise.

»Ich weiß, dass du nicht meine Tochter bist. Da die Polizei in ihren Laborbefunden nicht auf die Tatsache einer Verwandtschaft zwischen dir und Sommersby hingewiesen hat – was sie meiner Meinung nach bei all den Untersuchungen hätten feststellen müssen – habe ich einen Vaterschaftstest durchführen lassen, um sicher zugehen. Falls Caroline mich belogen und wir somit Blutschande betrieben hätten.«

»Der Test hat also eindeutig ergeben, dass ich nicht deine Tochter bin?«

Ben nickte.

»Was für ein Glück«, flüsterte sie und kroch auf seinen Schoß. »Und, hat es auch ergeben, wer mein Vater ist?«, wisperte sie nur mehr zart, schon dabei, sein Gesicht mit Küssen zu bedecken.

»Nein,« raunte Ben.

»Ben, ich liebe dich. Und ich möchte, dass du mir deine Liebe die restliche Nacht beweist«, sagte sie klar mit ihrer hellen Stimme, während sie sich die Bluse aufknöpfte und Ben gebannt mit seinen Augen ihre Finger verfolgte.

»Nichts lieber als das ...«, flüstere er rau.

Es dauerte, bis sie schließlich erschöpft in den ersten Stock in sein Schlafzimmer schlichen. Dort liebten sie sich die ganze Nacht lang, immer wie Ertrinkende aneinandergeklammert, bis der Wecker klingelte und sie ins Gericht mussten.

Totenstille herrschte im Gerichtssaal 11, dem größten, welches das gläsern-backsteinerne Bezirksgericht von Massachusetts, das sogenannten John Joseph Moakley United States Courthouse, im Bostoner Hafen zu bieten hat, als der leitende Bezirksstaatsanwalt Barlowe den Gerichtsprozess gegen Lilly und Ben Warden mit seinem Eröffnungsplädoyer einleitete. Dies war der Moment, auf den sie alle gewartet hatten in den letzten Wochen. Der Moment der Wahrheit.

Staatsanwalt Barlowe ließ seinen Blick über die Zuschauermenge streifen. Das Interesse an diesem Prozess war enorm. Doppelt so viele Leute wie Platz hatten, wollten sich dieses Schauspiel nicht entgehen lassen. Er stand in diesem Jahr zur Wiederwahl als Staatsanwalt an und wollte mit dem Verfahren zeigen, dass er es wert war, wiedergewählt zu werden. Deshalb hatte er die Strafsache höchstpersönlich übernommen. Er war überzeugt, Ben Warden, seinen großen Widersacher in der heimischen Politik, hinter Gitter zu bringen.

Siegessicher lächelnd blickte er Ben Warden direkt in die Augen, bevor er diese weiter wandern ließ und dann bei dem Geschworenen Nummer Zwei hängen blieb. Ein einfacher Mann aus der Arbeiterklasse, der nur seine Hände Arbeit kannte und sich ein Leben, wie es Ben Warden seit Kindesbeinen an führen durfte, gar nicht vorstellen konnte.

»Meine Damen und Herren Geschworene, wir sind heute hier, um über die Schuld der beiden Angeklagten Lilly und Ben

Warden an der Ermordung eines unschuldigen, höchst angesehen Jura-Professors zu richten. Wir werden ausführen, wie Lilly Warden am Abend des neunundzwanzigsten Augusts ihren Professor, der einen Annäherungsversuch unternommen hatte, mit einer Schere erstach. Anstatt ärztliche Hilfe zu holen, nach Hause zu ihrem Vater, Ben Warden, lief, mit diesem zurückkam und ihre Spuren beseitigte. Wir werden ferner aufzeigen, dass Ben Warden allen Grund hatte, sich an Sommersby zu rächen und seine Tochter unter Umständen sogar zu diesem Mord angestachelt hat.«

Wie bitte?, dachte Ben entsetzt, dieser Gesichtspunkt ist neu. Ich soll Lilly zu dem Mord angestachelt haben? Don schaute ihn betreten an, Lilly schnappte hörbar nach Luft.

Danach trat eine gespannte Pause ein, jeder wartete auf weitere Worte des Staatsanwaltes. Doch der nahm seinen Platz hinter der Anklagebank ein, neben der hübschen Staatsanwältin von der Anklageerhebung, die ihn bei dem Fall unterstütze. Don schaute bewundernd auf ihre langen Beine, die unter einem dunkelgrauen Kostüm hervorragten.

Lilly gefiel das nicht. Don war hier, um sich für sie und Ben einzusetzen und nicht, um mit der Staatsanwältin zu flirten. Don war so vertieft in diese Beine, dass er den Aufruf des Richters überhörte. Erst das zweite »Ihr Eröffnungsplädoyer bitte, Herr Anwalt«, riss ihn von dem Blick ab. Langsam stand Don auf, platzierte sich genau zwischen Richtertisch und Geschworenenbank.

»Hohes Gericht, verehrte Geschworene, Sie haben hier über Schuld oder Unschuld von zwei Menschen zu entscheiden, die bisher nie mit dem Gesetz in Konflikt geraten sind. Im Gegenteil. Ben Warden ist ein angesehener Rechtsanwalt, Lilly Warden studiert an der *Harvard School of Law*. Beide ordnen ihr Leben Recht und Gesetz unter. Trotzdem sitzen diese beiden unschuldigen Menschen hier auf der Anklagebank, weil eine Staatsanwaltschaft nicht bereit war, den wahren Schuldigen ausfindig zu machen, sondern sich ausschließlich auf Indizien beruft. Wir werden beweisen, dass Lilly Warden den ihr zur Last gelegten Mord an Dr. Rufus Sommersby nicht begangen und Ben Warden keine Beihilfe zu Mord an dem genannten geleistet hat.

Vielmehr werden wir beweisen, dass Dr. Sommersby ein verantwortungsloser Professor war, der seine Studentinnen zu Sex gezwungen hat. Nicht, wie es der Herr Staatsanwalt eben so hübsch formuliert hat, nur ›einen Annäherungsversuch unternommen‹ hat. Nein, er hat sie regelrecht genötigt. Haben diese sich gewehrt oder mit Anzeige gedroht, hat er sie verächtlich ausgelacht und mit einer Anklage wegen Rufmordes eingeschüchtert. Er hat sich Frauen gefügig gemacht, weil er die Macht dazu hatte.«

Ein Raunen ging durch den Gerichtssaal.

»Ja, meine Damen und Herren Geschworene, Sie sind zurecht erstaunt. Uns liegen eidesstattliche Aussagen von Frauen vor, denen es so ergangen ist. Aus Scham sind sie nicht bereit, in einem Gerichtssaal auszusagen. Außer einer mutigen Dame, die später im Zeugenstand unter Eid aussagen wird, was Dr. Sommersby ihr und ihrer Tochter angetan hat. Sie wird sich nie verzeihen, dass sie Dr. Sommersby nicht schon vor zwanzig Jahren aus dem

Verkehr gezogen hat. Wir werden beweisen, dass andere Menschen wesentlich mehr Grund gehabt hätten, Dr. Sommersby zu ermorden als die beiden Angeklagten.«

Don legte bei seinem Eröffnungsplädoyer eine kleine Pause ein, dann blickte er zur Staatsanwaltschaft.

»Diese Staatsanwaltschaft«, und bei diesen Worten zeigte er mit einer theatralischen Geste auf den leitenden Staatsanwalt, »hat es verabsäumt, in alle Richtungen zu ermitteln, sondern sich ausschließlich auf den Angeklagten Ben Warden konzentriert. Die Gründe dafür werden wir in unserer Beweisführung darlegen. Sie verehrte Damen und Herren Geschworene, Sie werden sich diese Beweisführung vorbehaltlos anhören und wie wir – und davon bin ich zu tiefst überzeugt – zu dem gleichen Schluss kommen. Ben und Lilly Warden sind unschuldig.«

Nach dieser Eröffnung war es unruhig im Saal geworden. Der Staatsanwalt bohrte seinen Blick förmlich in Detective Monroes Augen, als wollte er sagen, ich hoffe, du hast dich nicht verrannt. Das Publikum tuschelte ob des Gehörten und war neugierig auf die erwähnte Zeugin. Der Prozess schien alles zu bieten, was ein sensationslüsternes Publikum hören wollte.

Die Leitartikel der seriösen Zeitungen wie der *Boston Globe* als auch die »Yellow Press« hatten in den letzten Wochen über nichts anderes berichtet, als dass der angesehene Bürger und ›Möchtegern-Kandidat‹ für den Senat‹, wie er oft bezeichnet wurde, Ben Warden und seine vergötterte und verwöhnte Tochter Lilly wegen Mordes angeklagt waren. Kaum ein Journalist hatte seriös über die

Sache berichtet, alle wollten sie mit reißerischen Schlagzeilen und Vermutungen Leser gewinnen.

Lilly hatte sehr unter dieser Hetzkampagne gelitten und das Haus nur im äußersten Notfall verlassen, da ihr Reporter immer und überall auflauerten. Viele campierten nach wie vor vor dem Haus, um irgendetwas in Erfahrung zu bringen.

Niemand hatte sich die Mühe gemacht zu hinterfragen, ob es nicht auch andere Verdächtige geben könnte. Alles konzentrierte sich von Anfang an auf Lilly und Ben.

Lilly war wie vor den Kopf gestoßen, als gute Freunde und Nachbarn sie geschnitten hatten, dass jeder sie automatisch für die Schuldige hielt. Ben sagte daraufhin nur: »Warte erst, bis herauskommt, dass du nicht meine Tochter bist und wir ein Liebesverhältnis haben. Dann kriegt sich die Kanaille gar nicht mehr ein.«

Ben und Lilly saßen aufrecht auf der Anklagebank. Ben in seinem dunkelblauen Anzug jeden Zoll der Aristokrat, der er war. Lilly in ihrem hellblauen Kostüm hübsch anzusehen, das Gesicht jedoch ernst und konzentriert unter dem hochgesteckten Haar. Was, wenn Don ihre Unschuld nicht beweisen konnte?, ging ihr bang im Kopf herum. Wenn sie uns einfach nur verurteilen, weil sie Vorurteile gegen unsere Gesellschaftsschicht haben?

Ben spürte Lillys Unsicherheit, ergriff ihre Hand und drückte sie. »Vertrau Don«, flüsterte er ihr zu.

Sie blickte zu ihrer Mutter. Und war von dem hasserfüllten Blick tief erschrocken. Was nur hatte sie ihrer Mutter angetan, dass diese sie so verachtete? Tränen traten in Lillys Augen, die sie tapfer schluckte und Ben zuraunte. »Ja, tue ich.«

Detective Monroe war der erste Zeuge, der von der Staatsanwaltschaft befragt wurde. Er legte dar, wie sein Kollege Johnson den goldenen Füller neben dem Kopf der Leiche gefunden und spätere Recherchen ergeben hatten, dass dieser zweifelsfrei Ben Warden gehörte. Ben Warden konnte sich den Verlust des Füllers nicht erklären. Er, Monroe, sei allerdings überzeugt, dass der Angeklagte den Füller beim Verwischen der Spuren, die seine Tochter beim Mord hinterlassen hatte, verloren hatte.

Der Staatsanwalt wollte wissen, warum Lilly Warden des Mordes verdächtigt wurde.

»Zeugen haben ausgesagt, dass Lilly Warden am Abend der Tatnacht fluchtartig das Büro von Dr. Sommersby verlassen hat. Also haben wir nachgeforscht. Und die Kratzspuren an Sommersbys Leiche der DNA Lilly Wardens zuordnen können. Ebenso ein Haar auf seinem Sakko«, sagte Monroe bedeutungsschwer.

»Einspruch«, kam es von Don. »Die DNA konnte nicht mit hundertprozentiger Übereinstimmung festgestellt werden.«

»Beim Haar schon«, unterbrach Monroe.

»Wir werden noch die Gerichtsmedizinerin hören. Lassen wir diese über die DNA aussagen«, schloss der Richter die Debatte. »Detective Monroe, fahren Sie bitte fort.«

»Wir vermuten, Sommersby hat versucht, die Kleine zu küssen und ein bisschen Spaß mit ihr zu haben, doch sie hat sich gewehrt. Und ihn dabei mit der Schere erstochen, die wir neben der Leiche gefunden haben.«

»Einspruch. Seit wann sind Vermutungen Grundlagen für

eine Anklage?«

»Stattgegeben. Detective, haben Sie klare Beweise für Ihre Theorie?«

»Dr. Sommersby hatte unmittelbar vor seinem Tod Geschlechtsverkehr. Und die Kratzspuren dazu ...«, lächelte Monroe selbstgefällig.

»Konnten DNA-Spuren an den Geschlechtsteilen der Angeklagten oder des Toten nachgewiesen werden?«, fragte der Staatsanwalt, der sich über die ungeschickte Ausdrucksweise seines Zeugen ärgerte.

»Von Lilly Warden haben wir keine Probe erhalten. Und ...«

»Einspruch«, kam es sofort wieder von Don. »Sie haben sehr wohl eine DNA Probe von Lilly Warden erhalten.«

»Aber keinen Abstrich ihrer Vagina«, verteidigte sich Monroe.

»Nach diesem haben Sie nie verlangt«, antwortete Don süffisant.

»Meine Herren, bitte«, rief der Richter zur Mäßigung auf. »Detective Monroe, Sie wollten vorhin noch etwas ausführen.«

»Ja, Euer Ehren«, Monroe räusperte sich. »Von dem Ermordeten war ein Abstrich des Geschlechtsteils nicht möglich.«

»Wieso nicht?«, hakte der Staatsanwalt nach.

»Ungefähr zwei Stunden nach der Tat wurde dem Professor der Penis fein säuberlich mit einem Skalpell abgetrennt. Einem Skalpell, das Ben Warden gehört.«

»Einspruch«, rief Don sofort, der fast von dem Lärm, der die Eröffnung des abgetrennten Penis mit sich gebracht hatte, verschluckt wurde. Der Öffentlichkeit hatte man aus taktischen Gründen diese Tatsache bisher verschwiegen. »Es wurde kein Skalpell gefunden, dass dieser Tat zugeordnet werden kann und daher ist Ihre diesbezügliche Aussage reine Vermutung.«

»Stattgegeben«, polterte der Richter. »Detective Monroe, bitte halten Sie sich an Fakten und lassen Sie Ihre Mutmaßungen außen vor.«

»Detective, warum gehen Sie davon aus, dass es sich bei dem Skalpell um das von Ben Warden handelt?«, änderte der Staatsanwalt seine Befragung.

»Wir wollten das Skalpell von Ben Warden überprüfen, doch leider war es verschwunden. Und da er auch diesen Verlust nicht erklären konnte, liegt es nahe ...«

»Einspruch: Vermutung«, kam es erneut von Don.

»Stattgegeben. Detective, mäßigen Sie sich«, mahnte der Richter.

Monroe kochte vor Zorn. Aber mehr noch der Staatsanwalt. Alle Beweise, die ihm von Monroe so schlüssig vorgetragen worden waren, schienen sich in Luft aufzulösen. Er war zweifelsfrei überzeugt, dass die Wardens die Täter waren. Doch außer Indizien hatten sie nichts. Er konnte nur hoffen, dass sie die Geschworenen trotzdem überzeugen konnten. Allerdings nicht mit einer Vorstellung, wie sie Monroe soeben gab. Daher sagte er: »Danke Detective. Keine weiteren Fragen.«

Don trat vor, dicht an den Zeugenstand heran. »Sie

konstruieren also von zwei Kratzspuren, einem Haar und einem abgeschnittenen Penis eine Vergewaltigung – oder, um mit Ihren Worten zu sprechen, ›ein bisschen Spaß haben‹ mit meiner Mandantin. Weiters vermuten Sie, dass ›dem bisschen Spaß‹ ein Mord folgte und die Spuren durch meine Mandanten beseitigt wurden. Ohne klare Beweise dafür vorzulegen. Nicht sehr professionell«, meinte Don sarkastisch.

»Einspruch«, kam es diesmal vom Staatsanwalt.

»Warum?«, lächelte Don breit. »Der Zeuge hat gerade versucht, uns genau das weiszumachen.«

»Fahren Sie fort, Herr Anwalt, doch mäßigen Sie Ihre Worte.«

»Wann haben die Zeugen Lilly Warden aus dem Büro des Professors laufen sehen?«

»So gegen neunzehn Uhr.«

»Laut Obduktionsbefund wurde der Todeszeitpunkt allerdings zwischen zwanzig und zweiundzwanzig Uhr festgelegt.«

»Was macht schon eine Stunde aus?«, fragte Monroe unwirsch.

»Sehr viel Detective. Sie entscheidet über Schuld oder Unschuld eines Angeklagten«, meinte Don belehrend. »Oder sehen Sie das anders?«

»Ich denke, das kann die Gerichtsmedizinerin besser aufklären. Es ist nicht so einfach, den Zeitpunkt des Todes exakt zu berechnen.«

»Aha«, meinte Don nur.

»Detective Monroe, als Ihr Kollege Johnson den Füller gefunden und Ihnen die Initialen B.F.W. vorgelesen hat, tippten Sie sofort auf den Angeklagten. Warum? Es hätte auch Betty Ford Walker bedeuten können oder Benjamin Frank Williams. Wieso kamen Sie sofort auf Ben Warden?«

»Jeder kennt doch Ben Warden aus den Medien. Daher war es mein erster Gedanke.«

»Aber kaum jemand weiß, dass er *Benjamin Franklin* heißt. Er wird immer nur Ben genannt. Also, wieso tippten Sie ausgerechnet auf Ben Warden?«

»Wahrscheinlich habe ich es irgendwo einmal aufgeschnappt«, meinte Monroe patzig.

»Ist es nicht viel mehr so, dass Sie im Hause Warden mit dem Angeklagten aufgewachsen sind wie mit einem Bruder? Weil Ihre Mutter dort angestellt war? Beim Großvater des Beschuldigten? Sie mit acht Jahren das Haus verlassen mussten und Ihre Mutter danach Selbstmord verübte? Sie das der Familie Warden nie verziehen haben? Sie der Familie Warden die Schuld daran geben, dass Sie in verschiedenen Pflegefamilien aufgewachsen sind und nicht mehr in einem so schicken Haus wie das der Wardens? Dass Sie Ben Warden dafür büßen lassen wollen?«

Monroes Gesicht war fahl geworden. Er hatte nicht damit gerechnet, dass dies gleich zur Sprache kommen würde. Aber wie auch immer. Warden war es. Da war er sich sicher. Und sie würden es den Geschworenen schon suggerieren.

Der Staatsanwalt rief »Einspruch: Mutmaßungen«, doch das wurde nicht gehört, denn Dons Ausführungen wurden vom Publikum mit lautem Murmeln aufgenommen.

Don sagte ungerührt: »Danke, keine weiteren Fragen an den Zeugen.« Leicht nickte er Ben zu. Don hatte sich vorgenommen, die Verwandtschaft der beiden nur im äußersten Notfall anzusprechen, da er Ben nicht zusätzlich belasten wollte. Der wusste noch nicht, dass Monroe sein Onkel war. Wie es aussah, würde es nicht notwendig werden, das Geheimnis zu lüften.

Da der Tumult im Gerichtssaal nicht verebben wollte, verkündete Richter Clark eine Vertagung auf nächsten Morgen neun Uhr. Staatsanwalt Barlowe befahl die Detectives Monroe und Johnson in sein Büro.

»Was haben Sie sich eigentlich dabei gedacht, mir zu verheimlichen, dass Sie Warden privat kennen?«, polterte Staatsanwalt Barlowe.

»Ich kenne ihn nicht privat.«

»Ja, nicht mehr. Doch Sie kannten ihn. Stimmt das mit Ihrer Mutter?«

Monroe nickte. Auch wenn er Ben Warden hasste, war er dankbar, dass die Verwandtschaft mit den Wardens nicht erwähnt wurde. Er wollte seiner Mutter noch im Tod die Schande ersparen, dass sie alle für das Flittchen des alten William Warden hielten. Er und Mrs. Walters kannten die Wahrheit. Seine Mom war nicht freiwillig mit dem Alten ins Bett gestiegen. Bens Vater jedoch hatte es so gedreht, als wäre sie hinter seinem Geld her gewesen.

»Johnson, haben Sie davon gewusst?«

»Nein, Sir. Ich bin genauso überrascht wie Sie.« Dabei schaute er Monroe missbilligend an. Jetzt wusste er, warum dieser alles daran setzen wollte, die Tat Ben Warden anzuhängen. Und er hatte mitgemacht. Was, wenn sich herausstellen sollte, dass sie nicht ausreichend ermittelt hatten? Dann ging es ihm wie Monroe an den Kragen, daran mochte er im Augenblick nicht denken.

»Der Anwalt hat eine gute Show abgezogen, aber ich denke nicht, dass er die Geschworenen damit beeindrucken konnte. Die haben seine Mätzchen doch durchschaut«, meinte Johnson verächtlich.

»Ihr Wort in Gottes Ohr«, hoffte der Staatsanwalt. »Muss ich mich auf weitere Überraschungen gefasst machen? Was hat es mit dieser Zeugin auf sich, die da aussagen will?«

»Das ist nichts weiter. Eine Bundesrichterin, die mit Warden studiert hat. Wir haben sie befragt, die ist kalt wie Eis. Sie hat ihre Tochter vor kurzem durch Selbstmord verloren, aber es bestehen keinerlei Verbindungen mit dem Mord an Sommersby.«

»Sind Sie sicher?«

Monroe nickte, Johnson hielt sich raus. Sie hatten die Sache mit Lesley Hart nicht weiterverfolgt, da Monroe so überzeugt war, in Ben Warden den Täter zu haben. Hoffentlich war das kein Fehler.

Die Stirn des Staatsanwaltes umwölkte sich. »Meine Herren, es geht um meinen Kopf. Mit dieser Arbeit werde ich nicht wieder gewählt. Kommt Warden davon, kann ich mein Amt beerdigen. Kein Republikaner würde mich je wieder wählen.«

Arschloch, dachte sich Johnson. Dir geht es nur um deine Karriere. Wir wissen doch alle, dass du als Bürgermeister von Boston kandidieren möchtest und diesen Prozess als Sprungbrett verwendest. Was kann einem republikanischen Kandidaten mehr helfen, als wenn er einen Demokraten hinter Gitter schickt? Doch du kannst zur Not immer noch als Anwalt arbeiten. Aber was machen Monroe und ich, wenn es schief geht? Einem privaten Sicherheitsdienst beitreten? Denn unsere Jobs sind wir dann los, bei so einem heiklen Fall, dessen war er sich bewusst. Und die Beamtenpension wäre auch futsch.

»Los, an die Arbeit. Und bringen Sie mir stichhaltigere Beweise. Wo steckt dieses verdammte Skalpell?«, schimpfte Staatsanwalt Barlowe und komplimentierte mit diesen Worten die Detectives aus seinem Büro. Sie hatten Ben Wardens Haus und die Büroräume durchsucht, das Skalpell allerdings nicht finden können. Wo hatte Warden es entsorgt?

Am nächsten Morgen rief Staatsanwalt Barlowe als Zeugin der Anklage die Gerichtsmedizinerin Mary Brighton in den Zeugenstand.

»Doktor Brigthon, Sie haben die Untersuchungen im Mordfall Dr. Sommersby durchgeführt?«, fragte der Staatsanwalt freundlich.

»Ja, das ist korrekt.«

»Können Sie uns sagen, woran und wie der Professor verstorben ist?«

»Dr. Sommersby wurde mitten in einem Geschlechtsakt mit einer Schere attackiert, mit der ihm in den Rücken gestochen wurde. Wie sein erstaunter Gesichtsausdruck zeigte, war er davon überrascht worden. Er hatte nicht mit einem Angriff der Person gerechnet. Er fiel daraufhin auf den Rücken, wodurch sich die Schere direkt in sein Herz bohrte. Er war sofort tot.«

»Fanden sich Fingerabdrücke auf der Schere?«

»Nein, die Schere war sorgfältig abgewischt worden.«

»Fanden sich andere Spuren an Dr. Sommersbys Körper?«

»Ja, in seinem Gesicht waren Kratzspuren zu finden.«

»Konnte diese eindeutig jemanden zugeordnet werden?«

Die Gerichtsmedizinerin druckste herum. »Also, ja, sie stammen von Lilly Warden.«

»Was fanden Sie noch?«

»Ein Haar. Das konnte ich eindeutig Lilly Warden zuordnen.«

»Und sonst? Samenspuren?«

»Nein, da der Penis abgetrennt war und rund um die Schnittstelle alles gewissenhaft gereinigt wurde, konnte ich nichts finden.«

»Die Schnittstelle«, sagte der Staatsanwalt mit einer eigentümlichen Betonung. »Wie ist diese dem Opfer beigebracht worden?«

»Höchstwahrscheinlich mit einem Skalpell, wie meine Tests bewiesen haben.«

»Mit dem Skalpell des Angeklagten?« Und dabei zeigte er auf Warden.

»Da das Skalpell schon bei einem früheren Gerichtsprozess eine Rolle gespielt hat, habe ich mir die Unterlagen der Gerichtsmedizin angesehen. Es spricht viel dafür, dass es dieselbe Marke war.«

»Also kann man annehmen, dass die beiden Skalpelle identisch sind?«

Mary nickte. »Würden Sie das bitte laut und deutlich aussprechen?«

»Ja, sie könnten identisch sein.«

»Danke, keine weiteren Fragen. Ihre Zeugin, Herr Kollege«, und er verwies auf Don.

Don näherte sich freundlich lächelnd der Zeugin. »Doktor Brighton, Sie sagten, Sommersby sei überrascht worden von dem Angriff. Spricht das nicht für die These, dass er mit einer Frau geschlafen hat, mit der er schon des Öfteren Sex hatte?

Lilly Warden wurde nach den Vermutungen« – und dieses Wort betonte er extra – »der Detectives vergewaltigt, auch wenn Detective Monroe dies ›als ein bisschen Spaß haben‹ betitelt, bei dem sich die Frau gewehrt hat. Bei einer Vergewaltigung ist man doch über eine Gegenwehr nicht überrascht, oder?«

Charmant lächelnd sah Don die Gerichtsmedizinerin an. Eine attraktive Frau, dachte er sich, nur ein bisschen zu üppig für seinen Geschmack. Aber Johnson schien sie zu gefallen, so, wie er sie mit den Augen verschlang. Ob die zwei was laufen hatten und sie sich deshalb auf die Seite der Detectives stellte?, fragte er sich.

»Ja, das könnte man so sehen.«

»Können Sie ausschließen, dass der Sex einige Zeit vor seinem Tod stattgefunden hat?«

»Ja, die körperlichen Reaktionen zeigen eindeutig, dass Dr. Sommersby sozusagen ...«, stotterte sie.

»Sozusagen ›mitten in seiner Ejakulation‹ steckte, wollten Sie sagen?« Das Publikum lachte. Mary nickte.

»Kann es einen schöneren Tod für einen Mann geben?«, wandte Don sich an die Zuschauer. Wieder Lachen.

»Und Sie bleiben dabei, dass der Tod zwischen zwanzig und zweiundzwanzig Uhr eingetreten ist?«

»Ja«, nickte Mary Brighton.

»Dann kann aber nicht Lilly Warden die Mörderin sein. Lilly wurde um neunzehn Uhr gesehen, als sie das Büro von Dr. Sommersby verließ. Also muss der tödliche Geschlechtsverkehr mit einer anderen Frau stattgefunden haben ...«, sinnierte Don.

»Einspruch«, erklang Staatsanwalt Barlowes Stimme laut. »Vermutungen.«

»Euer Ehren, was heißt hier Vermutungen? Die Zeugin hat ausgesagt, dass der Tatzeitpunkt zwischen zwanzig und zweiundzwanzig Uhr liegt und unmittelbar mit einem Geschlechtsakt zusammenhängt. Detective Monroe hat ausgesagt, dass Lilly um neunzehn Uhr beim Verlassen des Büros beobachtet wurde«, führte Don aus.

»Einspruch abgelehnt. Fahren Sie mit der Befragung der Zeugin fort, Herr Anwalt.«

»Was sagen Sie dazu, Frau Doktor?«

»Ich ... äh, es könnte sein, dass der Tod schon etwas eher eingetreten ist.« Ihr Blick zu Detective Johnson ließ Don tief blicken. Johnson nickte ihr aufmunternd zu.

»Demzufolge waren Ihre Untersuchungen nicht korrekt?«

Die Gerichtsmedizinerin schwieg. Don ließ das Schweigen wirken, beschloss dann kurzfristig, dieses Thema vorerst beiseitezulassen.

»Aber Sie sind sich sicher, dass der Professor während des Geschlechtsverkehrs von der Person ermordet wurde, mit der er den Geschlechtsverkehr hatte?«

»Ja«, antwortete Mary bestimmt.

»Sie können folglich ausschließen, dass ein Dritter sich hinter den Professor geschlichen und ihn attackiert hat?«

»Ja, das kann ich definitiv ausschließen. Der Stichkanal der Schere zeigt eindeutig, dass der Stich von einer Person, die nicht sehr stark war, von unten nach oben durchgeführt worden war. Hätte eine Person den Professor von hinten attackiert, wäre der Stichkanal von oben nach unten.«

»Könnten Sie uns das kurz demonstrieren?«, bat Don freundlich. »Ich stelle mich als das Opfer zur Verfügung, wenn Sie die Dame spielen würden?«

Mary erhob sich, Don führte sie zu seinem Tisch, legte Mary auf den Rücken und beugte sich leicht über sie. »Würden Sie uns nun vorführen, wie die Person unter Sommersby zugestochen hat?«

Mary Brighton bewegte langsam ihren Arm auf Dons Rücken und benutze ihren Zeigefinger als Scherenersatz, um deutlich zu machen, aus welcher Richtung die Schere in den Rücken von Sommersby eingedrungen war.

»Danke Frau Doktor für diese Veranschaulichung. Damit kann also eine dritte Person eindeutig ausgeschlossen werden. Es zeigt vielmehr, dass sich die Person unter Sommersby gewehrt hat. Richtig?«

»Ja, genau so kann man die Tat sehen. Als Notwehr.«

Don ließ den Satz nachwirken. Wenn er nicht Lillys Unschuld beweisen konnte, dann wollte er wenigstens die Notwehr glaubhaft machen.

»Frau Doktor, Sie sagten aus, dass Sie die Kratzspuren in Sommersbys Gesicht eindeutig Lilly Warden zuordnen können. Ist das korrekt?«, und das Wort »eindeutig« wurde extra betont.

»Ja ... ich meine, nein.«

»Was also?«, lächelte Don unschuldig.

»Die Übereinstimmung war nicht hundertprozentig.«

»Somit könnten diese Kratzer ebenso von einer anderen

Person ausgeführt worden sein?«

»Ja, doch die Person muss mit Lilly Warden verwandt sein.«

»Wie zum Beispiel?«

»Eine Schwester oder Mutter zum Beispiel.«

»Jetzt hat Lilly allerdings keine Schwester. Zumindest so viel wir wissen«, und schickte einen bedeutsamen Blick in Richtung Caroline. Diese blickte ihn zornig an. »Aber eine Mutter. Es könnte demnach Caroline Warden gewesen sein, die Dr. Sommersby diese Kratzspuren beigebracht hat?«

»Theoretisch ja.«

»Praktisch auch, meinen Sie nicht, Frau Doktor?«

»Ja.«

»Ach ja, und dann das Haar. Fanden Sie nur ein Haar am Opfer von fremden Personen?«

»Nein, wir fanden mehrere Haare von verschiedenen Personen.«

»Aha, warum haben Sie das vorhin nicht erwähnt? Da hatte man den Eindruck, Sie hätten nur ein Haar Lilly Wardens auf dem Toten gefunden.«

Die Gerichtsmedizinerln senkte den Kopf.

»Sie fanden also ein Haar von Lilly Warden. Wo genau?«

»An der Schulter.«

»Gut, und von wem fanden Sie noch Haare?«

»Von seiner Frau, drei Studentinnen und einer Person, die identisch ist mit den Kratzspuren.«

»Interessant. Schade, dass nicht Detective Monroe im Zeugenstand ist. Ich würde ihn gerne fragen, ob er je die Frau von Dr. Sommersby, eine der Studentinnen oder die andere Person verdächtigt oder befragt hat, an jenem Abend Geschlechtsverkehr mit dem Ermordeten gehabt zu haben. Und sich vielleicht gewehrt haben könnte ...« Dabei fixierte er Monroe.

»Von welchen Studentinnen stammen die restlichen Haare, die gefunden wurden?«

»Einspruch«, rief der Staatsanwalt.

»Warum?«, fragte Don verblüfft. »Wenn Sie Lillys Beteiligung und die der Frau des Professors bekannt geben, dann ist es legitim, die anderen ebenfalls zu erfahren. Die waren ihm möglicherweise genauso nah wie Lilly und könnten somit die Tat begangen haben.«

»Einspruch abgelehnt. Nennen Sie die Namen«, bat der Richter Mary.

»Es waren die Studentinnen Kelly Preston, Lesley Hart und Patrica Holborne.«

»Und wie könnten diese Haare auf das Sakko des Professors gelangt sein?«

»Sie müssen in seiner unmittelbaren Nähe gestanden haben.«

»So nah, dass er sie geküsst haben könnte? Wie man das am Morgen zum Abschied von seiner Frau gewöhnlich zu tun pflegt?«

»Ja.«

»Das heißt, Dr. Sommersby hat an diesem Tag nicht nur seine Frau geküsst, sondern auch Kelly Preston, Lesley Hart und Patrica Holborne. Und natürlich Lilly Warden. Und die unbekannte Person. Richtig?«

»Richtig. Doch ich würde nicht von einer unbekannten Person sprechen, die DNA stimmt ja mit der Lilly Wardens überein.«

»Haben Sie nicht kurz zuvor ausgesagt, dass die Übereinstimmung nicht hundert Prozent ist?«

»Ja, aber ...«

»Ja oder nein?«, wollte Don bestimmt wissen.

»Ja«, gab sie sich geschlagen.

»Dr. Sommersby könnte demzufolge Lillys Mutter geküsst haben, wenn man die Spuren der unbekannten Person nimmt, die mit Lillys DNA zum Teil übereinstimmen?«

»Ja. Natürlich müsste ich die DNA erst überprüfen für ein eindeutiges Ja.«

»Natürlich«, lächelte Don spöttisch. »Demnach könnten aufgrund der Haarfunde sechs verschiedenen Frauen die Täterinnen sein, korrekt?«

»Ja.«

Don legte eine kleine Pause ein, um das *ja* wirken zu lassen.

»Noch eine kleine Klarstellung zum besseren Verständnis. Sie haben also ein Haar von Lilly Warden gefunden, das sie eindeutig zuordnen können. Und ein Haar, das man ihr nur zur Hälfte zuordnen kann, das folglich eher einer Verwandten von Lilly gehören müsste. Wenn Sie ein Haar eindeutig zuordnen können, das andere aber nicht, wie auch die Kratzspuren, wie können Sie behaupten, dass Lilly Warden die Kratzspuren hinterlassen hat? Dann wäre ihre DNA doch eindeutig nachweisbar gewesen, oder Frau Doktor?«

»Ja«, flüstere sie.

»Demzufolge kann man davon ausgehen, dass die Kratzspuren nicht unbedingt von Lilly stammen?«

»Einspruch«, rief der Staatsanwalt. »Der Zeugin wird eine Sache suggeriert.«

»Abgelehnt«, befand der Richter. »Antworten Sie.«

»Ja«, kam es kaum hörbar.

»Noch eine letzte Frage. Sie haben bei Lilly Warden den Abstrich für den DNA Vergleich durchgeführt, korrekt?«

»Ja.«

»Haben Sie untersucht, ob ihre Schulterblätter Verletzungen von einem zerbrochenen Brillenglas davon getragen haben? Denn wie wir wissen, wurde ein zerbrochenes Brillenglas auf dem Schreibtisch des Toten gefunden, auf dem laut Vermutung«, und dabei blickte er Detective Monroe an, der im hinteren Bereich des Gerichtssaales saß, »Lilly Warden vergewaltigt wurde. Und das Brillenglas zerbrach, als Lilly – angeblich – auf den Tisch gezwungen wurde. Also, haben Sie Lilly auf derartige Verletzungen untersucht?«

»Ja«, meinte Mary.

»Wie lautet das Ergebnis? Haben Sie Verletzungen an Lillys Schultern gefunden, die von den zerbrochenen Brillengläsern stammen könnten?«

»Nein.«

Die DNA der Blutspuren auf den zerbrochenen Teilen wollte Don nicht ansprechen, denn die waren wie die Kratzer zum Teil Lilly zuordenbar.

»Danke, keine weiteren Fragen.«

Lilly liefen vor Erleichterung Tränen über die Wangen. Don hatte klar bewiesen, dass nicht nur sie Spuren auf Sommersby hinterlassen hatte und als Täterin in Frage kam.

Ein Raunen ging durch die Zuschauerreihen, als Caroline Warden vom Staatsanwalt als Zeugin der Anklage aufgerufen wurde. Monroe hatte nach dem Gespräch mit Mrs. Walters Caroline aufgesucht, um ihre Sicht der Dinge zu erfahren. Und Barlowe nahe gelegt, sich ihre Aussage zu sichern.

»Mrs. Warden, Sie haben eine bedeutende Aussage zu machen, die von den Angeklagten bisher verschwiegen worden ist.«

»Ja«, sagte sie selbstbewusst auf Ben blickend.

Dieser konnte nur den Kopf schütteln. Warum tat sie ihm und Lilly das an?

»Ist es richtig, dass Sie am Abend des Mordes an Dr. Sommersby mit Ihrem Nochehemann ein unschönes Telefonat geführt haben?«

»Ja«, hauchte sie, fast den Tränen nahe.

Was für eine Schauspielerin, dachte Don bewundernd.

»Können Sie uns schildern, was Sie Ihrem Mann zu sagen hatten?«

Caroline setzte sich in Pose. »Ich rief ihn an, um ihm mitzuteilen, dass er nicht Lillys leiblicher Vater ist.«

Ein einziger Aufschrei des Publikums folgte dem Gesagten. Jeder wusste, wie Ben Warden seine Tochter liebte. Und jetzt das.

»Wie reagierte Ben Warden?«

»Er war aufgebracht und wollte wissen, wer Lillys leiblicher Vater ist.«

»Und? Wer ist Lillys leiblicher Vater?«

Ben nahm die Hand Lillys in seine, sie war eiskalt.

Caroline legte eine effektvolle Pause ein, dann verkündete sie: »Dr. Rufus Sommersby.«

Der Tumult, der nun folgte, suchte seinesgleichen. Alle redeten durcheinander, blickten erschrocken auf Lilly und Ben. Die Reporter formulierten im Kopf schon die Schlagzeilen. Der Staatsanwalt lächelte leicht und nickte Monroe zu. Jetzt haben wir ihn, mochte das wohl bedeuten.

»Sie haben Ihrem Mann also am Mordabend bekannt gegeben, dass nicht er, sondern Dr. Sommersby Lillys leiblicher Vater ist. So wusste Ben Warden, dass Sie ihn nicht nur mit Dr. Sommersby betrogen, sondern ihm auch dessen Kind untergeschoben hatten. Ben Warden somit ein doppeltes Motiv hatte«, lächelte Barlowe in Richtung des Angeklagten.

»Einspruch«, kam es von Don wie aus der Pistole geschossen.

»Einspruch abgelehnt«, beschied der Richter.

»Mrs. Warden, haben Sie Ihrem Mann bei diesem Telefonat noch etwas erzählt?«

Auf ihr Nicken fagte Don: »Was war das?«

»Dass Sommersby versucht hatte, Lilly zu vergewaltigen.«

»Das ist nicht wahr«, rief Ben aufgebracht.

»Herr Anwalt, achten Sie auf Ihren Mandanten«, rief der Richter durch das Raunen der Zuschauer.

»Woher wussten Sie das?«, führte Barlowe die Befragung weiter.

»Lilly hatte es mir kurz zuvor erzählt.«

»Ihr Mann wusste also, dass Lilly ein untergeschobenes Kind von Dr. Sommersby war und dass dieser sich an seiner eigenen Tochter vergehen wollte?«

»Ja, genau.«

»Wie würden Sie Ben Wardens Reaktion auf diese Erkenntnis einschätzen?«

»Sie verhandeln seine Reaktion doch gerade, oder?«, lächelte sie.

»Einspruch«, donnerte Don. »Es ist nicht bewiesen, dass Ben Warden etwas mit dem Tod Sommersbys zu tun hat.«

»Einspruch stattgegeben. Streichen Sie die letzte Aussage der Zeugin.«

»Mrs. Warden«, fuhr der Staatsanwalt fort. »Warum sind Sie so überzeugt, dass Ihre Tochter Lilly den Mord begangen und Ihr Mann ihr geholfen hat?«

»Lilly lässt sich nichts gefallen, die wehrt sich. Und Ben würde ihr jederzeit helfen. Weil Ben Lilly liebt. Immer schon. Die Zwei haben ja was miteinander.«

Ein entrüsteter Aufschrei ging durch das Publikum. »Ruhe«, donnerte Richter Clark.

»Einspruch«, kam es von Don. »Wo ist die Relevanz zum

Fall?«

»Euer Ehren«, meinte der Staatsanwalt spitz, »wenn Ben Warden mit seiner Tochter ... ich meine, seiner ›untergeschobenen‹ Tochter mehr als väterliche Gefühle entgegenbringt und von dem Übergriff des leiblichen Vaters auf ein vergöttertes Wesen gewusst hat, dann kann man davon ausgehen, dass er ihr in jeder Lebenslage helfen würde.«

»Einspruch abgelehnt!«

»Woher wissen Sie, dass ›die Zwei etwas miteinander haben‹, wie Sie es formulierten?«

»Lilly hat es mir erzählt.«

»Seit wann ›haben die Zwei etwas miteinander‹?«

»Seit jener Nacht.«

»Sie meinen also seit der Nacht von neunundzwanzigsten auf dreißigsten August?«, präzisierte der Staatsanwalt.

»Ja.«

Wieder ging ein Geraune durch die Zuschauer. Lilly schaute offen in all die Augen, die sie missbilligend betrachteten. Vor allem in die Augen des Staatsanwaltes, der sich nun sehr sicher war, hier die Mörderin vor sich zu haben.

»Noch weitere Fragen von der Staatsanwaltschaft?«, fragte Richter Clark in die entstandene Pause.

»Nein, Euer Ehren.«

»Herr Anwalt?«

»Nein, Euer Ehren. Ich verzichte.«

Nicht nur der Staatsanwalt war erstaunt, auch das Publikum fragte sich, warum der junge, schneidige

Verteidiger nicht die Gelegenheit wahrnahm, Caroline ins Kreuzverhör zu nehmen. Manche überlegten sich, ob die koketten Blicke, die Caroline hin und wieder Richtung Don DeCarlo geschickt hatte, etwas zu bedeuten hatten. Oder die Tatsache, dass die beiden Angeklagten ein Verhältnis miteinander hatten. Don DeCarlo schaute auf alle Fälle leicht belämmert drein.

»Warum nimmst du Caroline nicht ins Kreuzverhör?«, zischte Ben.

»Das hebe ich mir für später auf«, meinte Don grimmig.

Deborah wurde als Nächste von der Anklage als Zeugin vernommen. Sie fühlte sich nicht wohl dabei, Ben hatte beteuert, was immer sie vor Gericht vorbrachte, sie sollte nur die Wahrheit und nichts als die Wahrheit aussagen. Er würde ihr stets dankbar sein für ihre Hilfe, aber Lügen brächten sie nicht weiter. Im Gegenteil.

Die Detectives hatten ihr wegen des Alibis, das sie Ben für die Tatnacht gegeben hatte, sehr zugesetzt. Sie war bei ihrer Aussage geblieben, hatte trotzdem gespürt, dass die Detectives ihr keinen Glauben schenkten.

»Mrs. Williams, Sie sind eine langjährige Freundin der Familie Warden, ist das korrekt?«, begann der Staatsanwalt steif.

»Ich bin eine langjährige Freundin von Ben und Lilly Warden, weniger von Caroline Warden«, korrigierte Deborah den Staatsanwalt höflich. Vereinzeltes Lachen aus dem Publikum würgte der Richter sofort mit einem »Ruhe!« ab.

»Geht Ihre Freundschaft so weit, dass Sie für den Angeklagten unter Eid ein falsches Alibi abgeben würden?«

Deborah blickte Richtung Ben, der nickte ihr aufmunternd zu. »Nein«, versicherte sie schließlich.

»Ist also das Alibi, das Sie Ben Warden für die Nacht des neunundzwanzigsten auf den dreißigsten August, also der Tatnacht, gegeben haben, wahr? Haben Sie die Nacht mit Ihrem Geliebten Ben Warden verbracht?«

Getuschel im Publikum. Die Frau des republikanischen Kongressabgeordneten Frank Williams war die Geliebte des demokratischen Anwärters auf den Senatsposten? Es wurde immer besser. Keine Illustrierte konnte mit diesem Prozess an Unterhaltungswert mithalten.

»Nein, das habe ich nicht«, sagte Deborah bestimmt.

»Warum haben Sie dann bei der Polizei ausgesagt, dass Sie diese Nacht mit Ben Warden verbracht haben?«, fragte der Staatsanwalt herablassend.

»Ich habe die Nächte verwechselt. Es war eine Nacht davor, die ich mit Ben in seinem Haus zugebracht habe«, antwortete sie kokett.

Der Staatsanwalt schaute verblüfft. Nichts war mit seiner Strategie, ihr Beihilfe oder zumindest Mitwisserschaft anzukreiden, weil sie Ben und Lilly Warden mit einem falschen Alibi helfen wollte. Er wollte damit seine These stützen, dass der Mord geplant war.

»Sind Sie sicher?«

»Natürlich. Ich weiß, mit wem ich meine Nächte verbringe.« Wieder Lachen im Publikum.

»Sollten Sie diese nicht mit Ihrem Mann verbringen?«, höhnte der Staatsanwalt.

»Einspruch«, donnerte Don.

Der Richter ermahnte Staatsanwalt Barlowe, nur prozessrelevante Fragen zu stellen.

»Sie haben also die Tatnacht nicht mit Ben Warden verbracht? Dann hat der Angeklagte«, und der Staatsanwalt zeigte mit dem Finger auf Ben, »kein Alibi.«

»Nein, ich habe die Nacht nicht mit ihm verbracht. Trotzdem hat der Angeklagte ein Alibi. Er war mit Lilly zusammen und ...«

»Antworten Sie nur auf meine Fragen«, blaffte Barlowe sie an, »und geben Sie nicht unaufgefordert Kommentare ab.«

»Aber das mit dem Alibi war doch in Ihrer Frage inkludiert«, entgegnete sie aufgebracht.

Milde lächelnd schaltete sich der Richter ein, der sah, wie wütend Barlowe geworden war. »Mrs. Williams, ein einfaches ›Ja‹ oder ›Nein‹ genügt bei einer Frage. Haben Sie mich verstanden?«

Deborah nickte.

Eisig wiederholte der Staatsanwalt seine Frage: »Haben Sie die Tatnacht mit Ben Warden verbracht?«

»Nein.«

»Danke«, sagte der Staatsanwalt kühl. »Ihre Zeugin«, und wies mit der Hand auf Don.

Don erhob sich schwerfällig. Es fiel ihm nicht leicht, das zu tun, was er nun tun musste, um seine Mandanten ein wenig aus dem Spiel zu nehmen. Er würde sich danach bei Deborah entschuldigen.

»Mrs. Williams, Sie hatten vollkommen recht mit Ihrer Aussage, dass Ben Warden für die Tatzeit ein Alibi hat. Zwar nicht von Ihnen, aber von Lilly. Die bezeugt, dass sie die Nacht mit Ben Warden verbracht hat. Was durch die Aussage von Caroline Warden bestätigt wurde.«

»Einspruch«, donnerte diesmal der Staatsanwalt.

»Herr Anwalt, muss ich Sie auf geltendes Recht hinweisen?«, fragte der Richter.

»Nein, Euer Ehren. Ich entschuldige mich«, und Don lächelte in sich hinein. Diesen Verweis steckte er gerne ein, denn so hatte er darauf hingewiesen, dass Ben und Lilly ein Alibi vorweisen konnten. Er musste nur darauf achten, dass diese gemeinsame Nacht den beiden nicht als Zeit zum Planen eines Mordes angelastet wurde.

Er seufzte. Worauf hatte er sich bei diesem Prozess überhaupt eingelassen? Nie wieder würde er einen Fall übernehmen, in dem er durch Freundschaften persönlich verstrickt war. Und jetzt auch noch Deborah, dachte er bekümmert. Eine Frau, die er verehrte.

»Mrs. Williams, Sie haben also nicht die Nacht von neunundzwanzigsten auf dreißigsten August mit Ben Warden verbracht, sondern die Nacht von achtundzwanzigsten auf neunundzwanzigsten August. Stimmt das?«

»Ja.«

»Warum?«

»Ben rief mich am achtundzwanzigsten August so gegen zwanzig Uhr an, dass Caroline ihn soeben verlassen hatte. Ob ich nicht Lust hätte, auf einen Sprung vorbei zu kommen.«

»Und Sie hatten Lust«, stellte Don fest. Durch das Auflachen des Publikums fiel ihm auf, wie zweideutig sein Satz in diesem Zusammenhang geklungen hatte. Doch Deborah störte das nicht. Sie lächelte ihn an. »Ja«, sagte sie schlicht.

»Ist Ihnen in der Eingangshalle von Ben Wardens Haus der antike Tisch aufgefallen, der rechts vom Eingang steht?«

»Natürlich, der steht schon da, seit ich das erste Mal in diesem Haus war. Und das war kurz nach meiner Heirat mit Frank Williams.«

»Haben Sie auf diesem Tisch in jener Nacht Haustürschlüssel liegen sehen?«

»Nicht, dass ich mich erinnern könnte. Ich habe allerdings nicht darauf geachtet. Ich war das erste Mal alleine in Ben Wardens Haus eingeladen. Und da achtet man nicht auf solche Kleinigkeiten«, schmunzelte sie.

»Wie wir von Ben Warden noch hören werden, hat an dem besagten Abend seine Frau ihre Haustürschlüssel auf diesen Tisch geworfen mit der Bemerkung, dass sie diese nicht mehr benötige. Also müssen die Schlüssel dort gelegen haben.«

»Kann sein, ich will es auch nicht abstreiten. Aber ich habe bewusst keine wahrgenommen.«

»Wann haben Sie das Haus wieder verlassen?«

»Am neunundzwanzigsten so gegen fünf Uhr morgens.«

»Hat Ben Warden Sie aus dem Haus begleitet?«

»Nein, Ben hat noch geschlafen«, lächelte sie verträumt.

»Sie sind somit ohne Begleitung in die Eingangshalle und aus dem Haus gegangen?«

»Ja, warum ist das wichtig?«, fragte sie überrascht.

»Euer Ehren, ich habe hier Beweisstück einundzwanzig, den Haustürschlüssel von Ben Wardens Haus, der an diesem Morgen auf dem antiken Tisch in der Eingangshalle gelegen ist.« Don legte den Schlüssel, der fein säuberlich in einem Plastiksack verpackt war, dem Richter vor.

»Bisher wurde verabsäumt, Fingerabdrücke von dem Schlüssel zu nehmen, um festzustellen, ob sich familienfremde Fingerabdrücke darauf befinden. Jeder, der zwischen dem achtundzwanzigsten abends und einunddreißigsten August nachmittags im Hause Warden war, hätte den Schlüssel an sich nehmen, Füller und Skalpell stehlen können. Denn erst am letzten Augusttag fiel der Haushälterin Mrs. Walters der Schlüssel auf dem Tischchen auf und sie legte ihn in eine Schublade«, fügte Don mit einem Seitenblick auf den Staatsanwalt an.

»Einspruch«, kam es prompt vom Staatsanwalt.

»Warum?«, fragte Don schelmisch. »Ich wollte nur aufzeigen, dass auch andere Menschen an den Füller und das Skalpell in Ben Wardens Haus hätten kommen können.«

»Einspruch abgelehnt. Der Schlüssel soll untersucht werden«, entschied Richter Clark. Don lächelte. »Bitte Herr Anwalt, fahren Sie mit der Befragung der Zeugin fort«, bat ihn der Richter.

»Mrs. Williams, kann es sein, dass Sie diesen Schlüssel aus Versehen mitgenommen haben, als Sie das Haus Ben Wardens am Morgen des neunundzwanzigsten Augusts verlassen haben?«

»Nein. Warum sollte ich?«

»Weil Sie vielleicht vorhatten, Ben Warden wieder einmal zu besuchen?«

»Einspruch«, kam es vom Staatsanwalt. »Relevanz?«

»Euer Ehren, wie schon gesagt, ich möchte beweisen, dass dieser Schlüssel vor der Tat im Eingangsbereich des Warden-Hauses für jedermann, der an diesem Tag im Haus war, zugänglich war und dass die Zeugin möglicherweise Gründe hatte, sich des Schlüssels zu bemächtigen«, bat Don den Richter, mit seinen Fragen fortfahren zu dürfen.

»Einspruch abgelehnt. Fahren Sie fort, Herr Anwalt.«

»Danke, Euer Ehren.«

»Mrs. Williams, noch einmal. Haben Sie den Schlüssel an diesem Morgen an sich genommen?«

»Nein«, schüttelte Deborah entschieden den Kopf.

»Mrs. Williams, kann es nicht sein, dass Sie den Schlüssel genommen haben, da Sie wussten, Caroline Warden hatte ihren Mann verlassen und Sie hofften, Ben Warden möchte in Zukunft öfter von Ihnen besucht werden?« An Deborahs Gesichtsausdruck konnte jeder ablesen, dass sie das gehofft hatte. Er beließ es dabei.

Don lächelte Deborah entschuldigend an, bevor er sie mit einer anderen Tatsache konfrontierte. »Ihre Tochter Jessica studiert doch auch an der *School of Law* in *Harvard* und besuchte Vorlesungen bei Dr. Sommersby. Stimmt das?«

»Ja.«

»Hat Jessica Ihnen am neunundzwanzigsten August erzählt, dass Sommersby einen Tag vorher versucht hatte, sie zu ... sagen wir ›zu verführen‹?«

Deborah blieb die Antwort schuldig, schaute Don nur entsetzt an.

»Mrs. Williams, haben Sie Dr. Sommersby am Abend des neunundzwanzigsten Augusts zur Rede gestellt? Ist er auch bei Ihnen übergriffig geworden und Sie haben ihn in Notwehr mit der Schere erstochen, die Sie auf seinem Tisch greifen konnten?

Sind Sie danach in Ihrem Schock zu Ben Warden gefahren, um sich Hilfe bei ihm zu holen? Da niemand die Tür geöffnet hat, haben Sie mit dem entwendeten Schlüssel aufgesperrt? Ben und Lilly in trauter Zweisamkeit vorgefunden? Hat Sie das wütend gemacht, weil Sie erkannten, Ben Warden liebt Sie nicht so, wie Sie ihn lieben? Haben Sie seinen Füller entwendet und sich das Skalpell aus dem Arbeitszimmer geschnappt, von dem Sie ebenso wussten?«

»Aber Don, was für Unsinn ...«, empörte sich Deborah.

»Mrs. Williams, ist es so abgelaufen, wie von Herrn DeCarlo geschildert?«, fragte der Richter milde.

»Nein, natürlich nicht«, schüttelte sie energisch den Kopf.

»Sind Sie sicher, Mrs. Williams? Denn das Alibi, das Sie Ben Warden zu Beginn für die Tatzeit fälschlicherweise gegeben haben, hat auch Ihnen ein Alibi beschert, oder nicht?«

»Ja, aber ...«

»Ja oder Nein?«, sagte Don schneidend.

»Ja.«

»Somit hat sich niemand mit Ihnen beschäftigt, obwohl Ihre Tochter in Harvard bei Sommersby studiert hat. Wir haben Jessica befragt. Sommersby hat Ihre Tochter belästigt, doch sie hat sich gewehrt. Und sie hat Ihnen davon erzählt, nicht wahr?«, fragte Don mitfühlend.

Ben rief aufgebracht:» Deborah, warum hast du mir nicht davon erzählt?«

»Angeklagter, bitte verhalten Sie sich ruhig«, mahnte der Richter.

»Ja«, gab Deborah mit gesenktem Kopf zu. »Jessica wurde von Sommersby belästigt. Mein Mann und ich wussten davon. Daraufhin haben wir im Familienrat entschieden, dass wir Jessica aus der Schusslinie nehmen. Sie wird nach *Yale* gehen, da sie die Zulassung für beide Universitäten besitzt.«

»Warum haben Sie den Übergriff nicht gemeldet?«

»Gegen den mächtigen Professor Sommersby vorgehen? Was wäre für meine Tochter dabei herausgekommen? Es gibt immer Menschen, die Frauen unterschwellig fühlen lassen, dass sie einen Übergriff selbst zu verschulden hätten. Also haben wir beschlossen, Jessica aus allem herauszuhalten.«

»Und Sie haben sich an Sommersby gerächt.«

»Nein, das ist nicht mein Stil. Glauben Sie, ich schlafe mit so einem Mann, um ihn währenddessen erstechen zu können?«, fragte Deborah erbost. »Nein, ich habe damit nichts zu tun.«

Im Gerichtssaal war es still geworden. Alle Blicke waren auf Deborah gerichtet, die hocherhobenen Hauptes auf ihrem Stuhl im Zeugenstand saß.

Don stellte leise fest: »Doch es hätte sich so zutragen können.«

»Einspruch«, unterbrach der Staatsanwalt die Stille.

»Konstruierte Thesen, die der Herr Anwalt hier auftischt.«

»Nicht konstruierter als Ihre Anklage.« Als der Richter etwas entgegnen wollte, meinte Don schnell: »Ich ziehe meine Feststellung zurück.«

Deborah tat ihm im Herzen leid, aber er hatte sein Ziel erreicht. Die Geschworenen schauten skeptisch zwischen Deborah und den Beschuldigten hin und her. Er hatte Zweifel geschürt.

Als die meisten den Gerichtssaal verlassen hatten, fuhr Don Lilly an. »Du hast mir versichert, deiner Mutter nichts von eurer Affäre erzählt zu haben.«

»Habe ich auch nicht«, rief Lilly aufgebracht.

»Warum behauptet sie das dann?«

»Frag doch sie, mir glaubst du ja sowieso nicht«, schmollte Lilly.

»Hört auf ihr beiden«, mischte Ben sich ein. »Es hat keinen Sinn, wenn wir uns zerfleischen. Don, ich glaube Lilly. Wir haben das doch schon diskutiert. Caroline muss im Haus gewesen sein und uns gesehen haben.«

»Ja, aber Don glaubt ja, dass Mom nicht zu so einer Tat fähig sei. Er hat wahrscheinlich ebenfalls mit ihr geschlafen«, gab Lilly verächtlich von sich.

»Lilly«, meinte Ben tadelnd.

Don schaute betreten. So eine verzwickte Situation. »Ich werde noch einmal mit dem Freund von Caroline reden. Der gibt ihr ein einwandfreies Alibi. Vielleicht kann ich das erschüttern.«

»Es muss Mom gewesen sein. Wer sonst kommt in Frage, Sommersby getötet zu haben? Ich traue es ihr ohne weiteres zu. Die arme Deborah war es garantiert nicht«, erklärte Lilly verstört.

»Es war unglaublich, wie du Deborah in die Mangel genommen hast«, ereiferte sich nun auch Ben.

»Es tut mir von Herzen leid, das kannst du mir glauben. Allerdings muss ich irgendwie Zweifel an eurer Schuld säen, oder? Sonst kommt die Staatsanwaltschaft mit ihren Indizien durch«, brach es aus Don hervor. »Was musst du deinen blöden Füller auch am Tatort verlieren.«

»Ich habe den Füller nicht am Tatort verloren. Ich war seit mehr als zwanzig Jahren nicht mehr in dem Büro«, sagte Ben ruhig und bestimmt.

Lilly rief aufgebracht: »Aber Don, wie kannst du nur ...«

»Ja Lilly, wie kann ich nur. Wäre ich der Staatsanwalt, würde ich die gleichen Schlüsse ziehen. In eurem Liebesrausch habt ihr beschlossen, Sommersby für den Übergriff an dich, das untergeschobene Kind und die Betrügerein zur Verantwortung zu ziehen. Der Mord war vielleicht nicht geplant, ist passiert ... Wir hätten das Angebot der Staatsanwaltschaft annehmen sollen. Ich habe keine Ahnung, ob ich euch da herausboxen kann«, gestand Don deprimiert.

»Denkst du wirklich so?«, fragte Ben leise.

»Ich weiß nicht mehr, was ich denken soll.« Don war die Verzweiflung anzumerken.

»Dann solltest du dein Mandat zurücklegen.«

»Nein, ich finde einen Weg. Jetzt muss ich allerdings gehen. Mit Jim Henderson plaudern und mich bei Deborah entschuldigen.«

Er küsste Lilly auf die Wange, reichte Ben die Hand. »Drückt mir die Daumen, dass ich bei Henderson etwas erreiche.«

»Ben, denkst du, dass es schlecht für uns aussieht?«

Ben nahm Lilly in den Arm. »Mach dir keine Sorgen. Don wird einen Weg finden. Wenn ich ihm das nicht zutrauen würde, hätte ich ihn nicht als unseren Anwalt bestellt.«

»Aber er glaubt uns doch nicht.«

»Kannst du ihm das verdenken? Er hat dich geliebt Lilly, liebt dich wahrscheinlich nach wie vor. Und es spricht wirklich vieles gegen uns. Nur wir beide wissen, dass wir nicht die Täter sind. Doch wie sollen wir das beweisen? Noch dazu, wo uns deine Mutter geoutet hat. Das war ein gefundenes Fressen für den Staatsanwalt.«

»Ja, Mom ist unglaublich. Sie hätte nichts davon der Polizei gegenüber erwähnen müssen, denn ich bin mir sicher, dass Monroe oder Johnson keine diesbezüglichen Fragen gestellt haben. Sie wollte uns ans Messer liefern«, meinte Lilly traurig.

»Ja, so ist deine Mutter. Warum nur habe ich sie geheiratet und ihr das mit dem Kind geglaubt? Was war ich für ein Hornochse«, lachte sich Ben selbst aus.

»Gut, dass du ein Hornochse warst. So hatte ich trotz Mom eine liebevolle Kindheit. Und wer weiß, ob ich dich sonst je kennengelernt hätte? Und mich jetzt auf eine herrliche

Liebesnacht freuen könnte?«, und dabei küsste sie ihn ungeniert auf den Mund. Der Gerichtsdiener hüstelte verlegen, also gingen sie eng umschlungen aus dem Saal. Es war ihnen klar, dass vielleicht nicht mehr viel Zeit blieb, ihre Liebe zu leben.

Als sie das Gerichtsgebäude verließen, stürmte eine Meute von Journalisten auf sie zu.

»Wie lange schlafen Sie schon mit Lilly?«, »Seit wann geht dein Verhältnis mit deinem Vater?«, »Wussten Sie wirklich nicht, dass Sommersby der Vater Ihrer Tochter war?«, schwirrten die Fragen durcheinander. Sie waren von den letzten Wochen bereits einiges gewohnt, doch dieser Auflauf überstieg sogar Bens wildeste Vermutungen. Er war sich stets bewusst gewesen, dass die Schlammschlacht nach Carolines Aussage vor Gericht erst richtig losgehen würde. Mit dieser aggressiven Haltung hatte er allerdings nicht gerechnet.

»Wie lange betrügen Sie Ihre Frau schon mit Ihrer Tochter, Warden?«, rief ein besonders aufdringlicher Journalist und drängte sich nach vorn, Ben geringschätzig betrachtend. Lilly befürchtete schon, Ben würde handgreiflich werden, der aber nahm sie an der Hand und zerrte sie in Doc Carters Wagen, der in dem Moment um die Ecke bog, um sie abzuholen.

»Oh Gott, was war denn das?«, rief Lilly aufgebracht.

»Deine Mutter hat uns einen Bärendienst erwiesen«, bemerkte Ben nur zynisch. Die restliche Fahrt verlief schweigend.

Wie eine Bombe hatte Carolines Aussage eingeschlagen. Die Medien überschlugen sich mit Spekulationen. Die Abendnachrichten berichteten ausführlich, dass das Mordopfer Dr. Rufus Sommersby der leibliche Vater der mutmaßlichen Mörderin war. »Mordkomplott im Liebesrausch« war die gängigste Variante.

Ben hatte die Nachrichten sofort abgedreht und gemeint: »Das müssen wir uns nicht antun. Wir wissen, wie es wirklich war.«

Am nächsten Morgen rauschte es im Blätterwald. Sogar im *Boston Globe* stand sensationslüstern zu lesen »Vater schläft mit Tochter«. Und die Artikel in der Yellow Press verstiegen sich in waghalsige Theorien, wie die zwei während des Liebesspiels einen Mordplan ausgeheckt haben könnten.

Der Reporter, der Ben am Abend vorher so hart bedrängt hatte, verfügte über ein Exklusiv-Interview mit Caroline, wo sie tränenreich ihre unglückliche Ehe schilderte, weil Ben ihr Lilly stets vorgezogen hatte. Auf die Frage des Journalisten, wie lange das Verhältnis ihres Mannes mit Lilly lief, schniefte sie: »Ich habe keine Ahnung. Doch ich denke, schon eine ganze Weile.«

In den sozialen Medien sparte man nicht mit hämischen Kommentaren, und Lilly kämpfte mit den Tränen, als sie den Kommentar eines ihrer besten Freunde auf Facebook las: »Schlampe«, hatte der nur geschrieben.

»Wahrscheinlich kann er nicht verkraften, dass du nicht mit ihm ins Bett gegangen bist«, bemerkte Ben sarkastisch.

Womit Ben womöglich recht hatte. Denn Lilly hatte genau bei diesem Freund erwogen, ob er es nicht wert wäre, sie zur Frau zu machen. Wie gut, dass sie sich dagegen entschieden hatte.

Es war ein Spießrutenlauf, der Gang zur Verhandlung an jenem Morgen. Vor dem Haus und vor Gericht erwarteten sie zahlreiche Reporter. Lilly und Ben waren froh, als sie endlich im Gerichtsgebäude waren und die Journalisten hinter sich lassen konnten.

»Ich rufe Kelly Preston in den Zeugenstand«, verkündete Don nach Prozessbeginn. Nach der Aussage der Gerichtsmedizinerin hatte er Doc Carter beauftragt, Kelly Preston und Patricia Holborne ausfindig zu machen. Patrica Holborne war nirgends zu finden, dafür Kelly Preston.

Johnson und Monroe schauten sich betreten an. Kelly hatte sich geweigert, als Zeugin der Anklage aufzutreten, da sie sich zu sehr genierte. Aber als Zeugin der Verteidigung war sie bereit?

Als Don von Kellys Aussage bei der Polizei durch Doc Carters gute Kontakte erfahren hatte, überzeugte er Kelly, als Zeugin der Verteidigung aufzutreten.

»Miss Preston, stimmt es, dass Sie in der Mordsache Sommersby von den Detectives Johnson und Monroe befragt worden sind?«

»Ja«, hauchte Kelly.

»Ist es weiter richtig, dass man Sie zu Beginn der Befragung darauf hingewiesen hat, dass Sie nicht in Verdacht stehen würden, sondern man um Ihre Mithilfe bat, um bestimmte Sachverhalte zu beweisen?«

»Ja.«

»Um welche Sachverhalte handelte es sich?«

Kelly senkte den Kopf und schluckte schwer. Doch dann

hob sie stolz ihren Kopf und schaute Don direkt in die Augen.

»Vergewaltigung«, schallte es durch den Gerichtssaal. Sie hatte sich entschlossen, ihr Gewissen zu erleichtern. So konnte sie einerseits Lilly und ihrem Vater helfen, andererseits sich selbst. Sich von ihrer Schuld befreien.

»Welcher Vergewaltigung?«

»Meiner.«

»Durch wen begangen?«

»Durch Dr. Sommersby«, antwortete sie bestimmt.

Ein empörtes Murmeln ging durch das Publikum. Sommersbys Sohn rief, dass dies eine Verschwörung gegen seinen toten Vater sei. Sein Vater sei ein lieber Mensch gewesen und habe nie, nie eine Studentin vergewaltigt. Er hätte alle geliebt und nur deshalb seien Spuren auf seinem Sakko gefunden worden, weil er viele tröstend in die Arme genommen hatte, wenn sie schlechte Zensuren erhalten hatten.

Der Richter rief Tom Sommersby zur Ordnung. Don sagte spöttisch: »Also waren nur Frauen miserable Studentinnen, nachdem keine männlichen DNA-Nachweise erbracht werden konnten?« Was ihm einen Verweis des Richters einbrachte.

»Kelly, ich darf Sie doch so nennen, oder?« Als sie nickte, fuhr er fort. »Sie wurden von Dr. Sommersby vergewaltigt. Wie oft?«

»Einmal, es ... es passierte erst kurz vor seiner Ermordung.«

»Und Sie haben den Detectives davon erzählt?«

»Ja.«

»Können Sie uns schildern, wie es sich zugetragen hat?«

Kelly erzählte ihre Geschichte, die sie schon den Detectives offen gelegt hatte, erneut. Als sie auf die Trophäensammlung zu sprechen kam, unterbrach Don sie.

»Sie haben also den Detectives erzählt, dass Sie eine Schublade voller Büstenhalter und Höschen gesehen haben, die der Tote als seine Trophäensammlung bezeichnete?«

»Ja.«

»Wie reagierten die Detectives darauf?«

»Sie sagten, dass sie bereits im Besitz dieser Sammlung seien und eine DNA Probe von mir wollten.«

»Warum?«

»Um mich als Verdächtige ausschließen zu können und die dazu passende Unterwäsche zu finden. Damit sie nach anderen Verdächtigen suchen könnten. Sie meinten, eine von den Besitzerinnen wird die Täterin gewesen sein.«

»Haben Sie Ihre DNA Probe abgegeben?«

»Ja.«

»Und, stammte eines der Höschen von Ihnen?«

»Ich weiß, dass eines mir gehörte. Schließlich war ich dabei, als Sommersby es in die Schublade gesteckt hat. Aber ich kenne kein Ergebnis meiner DNA Untersuchung.«

»Wenn ich mir die Aussage der Zeugin Preston so anhöre, überkommt mich das Gefühl, dass die Detectives Johnson und Monroe nur darauf aus waren, Indizien zu finden, die die Familie Warden belasten sollten. Warum war Kelly Preston nie eine der Verdächtigen? Obwohl eindeutig ein Haar, das als Beweismittel auf dem Sakko des Toten gefunden wurde, ihr zuzuordnen ist? Und vielleicht sogar ein Beweisstück, von dem wir gar nichts wissen? Einem Höschen oder einem Büstenhalter?«, rief Don anklagend in den Saal.

Kelly zuckte zusammen.

»Ich will Miss Preston nicht des Mordes an Dr. Sommersby beschuldigen. Aber sie hätte es genauso tun können wie Lilly Warden. Motiv und Gelegenheit waren vorhanden. Warum wurde diese Tatsache nicht näher beleuchtet?«

Don ließ seine Augen von der Staatsanwaltschaft zu den Geschworenen wandern. In ihren Gesichtern konnte er erkennen, dass sie sich die gleichen Fragen stellten.

»Danke, Kelly, für Ihre mutige Aussage«, meinte Don zum Abschluss der Befragung.

»Staatsanwaltschaft, noch Fragen von Ihrer Seite?«

»Nein, keine Euer Ehren.«

»Zeugin, Sie sind entlassen. Wir vertagen auf morgen neun Uhr«, rief der Richter.

Der Staatsanwalt beorderte wieder einmal seine Detectives zu sich.

Kelly verließ erhobenen Hauptes den Gerichtssaal. Sie wusste, dass sie nicht schuld war an der Vergewaltigung. Die einzige Schuld, die sie traf, war, sich nicht gewehrt zu haben. Sie erkannte auch, dass Bundesrichterin zu werden nicht mehr ihr Ziel war. Sie wollte sich nach Beendigung des Studiums darum kümmern, dass Frauen mutig genug sein würden, ihren Vergewaltiger anzuzeigen. Diese Frauen wollte sie vor Gericht vertreten und ihnen beistehen. Keine sollte sich je so schämen wie sie das getan hatte und die Schuld bei sich suchen.

»Ist das wahr? Wurden nicht alle Frauen befragt, deren Unterwäsche wir gefunden haben? Kein Abgleich mit Jessica Williams durchgeführt?«

»Ja«, gab Monroe achselzuckend zu. »Wozu die Aufregung?«

»Wozu die Aufregung?«, fragte der Staatsanwalt verblüfft. »Weil es weit mehr Verdächtige geben könnte?«

»Nein. Es gab mehrere Vergewaltigungsopfer, aber warum diese alle vor Gericht zerren? Sie bloßstellen? Keines der Opfer hatte privat mit den Wardens zu tun, wäre also in der Lage gewesen, den Füller oder das Skalpell von Warden am Tatort zu verlieren beziehungsweise zu benutzen.«

»Was ist mit Deborah Williams? Auch wenn die These konstruiert klingt, möglich ist sie allemal. Außerdem haben wir keine Beweise, dass Wardens Skalpell benutzt worden ist«, wurde der Staatsanwalt laut.

»Wozu Beweise? Es ist Beweis genug, dass es verschwunden ist. Warum gerade jetzt? Wo es doch jahrelang in einer Glasvitrine verstaubte?«

»Ich hoffe für Sie, dass es so läuft, wie Sie sich das vorgestellt haben.«

»Warum nicht?«, frohlockte Monroe. »Lassen wir DeCarlo doch Zweifel an der Schuld der Angeklagten aufzeigen. Es wird ihm aber nicht gelingen, diese zu widerlegen. Sie können dann im Schlussplädoyer alle Beweise noch einmal schlüssig darlegen und die Geschworenen kommen gar nicht darum herum, die beiden zu verurteilen. Es kann niemand sonst gewesen sein.«

Nicht nur der Staatsanwalt schaute zweifelnd, Johnson wurde immer mulmiger zumute. Er bewunderte Monroe für seine Zuversicht. Ihm graute vor Morgen. Da war er als Zeuge der Verteidigung geladen. So etwas war bisher nie vorgekommen, dass ein ermittelnder Detective in dieser Funktion aussagen musste. Normalerweise vertrat er ausschließlich die Anklageseite.

Barlowe war mit seinem Wutausbruch noch nicht zu Ende. »Warum hat mir keiner gesagt, dass Warden nicht Lillys Vater ist? Sondern dieser Sommersby?«

»Weil das nicht der Fall ist, Sir. Unsere Blutproben haben nichts dergleichen ergeben.«

»Sie meinen, Caroline Warden lügt?«

»Nicht unbedingt. Möglicherweise glaubt sie, dass Sommersby der Vater ist.«

»Sie denken, sie hat mit beiden geschlafen und weiß nicht, wer der Vater ist? Haben wir einen DNA-Vergleich mit Ben Warden?«

»Nein Sir.«

»Warum nicht?«

»Weil wir es nicht für nötig hielten.«

»Weil Sie es nicht für nötig hielten?«, brüllte der Staatsanwalt. »Vielleicht hätte es verwertbare Spuren auf

Sommersbys Leiche gegeben?«

»Nein, laut Mary waren da nur weibliche DNA-Spuren«, fügte Johnson ein.

»Mary?«, fragte der Staatsanwalt verblüfft.

»Mary Brighton, die Gerichtsmedizinerin.«

»Wohl ein Techtelmechtel mit ihr, was Johnson?«, feixte Barlowe. Johnson äußerte sich nicht.

»Zurück zum Fall. Sie können ausschließen, dass Sommersby der Vater ist. Doch wir können nicht ausschließen, dass Warden der Vater ist.«

»Korrekt.«

»Gut, dann belassen wir es vorerst dabei. Wir nehmen die Aussage Caroline Wardens als gegeben an. Ich werde meine Anschuldigungen dahingehend ausweiten, dass Warden sich für die Untreue und die untergeschobene Tochter an Sommersby rächen wollte und deshalb Lilly unterstützt hat. Wo doch ein Vater seine eigene Tochter vergewaltigt hat.«

»Aber das ist nicht richtig«, wandte Johnson ein.

»Eine Hypothese, warum sollte ich die nicht aufstellen?«, freute sich der Staatsanwalt über neue Möglichkeiten, den Fall zu seinen Gunsten zu entscheiden. »Wir haben schließlich bei anderen Punkten kläglich versagt.« Und blickte düster von einem Detective zum anderen.

»Detective Johnson, Sie hatten Kenntnis von der Trophäensammlung?«, fragte Don am nächsten Morgen höflich.

»Ja«, kam es knapp.

»Konnten alle Beweisstücke einer oder mehreren Personen zugewiesen werden?«

»Nein.«

»Nein?«, fragte Don verwundert und zog seine Augenbraue in die Höhe.

Er wartete ein paar Sekunden, bevor er die Befragung fortführte: »Sie haben also nicht alle Vergewaltigungsopfer gefunden. Korrekt?«

»Korrekt.«

»Haben Sie die Trophäen mit der DNA von Lilly Warden abgeglichen?«

»Natürlich.«

»Und? Konnten Sie eine der Trophäen Lilly Warden zuordnen?«

»Nein.«

»Nein? Sie waren demnach nicht in der Lage, alle Höschen Frauen zuzuordnen. Wissen noch nicht, wer alles vergewaltigt wurde. Und Sie können keines der Höschen meiner Mandantin zuordnen. Habe ich das korrekt dargestellt?«

»Ja, aber ...«

»Eine einfache Antwort genügt. Ja oder nein?«

»Ja.«

»Warum wird dann meine Mandantin des Mordes angeklagt? Es könnten hundert andere sein, von denen Sie eindeutige Vergewaltigungsspuren haben. Von meiner Mandantin haben Sie keinen einzigen Beweis. Außer einem Haar. Und wie wir vom Sohn des Ermordeten gehört haben, war sein Vater ein lieber Mann, der hin und wieder seine Studentinnen tröstete. Vielleicht hat er Lilly nur getröstet und ihr Haar kam dabei an das Sakko des Toten? Doch Sie beschuldigen Lilly sofort des Mordes. Obwohl ihre Mutter ausgesagt hat, dass Lilly nach dem versuchten Übergriff am frühen Abend – also vor dem nachgewiesenen Zeitfenster des Todes – zu ihr gekommen ist und zu diesem Zeitpunkt keine Vergewaltigung stattgefunden hat? Ist Ihrer Meinung nach Lilly nach dem Gespräch mit ihrer Mutter zurück an die Uni, hat Sex mit Sommersby und ersticht ihn? Kommt da nicht eher ein anderer Täter in Frage?« Don war ob der krausen Beweisführung der Staatsanwaltschaft laut geworden.

Nach einer Weile fuhr er ruhiger geworden fort: »Haben Sie andere Opfer außer Kelly Preston befragt?«

»Nein, aber ...«

»Ja oder nein. Haben Sie außer Kelly Preston und Lilly Warden andere Frauen befragt?«

»Nein.«

»Warum haben Sie den Fund der Trophäen nicht offen gelegt?«

»Wir wollten nicht unnötig Frauen, die ohnedies durch eine Vergewaltigung bereits ein Trauma erlitten haben, an die Öffentlichkeit ziehen.«

»Doch wenn man dadurch einen Mord aufklären könnte?«, fragte Don eindringlich.

Johnson zuckte die Schultern.

»Ach, Sie meinen, Sie kannten die Schuldigen schon? Lilly und Ben Warden, wozu da noch anderen Spuren nachgehen?«, meinte Don verächtlich.

»Nein, wir sind uns sicher. Durch den gefundenen Füller ...«

»Nur weil ein Füller am Tatort liegt, der meinem Mandanten Ben Warden gehört, gehen Sie davon aus, dass seine Tochter Lilly Warden ihren Jura-Professor ermordet und Ben Warden ihr bei der Vertuschung geholfen hat?«

»Ja.«

»Ist das nicht ein bisschen dürftig, Detective Johnson? Und mangelhafte Ermittlungsarbeit?«

»Einspruch«, rief Barlowe. »Böswillige Unterstellung.«

»Nicht stattgegeben«, donnerte der Richter. »Es hat den Anschein, als wären die Ermittlungen noch nicht abgeschlossen. Detective, antworten Sie auf die Frage des Anwalts. Ist die Ermittlungsarbeit mangelhaft und die Beweise dürftig?«

»Ja«, und Johnson schämte sich in Grund und Boden. Warum nur hatte er alles Monroe überlassen? Er hätte sich weniger um die Gunst Mary Brightons bemühen, sondern mehr in die Ermittlungsarbeit einbringen sollen. Aber Mary hatte dafür zu ihren Gunsten ausgesagt. Und sie war eine Wucht im Bett. So hatten die Ermittlungen wenigstens für ihn zum Erfolg geführt, obwohl er seinen Job vielleicht bald los sein wird, wenn DeCarlo so hartnäckig blieb.

»Warum haben Sie keine weiteren Frauen befragt?«, versuchte der Staatsanwalt, die Situation zu retten.

»Weil keine Verbindung zu den Wardens besteht und somit keine Möglichkeit und kein Motiv, den Füller zu entwenden und am Tatort zu deponieren.«

»Wie können Sie das behaupten, wenn nicht alle befragt worden sind?«, rief Don dazwischen.

»Herr Anwalt, mäßigen Sie sich«, sagte der Richter ernst.

»Entschuldigung, Euer Ehren«, gab sich Don zerknirscht. Aber er hatte erreicht, was er wollte. Die Geschworenen wurden unsicher.

Der Staatsanwalt gab den Kampf auf. Johnson schlich aus dem Zeugenstand.

Alison Hart, Bundesrichterin aus New York, trat in einem schwarzen Kostüm mit weißer Bluse, das trotz der Strenge eine schöne Frau erkennen ließ, in den Zeugenstand, nachdem Don DeCarlo sie als Zeugin der Verteidigung aufgerufen hatte.

»Euer Ehren, ich danke, dass Sie trotz des schweren Verlustes, den Sie kürzlich erlitten haben, bereit sind, in diesem Verfahren gegen meine Mandanten als Zeugin auszusagen«, leitete Don die Befragung freundlich ein.

Doc Carter hatte viel Zeit aufgewendet, Alison zu überzeugen, dass es Sinn machte, wenn sie ihre Geschichte hier darstellte. Sommersby sollte als der Mann gesehen werden, der er wirklich war. Und sie als Bundesrichterin würde anderen Frauen mit einer Aussage Mut machen, es ihr gleich zu tun. Schließlich hatte sie eingewilligt.

Alison nickte. »Nennen Sie mich Mrs. Hart, ich bin als Privatperson hier.«

»Gut. Also Mrs. Hart, Sie waren am neunundzwanzigsten August gegen zwanzig Uhr bei Professor Sommersby im Büro? An dem Abend, als er ermordet wurde?«

Ihr »Ja« ging im Raunen des Publikums unter.

»Haben Sie den Professor bei guter Gesundheit angetroffen?«

»Ja«, lächelte Alison.

»Und als Sie gingen?«

»War er ebenfalls noch bei bester Gesundheit.«

»Dafür haben wir allerdings nur Ihr Wort. Denn niemand hat Dr. Sommersby später lebend gesehen.«

»Doch. Der Mörder«, sagte sie kühl.

Don ließ eine Weile verstreichen, bevor er nachhakte: »Hat Sie die Polizei nach diesem Besuch befragt?«

»Ja.«

»Und, weiter? Was hat die Polizei mit Ihnen gemacht, als sie erfuhr, dass Sie an besagtem Abend bei Dr. Sommersby waren?«

»Nichts weiter.«

»Nichts weiter?«, fragte Don erstaunt und betont nach.

»Die Polizei hat Sie also nach Ihrem Ausflug zu Professor Sommersby befragt. Und obwohl Sie im Tatzeitraum bei ihm waren, wurden Sie nicht als Verdächtige eingestuft? Sie wurden keiner DNA-Probe unterzogen? Finden Sie das als Bundesrichterin nicht merkwürdig?«

»Ja, das finde ich. Doch ich sagte der Polizei, dass ich etwas Rechtliches mit dem Professor zu klären hatte. Außerdem habe ich mit der Polizei nicht über die Uhrzeit meines Besuches gesprochen.«

»Verstehe ich Sie richtig. Sie haben der Polizei zwar erzählt, dass Sie an jenem Abend bei Dr. Sommersby waren, aber über die Uhrzeit wurden Sie nicht befragt. Es war der Polizei also nicht bekannt, dass Sie sich zur Tatzeit in der Nähe des Opfers aufhielten. Trifft das zu?«

»Ja.«

»Hat man Ihnen geglaubt, dass Sie etwas Juristisches mit dem Professor klären wollten?«

»Ja.«

»Wurde vonseiten der Polizei nachgehakt, um welche rechtliche Angelegenheit es sich in Ihrem Gespräch gedreht hat?«

»Nein.«

»Was haben Sie wirklich mit dem Professor besprochen?«

Alison schwieg eine Weile. Als der Richter bereits ansetzte, sie zu ermahnen, sagte sie leise: »Ich habe ihn wegen Lesley zur Rede gestellt.«

»Wer ist Lesley?«, fragte Don nach.

»Meine Tochter. Lesley ist ... war meine Tochter.«

»Warum ›war‹, Mrs. Hart?«, erkundigte sich Don mitfühlend.

»Lesley hat sich in der Nacht vom neunundzwanzigsten auf den dreißigsten August das Leben genommen.« Tränen drohten ihre Stimme zu ersticken, doch sie beherrschte sich. Aus dem Publikum allerdings hörte man vereinzeltes Schluchzen.

»Können Sie uns den Grund nennen?«

Sie nickte, fuhr mit leicht brüchiger Stimme, jedoch gut hörbar, fort. »Lesley hat mich am Nachmittag des neunundzwanzigsten Augusts verstört angerufen und mir erzählt, dass Professor Sommersby sich an ihr vergangen hat und dass sie ihn dafür umbringen würde.«

»Lesley Hart ist also Ihre Tochter und die Studentin, von der ebenfalls ein Haar auf dem Sakko von Dr. Sommersby gefunden wurde, wie uns Dr. Brighton erklärt hatte. Sehe ich das richtig?«

»Ja«, sagte sie nur.

»Was haben Sie Ihrer Tochter bei dem Anruf geraten?«

»Sie beruhigt. Und versprochen, sofort loszufahren. Sie solle nichts unternehmen, ich würde mit Sommersby reden. Ich bat sie, in ihrem Zimmer am Campus auf mich zu warten.«

»Doch das tat sie nicht.«

Alison schüttelte verzweifelt den Kopf: »Nein, sie war nicht auf ihrem Zimmer. Ich konnte sie nirgends finden.«

»Was haben Sie getan?«

»Ich habe Sommersby in seinem Büro aufgesucht und ihm meine Meinung gesagt. Wie sehr ich es bereue, dass ich nicht schon vor zweiundzwanzig Jahren zur Polizei gegangen bin und ihn angezeigt habe, nachdem er mir dasselbe angetan hatte wie jetzt Lesley. Aber damals war ich zu feige. Doch diesmal ... für meine Tochter ...« Ein Raunen ging durch das Publikum.

»Hätten Sie es durchgezogen? Und Dr. Sommersby wegen Vergewaltigung angezeigt?«

Sie nickte nur.

»Doch statt dessen haben Sie ihn getötet? Weil er erneut versuchte, Sie zu vergewaltigen?«

Ein Aufschrei aus dem Publikum.

»Nein«, antwortete Alison erschrocken. »Wie kommen Sie auf die Idee?« Und funkelte Don böse an. Das war nicht die Abmachung für ihre Aussage. Sie war bereit gewesen, mit ihrer Schilderung Ben und Lilly zu entlasten, aber nicht als Schuldige dargestellt zu werden. »Wie ich schon zu Protokoll gegeben habe, erfreute sich Dr. Sommersby nach meinem Besuch noch bester Gesundheit.«

»Worauf wir nur Ihr Wort haben«, wiederholte sich Don.

»Ja, das Wort einer Bundesrichterin. Ich würde niemals Konflikte mit Gewalt lösen, genauso wenig wie Ben Warden das tun würde«, sagte sie bestimmt.

»Sie sind nach dem Besuch bei Dr. Sommersby zum Zimmer Ihrer Tochter gegangen?«

»Ja, allerdings war Lesley nicht da. Ich habe alle Kommilitonen befragt, die ich finden konnte. Freunde angerufen. Aber niemand hatte sie gesehen. Sie war wie vom Erdboden verschluckt.«

»Könnte es sein, dass Lesley Dr. Sommersby ...«, ließ Don den Satz unvollendet.

»Nein, auf keinen Fall. Lesley ist mir zu ähnlich. Sie hätte nie etwas so Grauenvolles getan.«

»Auch nicht im Affekt?«

Alison sagte nichts.

»Kannte Lesley Ben Warden?«

»Nein.«

»Kennen Sie Ben Warden?«

»Ja.«

»Woher?«

»Wir haben zusammen in Harvard studiert.«

»Aber Sie haben nicht in Harvard Ihren Abschluss gemacht, sondern in Stanford, richtig?«

»Ja.«

»Warum?«

Wieder dieser unergründliche Blick aus ihren grünen Augen. Alison dachte, warum fragt er mich das?

Doch Don ließ sich nicht beirren. »Warum?«, bohrte er nach.

»Ich wollte nicht bei einem Professor weiterstudieren, der mich vergewaltigt hatte.«

»War das der einzige Grund?«

»Nein«, bekannte sie leise.

»Sondern?«, hakte Don unerbittlich nach.

»Ich war schwanger.«

»Mit Lesley?«

Sie nickte.

»War der Vergewaltiger Sommersby der Vater?«

Wieder ging ein Raunen durch die Besucherreihen.

»Das dachte ich zuerst. Aber als Lesley größer wurde, sah sie ihrem Vater immer ähnlicher. Es war nicht Sommersby.«

»Wer ist Lesleys Vater?«, fragte Don einfühlsam.

Mit zittriger Stimme antwortete sie: »Ben Warden.«

Der Tumult im Publikum war nur durch einen dreifachen Hammerschlag des Richters auf den Tisch mit der Bitte um Ruhe zu unterbinden, ansonsten würde er den Saal sofort räumen lassen.

Ben war blass geworden. Caroline lachte hysterisch auf. Lilly schaute überrascht.

»Wusste Ben Warden davon?«

»Nein.«

»Warum nicht?«

»Weil Caroline zur selben Zeit mit Bens Kind schwanger geworden ist, von dem wir heute wissen, dass es nicht seines war. Und ich mir nach der Vergewaltigung nicht sicher war ...«, verlor sie sich bitter.

»Hatten Sie eine Liebesbeziehung zu Ben Warden in Studententagen?«

»Sagen wir so. Ich war unsterblich in ihn verliebt.«

»Doch er nicht in Sie?«

»Das weiß ich nicht. Damals glaubte ich es. Aber er entschied sich für Caroline ...«

»Trotzdem haben Sie ihn eines Nachts besucht?«

Alison blickte ihn überrascht an. Woher wusste er das? Doc Carter, dachte sie gallig. Sie hatte bei seinem Besuch sofort gewusst, dass der gefährlich werden könnte.

»Haben Sie Ben eines Nachts in seinem Haus, in dem er heute noch wohnt, besucht?«

»Ja.«

»Wie kamen Sie in das Haus? Hat er Ihnen damals geöffnet?«

Alison erschrak. Sie erkannte, was Don vorhatte. »Nein, das tat er nicht. Ich wollte ihn überraschen.«

»Wie kamen Sie dann in das Haus?«

»Ich nahm den Haustürschlüssel aus dem Versteck, das mir Ben ein paar Tage zuvor verraten hatte.«

»Wissen Sie noch, wo der Schlüssel versteckt war?«

Sie nickte.

»Wo?«, bohrte Don unerbittlich nach.

»In den Blumenrabatten rechts neben dem Aufgang unter einem ovalen Stein.«

»Euer Ehren«, fuhr Don an den Richter gewandt fort, »ich habe hier die eidesstattliche Erklärung von Mrs. Walters, der Haushälterin von Ben Warden, dass sich das Versteck des Haustürschlüssels nach wie vor an derselben Stelle befindet. Der Schlüssel allerdings seit der Mordnacht verschwunden ist.«

Nun ging der Tumult im Saal erneut los. »Ruhe«, brüllte der Richter und ließ seinen Hammer auf den Tisch knallen.

Ben war erschüttert. Nein, Alison war nie und nimmer eine Mörderin. Was fällt Don nur ein? Er würde ihm später gründlich die Meinung sagen. Arme Alison, sie hat schon genug zu leiden, dachte Ben bekümmert.

»Was sagen Sie dazu, Mrs. Hart?«

»Nichts. Ich habe den Schlüssel nicht genommen.«

»Aber Sie waren in der Mordnacht vor Ben Wardens Haus. Das stimmt doch, oder?«

Sie erblasste. »Ja«, stammelte sie.

»Was wollten Sie da?«

»Ich war verzweifelt, weil ich Lesley nicht finden konnte. Wegen Sommersby, der mich abgekanzelt hatte wie ein Schulmädchen. Ich wollte mir bei Ben Hilfe holen.« Und Trost, dachte sie bitter. Hilfesuchend blickte sie in Richtung Ben. Der nickte ihr beruhigend zu.

»Wann waren Sie da?«

»So gegen einundzwanzig Uhr.«

»Haben Sie das Haus betreten?«

»Nein. Ich habe geläutet. Da niemand die Tür geöffnet hat, bin ich unverrichteter Dinge wieder gegangen.«

»Sie haben nicht den Haustürschlüssel aus dem Versteck genommen und die Tür geöffnet? Haben nicht das Haus betreten und Ben und Lilly Warden umschlungen im Bett vorgefunden?«

»Nein«, rief sie ehrlich entsetzt.

Aus dem Publikum kam ein überraschter Aufschrei von einer Frau. Don schaute in die Richtung des Schreis. Er kam von Caroline. Warum? Konzentrierte sich allerdings sofort wieder auf Alison.

»Sie geben zu, dass Sie am Abend der Tat vor Ben Wardens

Haus gestanden sind, wussten, wo sich der Haustürschlüssel befand?«

»Ja, doch ich habe das Haus nicht betreten. Den Schlüssel nicht aus dem Versteck geholt«, betonte sie laut und deutlich.

»Aber Sie hätten allen Grund gehabt, sich an Ben Warden zu rächen, oder sehe ich das falsch? Nehmen wir an, Sie wussten, dass Dr. Sommersby tot war. Entweder von Ihnen ermordet oder von Lesley. Sie erkannten, dass Sie keine Hilfe bei Ben Warden finden würden, da dieser mit einer jungen Frau beschäftigt war. Da könnte man schon verstehen, wenn Sie den Füller vom Tisch in der Einganghalle genommen hätten ... und danach den Tatort präpariert ...«

Alison antwortete nicht. Don beließ es dabei. Er hatte sein Ziel erreicht.

»Nur noch eine Frage zur Klarstellung, Mrs. Hart. Sie sagten aus, dass Sie gegen zwanzig Uhr in Dr. Sommersbys Büro waren und mit ihm gesprochen haben, ist das korrekt?«

»Ja«, nickte sie.

»Und doch behauptet die Staatsanwaltschaft, dass Lilly Warden Dr. Sommersby gegen neunzehn Uhr ermordet hat ...«

»Einspruch«, kam es von der Staatsanwaltschaft.

»Ich ziehe zurück«, meinte Don einnehmend lächelnd mit Blick auf die Geschworenen. Einige lächelten zurück.

»Danke für Ihre Kooperation«, verabschiedete er sich freundlich von Alison Hart.

Barlowe brauchte eine Weile, bis er für seine Befragung

aufstand. Er war auf das Gehörte nicht vorbereitet gewesen. Daher bat er den Richter: »Euer Ehren, dürfen wir vortreten?«

Als dieser nickte, traten der Staatsanwalt und Don vor den Richtertisch. Der Richter umschloss das Mikrofon mit seiner Hand, damit nichts von dem Gesagten in den Saal dringen konnte, als er fragte:« »Herr Staatsanwalt?«

»Euer Ehren, ich bitte um Vertagung.«

»Warum?«, bellte der Richter ihn an.

Don lächelte in sich hinein. Habe ich dich kalt erwischt, dachte er befriedigt.

»Ich möchte mit meinen Detectives sprechen, bevor ich die Zeugin ins Kreuzverhör nehme.«

»Nachlässig, Herr Staatsanwalt?«, meinte der Richter verächtlich. Schon den ganzen Prozess über hatte er das Gefühl, dass es der Staatsanwaltschaft nur darum ging, Ben Warden zu überführen und alle anderen Spuren außer Acht gelassen wurden. Das würde ein Nachspiel haben.

Staatsanwalt Barlowe schaute betreten zu Boden.

»Gut, wir vertagen auf morgen vierzehn Uhr.« Dies verkündete Richter Clark auch durch sein Mikrofon.

Ben wollte auf Alison zueilen, die Gerichtsdiener untersagten ihm jedoch den Kontakt mit einer Zeugin. So drehte er sich erbost Don zu. »Wie kannst du Alison nur so zusetzen?«

»Willst du eure Unschuld beweisen?«

»Natürlich.«

»Dann sei nicht so zimperlich.«

»Aber ...«

»Wenn ihr Sommersby nicht getötet habt, muss es jemand anderer gewesen sein, oder siehst du das nicht so?«

»Doch.«

»Na eben. Und es muss eine Frau gewesen sein, die den Mord begangen hat. Alle Fakten sprechen dafür. Diese Frau muss Zugang zu deinem Haus gehabt haben. Zumindest zu deinem Füller. Und der war am Abend des Mordes in deinem Haus, schon vergessen? Folglich muss ihn jemand von dort entwendet haben. Absichtlich, um dich zu belasten. Ben, der Füller am Tatort reicht klar für eine Beteiligung deinerseits. Ich muss aufzeigen, dass andere Personen die Möglichkeit hatten, an den Füller zu kommen.«

»Aber Alison ... sie hat gerade ihre Tochter verloren.«

»Demnach ein guter Grund für den Mord«, stellte Don kalt fest.

Ben zuckte hilflos mit den Schultern. Er konnte sich nicht vorstellen, dass Alison zu so einer Tat fähig wäre. Und dann noch ihn belasten würde ...

»Ben, vertrau mir, ja? Du willst den Schuldigen doch auch überführen, oder? Also lass mich machen. Und jetzt muss ich mich mit Doc Carter unterhalten«, winkte diesem zu und die beiden verließen den Gerichtssaal.

Ben und Lilly umarmten sich. »Ben, es tut mir so leid. Du wärest Lesley ein genau so guter Vater gewesen wie mir. Durch das falsche Spiel meiner Mutter hatte ich das Glück, behütet unter deiner Obhut aufzuwachsen. Lass uns, wenn alles vorbei ist, für Lesley eine Gedenkmesse halten und

Alison dazu einladen. Aber jetzt müssen wir an uns denken. Es ist noch nicht vorbei.«

Doch Lilly machte sich bereits berechtigte Hoffnungen, freigesprochen zu werden. Don war brillant, wie er die Schwachstellen der Anklage aufzeigte. Und sie hatte in den Gesichtern der Geschworenen die ersten Zweifel gesehen.

Alison wirkte heute noch schmäler als gestern. Ben hatte Mitleid mit ihr, als sie erneut in den Zeugenstand trat. Wie der Staatsanwalt wohl agieren würde?

Staatsanwalt Barlowe stand langsam auf. Er war gestern fürchterlich wütend gewesen, hatte seine Detectives angebrüllt, warum sie bei Alison Hart nicht weitergebohrt hatten. Monroe hatte patzig geantwortet, dass sie Bundesrichterin und keine Mörderin sei, da sei er sich sicher. Barlowe hatte ihn daraufhin lauthals angeschrien, dass Ben Warden ein angesehener Anwalt sei. Aber trotzdem in den Augen der Detectives ein Mörder. Wie ließe sich diese Denkweise vereinbaren?

Sie hätten gegen Warden weniger in der Hand als gegen Hart. Eine tote Tochter, die sich wegen Sommersbys Übergriff umgebracht hatte. Eine Verdächtige, die sich zum Todeszeitpunkt am Tatort aufgehalten und Gelegenheit hatte, Schlüssel und Skalpell zu entwenden.

Doch seine Detectives konnten ihn beruhigen. Alison Hart hätte nichts von dem Skalpell gewusst, warum hätte sie das entwenden sollen?

Barlowe befriedigte die Antwort nicht, da noch nicht bewiesen war, dass Bens Skalpell das gesuchte Werkzeug darstellte. Außerdem hätte Alison in der Zeitung darüber lesen können, denn es wurde damals ausführlich über den Prozess gegen den Chirurgen berichtet. Er selbst kannte ein Foto, auf dem Ben Warden stolz auf das Skalpell in seinem

Arbeitszimmer zeigte. Also konnte er diesen Gesichtspunkt nicht als Entlastung der Zeugin anführen.

Überdies beunruhigte Barlowe das Zeitfenster. Wenn Alison Hart Sommersby gegen zwanzig Uhr lebend gesprochen hatte, dann konnte Lilly Warden ihn nicht gegen neunzehn Uhr ermordet haben. Ihr Konstrukt schien zu bröckeln. Da hatte Detective Monroe ihm eine weitere Theorie geliefert, die musste er jetzt nur geschickt zur Sprache bringen. Doch als aller erstes musste er versuchen, die Zeugin zu entlasten.

»Mrs. Hart, wir haben gestern gehört, dass Sie Ihre Tochter ohne Beistand eines Vaters großgezogen haben, nachdem Ben Warden sich seiner späteren Frau zugewandt hatte.«

»Ja, das ist korrekt.«

»Sie haben die Bürde alleine getragen, sind nach Stanford und haben sich ein neues Leben aufgebaut.«

»Ja.«

»Hut ab. Und dann noch die Karriere«, lächelte sie der Staatsanwalt unverbindlich an. »Das war wahrscheinlich nicht immer einfach.«

»Nein, es war sogar sehr hart. Eine Frau mit einem unehelichen Kind hat es heutzutage nach wie vor ausgesprochen schwer, wenn sie nicht dem Bild der armen, alleinerziehenden Mutter entsprechen, sondern beruflich erfolgreich und trotzdem eine gute Mutter sein möchte.«

»Hegten Sie je Rachegedanken gegen Ben Warden?«

»Nein, warum sollte ich? Er wusste ja nichts von dem Kind. Es war meine Entscheidung, Lesley ohne Vater aufwachsen zu lassen. Wir haben ihn nie vermisst.«

»Auch nicht in der Nacht, als Lesley ... verschwunden ist? Und Sie vor seiner Haustür gestanden sind?«

»Nein, ich wollte juristischen Rat. Ob er die Anklage gegen Dr. Sommersby übernehmen würde. Ich bin mir nicht mehr sicher, ob ich ihm überhaupt erzählen wollte, dass Lesley seine Tochter ist.«

»Sie wollten also lediglich als Anwalt mit ihm sprechen.«

»Genau. Und da er nicht geöffnet hat, bin ich wieder gefahren.«

»Wollten Sie ihn erneut kontaktieren?«

»Ja, aber dann las ich in der Zeitung vom Tod Sommersbys und Bens Verhaftung ...«

»Da hat es sich erübrigt.«

»Ja. Außerdem war ich extrem besorgt wegen Lesley, da ich kein Lebenszeichen von ihr hatte.«

»Was passierte, nachdem Sie von Ben Wardens Haus weggegangen sind?«

»Ich ging zu meinem Wagen und hatte beim Ausparken fast einen Zusammenstoß mit einem gelben Sportwagen, der eine Spur zu schnell meine Parklücke nutzen wollte«, lächelte sie. »Wenn Sie die Fahrerin dieses Sportwagens finden, könnte sie bezeugen, wann ich weggefahren bin.«

»Eine Frau?«

»Ja.«

Barlowe frohlockte innerlich. Welch ein Glückstreffer. Vielleicht ist das der Weg, um Monroes These zu untermauern, dass Lilly später am Abend zu Sommersby zurückgekehrt war und fragte hoffnungsfroh: »Haben Sie die Fahrerin erkannt?«

»Nein, ich sah nur eine Frau mit hellerem Haar. Für die Gesichtserkennung war es zu dunkel.«

»Könnte diese Frau im Gerichtssaal sein?«, und der Staatsanwalt deutete eine Geste zu Lilly Warden an.

»Ich werde Ihnen nicht den Gefallen tun und aussagen, es könnte Lilly Warden gewesen sein, denn ich kann diese Frau nicht identifizieren. Es könnte jede Frau hier im Gericht gewesen sein, die helles, langes Haar besitzt.«

Der Staatsanwalt schaute enttäuscht, erholte sich jedoch rasch und meinte spitzbübisch: »Fährt nicht Caroline Warden einen gelben Sportwagen? Vielleicht hatte sie diesen Lilly geborgt? Als Lilly erfuhr, dass Sommersby ihr Vater ist, der gerade versucht hat, sie zu vergewaltigen, ist sie möglicherweise ausgerastet und zurück zur Uni ...«

»Einspruch«, donnerte Don. »Mutmaßungen.«

»Stattgegeben. Die Geschworenen werden diese Aussage nicht bewerten und sie kommt nicht in das Protokoll.«

Barlowe lächelte fein. Damit hatte er trotzdem erreicht, dass die Geschworenen erneut Lilly ins Visier nahmen.

Er drehte sich zu Alison: »Wohin sind Sie gefahren?«

»Ich fuhr zurück zum Studentenwohnheim, um auf Lesley zu warten. Ihre Zimmernachbarin Barbara Sommers kann das bezeugen. Wir haben gemeinsam die ganze Nacht gewartet.«

»Von wann bis wann war das ungefähr?«

»Ich bin kurz nach einundzwanzig Uhr im Heim angekommen und habe es erst wieder um sechs Uhr am nächsten Morgen verlassen. Ich musste wegen eines wichtigen Termins zurück nach New York.«

»Und dort haben Sie dann die Polizei wegen Lesley verständigt?«

»Ja, die Bostoner Polizei hat gemeint, meine Tochter wäre bei einem Freund. Ich solle nicht so hysterisch reagieren. Doch als ich am nächsten Tag noch nichts von ihr gehört habe, meldete ich sie bei der New Yorker Polizei als vermisst.«

»Wann hat man Ihre Tochter gefunden?«

»Erst eine Woche später.«

»Wo?«

»Auf ihrem Boot. Im Atlantik.« Man spürte die Überwindung, die es Alison kostete, über dieses Thema zu sprechen.

»Sie ist nach unserem Telefonat nach Mystic in unser Ferienhaus gefahren und mit ihrem Segelboot hinaus auf den Atlantik gesegelt. Dort hat sie Schlaftabletten geschluckt. Sie segelte so gerne in den Sonnenuntergang ...« Alison versagte die Stimme.

»Laut Gerichtsmedizin hat Ihre Tochter die Tabletten zwischen achtzehn und zwanzig Uhr eingenommen. Und ist ungefähr um Mitternacht für immer eingeschlafen. Ist das richtig?«

»Ja«, schluchzte Alison.

»Lesley kann somit nicht die Mörderin von Dr. Sommersby sein, wie es die Verteidigung anklingen ließ ...«, und ein missbilligender Blick traf Don.

»Nein«, kam es kaum hörbar von Alison, so kämpfte sie mit den Tränen.

»Sie hatten dadurch keinen Grund, die Spuren am Tatort zu beseitigen, richtig?«

»Einspruch«, rief Don. »Was, wenn sie selbst die Mörderin ist?«

»Wie wir gehört haben, hat die Zeugin für den Zeitraum der Spurenbeseitigung ein Alibi, wird demzufolge nicht die Mörderin sein«, meinte der Staatsanwalt überheblich.

»Kein überprüftes Alibi«, rief Don. »Außerdem kann sie jemanden angestiftet haben, die Spuren zu beseitigen.«

»Meine Herren, mäßigen Sie sich. Wir sind hier in einem Gerichtssaal und nicht bei einem Footballspiel.«

»Entschuldigen Sie, Euer Ehren«, kam es von beiden gleichzeitig.

»Also, wir stellen noch einmal fest, dass Lesley nicht die Mörderin von Sommersby sein kann, da sie sich zu diesem Zeitpunkt bereits auf ihrem Segelboot befunden hat. Und Sie, Mrs. Hart, für die Zeit der Spurenbeseitigung über ein Alibi verfügen, demzufolge auch für den Mord nicht infrage kommen.«

»Einspruch«, rief Don erneut.

»Stattgegeben«, meinte der Richter leicht genervt. »Herr Staatsanwalt, mäßigen Sie sich mit Feststellungen. Die letzte Aussage des Staatsanwaltes kommt nicht ins Protokoll.«

Barlowe nickte zerknirscht. »Danke Mrs. Hart, keine weiteren Fragen.«

Lilly weinte, einerseits um die tote Lesley anderseits um

sich, denn sie sah sich wieder in den Fokus der Geschworenen gerückt. Sie beschuldigte Don, den Staatsanwalt erst auf die Idee gebracht zu haben, dass sie später zu Sommersby zurückgefahren sei, um ihn zu ermorden.

»Aber Lilly, ich habe bei der Befragung Johnsons bloß die Sinnlosigkeit ihrer Beschuldigung gegen dich aufgezeigt.«

»Ja, aber der Staatsanwalt hat bei Alisons Aussage wegen des Autos schnell geschaltet. Don, das ist der Beweis, dass Mom doch da war, wie Mrs. Wellington mir erzählt hat. Denkst du, Mom würde für uns aussagen?«, und sie blickte ihn voller Hoffnung an.

Nein, sagte sich Don, Caroline würde nie für dich aussagen. Doch ich werde sie durch die Mangel drehen. Außer es stimmt, dass du zurück auf die Universität bist und ... Diesen Gedanken wollte er nicht zu Ende denken.

Zu Hause schmiegte sich Lilly in Bens Arme, nachdem sie es sich auf dem Sofa bequem gemacht hatten. Sie war erschöpft. Der Prozess setzte ihr mehr zu, als sie das erwartet hatte. Eine Überraschung jagte die nächste. Kaum konnte Don sie aus der Schusslinie nehmen, fiel dem Staatsanwalt ein neuer Schachzug ein.

»Surprise, surprise«, flüsterte sie schläfrig. »Was unser Prozess so alles zutage fördert. Hattest du wirklich keine Ahnung, dass Alison von dir schwanger war?«

»Nein. Wir haben nur eine Nacht zusammen verbracht. Doch die ist unvergesslich.«

»Und warum hast du dich dann mit Mom eingelassen, wenn Alison so unvergesslich war?«

Ben schwieg. Er getraute sich nicht zuzugeben, dass es Carolines Sex-Appeal war, der ihn verwirrt hatte. Solche Frauen kannte er aus seinem Umfeld nicht.

Hätte er gewusst, dass Alison von ihm schwanger gewesen war ... er hätte sich für Alison entschieden. Keine Frage.

Wie war er traurig gewesen, als sie Harvard plötzlich verlassen hatte. Ohne sich von ihm zu verabschieden. Daher war er überzeugt gewesen, dass sie ihn nicht geliebt hatte und seine Gefühle für sie verdrängt. Und Caroline um ihre Hand gebeten. Was für ein Esel war er doch gewesen.

Lilly blickte ihn herausfordernd an: »Also?«

»Caroline hatte eine Art, die einen jungen Mann verwirren konnte. Ich war nie vorher einer Frau begegnet, die mich mit einer koketten Bewegung alles vergessen ließ. Wenn ich ihre roten Lippen sah, dachte ich nur mehr ...«

»Was?«, fragte Lilly keck nach.

»Nichts, was ich ihrer Tochter erzählen möchte«, und Ben beendete das Gespräch mit einem Kuss auf Lillys Lippen. Die ihn übrigens genauso reizten. Als er diese erneut küssen wollte, sagten die schönen Lippen: »*October Surprise,* wieder einmal im Wahlkampf. Was sagst du zu den neuerlichen Anschuldigungen gegen Hillary?«

Ben war nicht überrascht, dass sich Lilly trotz ihrer prekären Lage noch für den Wahlkampf interessierte.

»So etwas bleibt uns wohl bei keiner Präsidentenwahl erspart. Jedes Mal wird kurz vor dem Wahlgang alles durcheinandergewirbelt. Ich denke, hier sind Kräfte am

Werk, die Hillary verhindern möchten«, meinte er ernst.

»Ja, das glaube ich auch. Warum sonst sollte der FBI Chef gerade in der heißen Phase die E-Mail-Affäre erneut aufrollen? Er hatte im Sommer festgestellt, dass keine strafbare Handlung vorlag, weil Hillary als Außenministerin ihre Mails von einem privaten Server abschickte.«

»*FBI Chef Comey* ist Republikaner, er hat in den letzten Wahlen immer die republikanischen Kandidaten unterstützt.«

»Aber er ist FBI Chef, da darf er sich auf keine Seite stellen, muss neutral handeln. Das ist seine Aufgabe«, ereiferte sich Lilly.

»Ja, das sollte er. Doch wenn´s der Partei hilft ...«

»Denkst du, es könnte sie die Präsidentschaft kosten?«

»Nein, wer wird schon Trump wählen?«, lachte Ben.

»Mehr Menschen, als wir uns das vorstellen können«, orakelte Lilly.

»Mal nicht den Teufel an die Wand. Hillary wird es schaffen. So wie wir. Wir werden den Prozess gewinnen.«

»Dein Wort in Gottes Ohr«, und Lilly schmiegte ihre Wange an die seine. »Du solltest dich rasieren«, lächelte sie.

»Jetzt gleich?«, fragte er rau.

»Nein, das kann warten«, und sie rutschte unter Ben auf das Sofa und streckte sich aus. »Komm«, flüsterte sie und zog ihn an seiner Krawatte zu sich.

»Ich rufe Caroline Warden als Zeugin der Verteidigung in den Zeugenstand«, verkündete Don Montag morgens nach einem arbeitsintensiven Wochenende mit Doc Carter. Einige überraschte Rufe aus dem Publikum sowie erstaunte Blicke von der Staatsanwaltschaft und dem Richter.

»Zum Richtertisch«, erscholl die Stimme Richter Clarks.

»Herr Anwalt, zuerst hatten Sie keine Fragen an die Zeugin, jetzt doch?«

»Ja, es haben sich im Prozessverlauf ein paar Dinge ergeben, auf die nur Caroline Warden eine Antwort hat und die meine Mandanten entlasten könnten.«

»Herr Staatsanwalt, erheben Sie Einspruch dagegen?«

Kurz überlegte Barlowe, was für ihn vorteilhafter wäre. Er wollte sich allerdings nicht Parteinahme vorwerfen lassen, also stimmte er zu.

»Danke Euer Ehren«, meinte Don zuversichtlich.

»Caroline Warden, Sie sind hier zuerst als Zeugin der Anklage aufgetreten, obwohl Sie die Ehefrau von Ben Warden und die Mutter von Lilly Warden sind«, begann er anklagend. »Ist das richtig?«

»Ja, das ist richtig«, lächelte sie selbstbewusst. Sie sah umwerfend aus in dem hellgrünen Chanel-Kostüm, welches das Grün ihrer Augen unterstrich und sie strahlen ließ. Er hatte die männlichen Geschworenen beobachtet, während sie vom Staatsanwalt befragt worden war. Mehr als einer hatte sich über die Lippen geleckt. Er musste ihre

Glaubwürdigkeit ordentlich erschüttern, sonst war sie der Sargnagel für Lilly und Ben.

»Finden Sie das in Ordnung, dass Sie gegen Ihre eigene Familie aussagen?«

»Na, wenn sie's doch getan haben«, meinte sie leichthin.

»Woher wissen Sie denn, dass sie ›es getan haben‹?«, fragte er freundlich lächelnd.

»Wer soll's denn sonst gewesen sein?«, antwortete sie schnippisch.

»Ja, wer sollte es sonst gewesen sein ...« Und schaute ihr eindringlich in die Augen. Du vielleicht?, überlegte er.

»Warum denken Sie, dass es die beiden waren?«

»Na ja, ich hab Ben an dem Abend erzählt, dass Rufus, ich meine Dr. Sommersby, Lillys leiblicher Vater ist. Da ist er wohl ausgeflippt. Bei seiner Affenliebe, die er für Lilly empfindet«, fügte sie giftig an.

»Warum hätte Ben Warden ausflippen sollen, wie Sie es formulieren, als er erfuhr, dass er nicht der leibliche Vater ist? Ja, es hat ihn verletzt. Aber deswegen einen Mord begehen? Wie kommen Sie darauf?«

»Es wird ihn geärgert haben, wie Rufus, ich meine, Dr. Sommersby Lilly behandelt hat. Und da werden die beiden«, und sie zeigte auf Ben und Lilly, »wohl einen Mordplan ausgeheckt haben.«

»Haben Sie Ihrem Mann von dem Übergriff auf Lilly erzählt?«

Sie blickte unsicher zu ihrem Freund Jimmy. »Weiß ich nicht mehr.«

»Mrs. Warden, Sie haben bei der Befragung durch die

261

Staatsanwaltschaft ausgesagt, dass Sie an besagtem Abend Ihren Mann telefonisch davon in Kenntnis gesetzt haben, dass nicht er Lillys leiblicher Vater sei, sondern Dr. Sommersby. Dass Sommersby versucht habe, Lilly zu vergewaltigen. Sie stellten es so dar, als habe eine besorgte Mutter bei ihrem Nochehemann angerufen. Gebe ich Ihre Aussage korrekt wieder?«

»Ja«, meinte sie gelangweilt.

»Ist es nicht so gewesen, dass Ben Warden SIE aus Sorge um Lilly angerufen hat, weil diese von einem Besuch bei Ihnen völlig verstört nach Hause gekommen ist? Wir haben hier Beweisstück zweiundzwanzig, die Telefonliste von Ben Wardens Anschluss, der klar belegt, dass er Sie an diesem Abend angerufen hat.« Don legte Caroline die Liste vor, auf der Bens Anruf gelb markiert war.

»Laut Ben Wardens Aussage haben Sie ihn lediglich mit der Tatsache vertraut gemacht, dass nicht er, sondern Dr. Sommersby Lillys Vater ist. Ihn gebeten, er solle Lilly über den wahren Vater aufklären. Hatten Sie nicht den Mut, es Ihrer Tochter selbst zu beichten?« Don blickte Caroline herausfordernd an, doch sie schaute nur gelangweilt an ihm vorbei und zeigte keinerlei Reaktion.

»Kamen Sie zum Abschluss des Gespräches auf Ihre Unterhaltszahlungen zu sprechen? Gaben Sie Ihrem Mann Ihre neue Kontonummer und Adresse bekannt?«

Wieder legte Don eine Pause ein, aber Caroline reagierte nicht. »Sehr besorgt können Sie also nicht gewesen sein. Weder um Lilly noch um Ihren Mann, wenn Sie in einem wie Sie sagen so brisanten Gespräch mit Banalitäten wie

Unterhaltszahlungen kamen. Das klingt in meinen Ohren nicht, als wäre Ben Warden wütend genug gewesen, einen Mord zu begehen. Denn wofür?«

Don blickte Caroline direkt an. »Wenn Mord, dann doch höchstens an Ihnen, nach den Forderungen Ihrer Unterhaltszahlungen«, lächelte er leicht.

Caroline studierte ihre schön manikürten Fingernägel, ignorierte Don vollkommen, auch das im Publikum aufkommende Gelächter.

Also fuhr er fort: »Hört sich das nicht alles eher nach einem normalen Gespräch an?«

»Wenn Sie das sagen«, meinte sie uninteressiert.

»Caroline Warden, ich weise Sie darauf hin, dass Sie hier unter Eid stehen und diese Befragung kein Kaffeekränzchen ist«, wies der Richter sie zurecht.

»Haben Sie Ihren Mann an dem Abend angerufen?«, bohrte Don nach.

»Nein.«

»Demnach stimmt die Aussage von Ben Warden, Sie an dem Abend angerufen zu haben.«

»Ja.«

»Hatten Sie bei dem Telefonat das Gefühl, dass Ben Warden wütend genug war, um einen Mord zu begehen?«, fragte Don nach.

»Nein«, gab sie kleinlaut zu.

»Warum denken Sie dann, dass Ben verantwortlich ist?«

»Wie schon gesagt, wer sollte es sonst gewesen sein?« Ein herausfordernder Blick traf Don.

»Er wird Lilly angestiftet haben, zu Sommersby zu fahren

und sich für den Übergriff zu rächen. Den Mord wie einen Unfall aussehen zu lassen, damit man auf Notwehr plädieren kann, sollte doch jemand Lilly verdächtigen. Sie kennt wahrscheinlich auch den Geheimgang, durch den man ungesehen in das Büro von Rufus gelangen kann«, grinste sie.

Don überlegte blitzschnell. Niemand hatte bisher von einem Geheimgang gesprochen. Wie also kam Caroline auf die Idee, der Mörder könnte über diesen Weg in Sommersbys Büro gekommen sein? Hatte sie deshalb keiner an dem Abend dort gesehen? Denn trotz Doc Carters intensiver Recherchen war es ihnen nicht gelungen, einen Zeugen zu finden, der Caroline am Tatort gesehen hatte.

Caroline spann in der Zwischenzeit ihre Theorie weiter. »Und dann wird Lilly ihn«, und dabei zeigte sie wieder einmal auf Ben, »angerufen haben, damit er die Spuren beseitigt. Ben ist ein gerissener Strafverteidiger, was kaum noch jemand weiß.« Ein hasserfüllter Blick auf Ben begleitete ihre Ausführung.

»Mrs. Warden, haben Sie Ben bei dem Telefongespräch erzählt, dass Dr. Sommersby Lilly unsittlich berührt hat? Ich bitte um die Wahrheit«, fügte er deutlich hinzu.

»Nein, ich habe es ihm nicht erzählt.«

»Warum behaupten Sie dann, er habe Lilly aus Wut über diesen Übergriff zu einem Mord angestiftet?«

»Einspruch«, kam es von der Staatsanwalt.

»Einspruch stattgegeben«, stellte der Richter klar.

Sie lächelte triumphierend. Was ist das doch für eine dumme Gans. Hat selbst Jura studiert und sieht nicht, worauf ich hinaus will, dachte er belustigt.

»Gut, fassen wir zusammen. Sie haben Ben Warden nicht über diesen Übergriff informiert. Nach Bens Aussage hat er erst NACH seiner Verhaftung von dieser Tatsache erfahren. Also müsste er andere Gründe für den Mord gehabt haben, oder?«

»Vielleicht hat Lilly es ihm in der Nacht beim Kuscheln erzählt«, giftete sie.

»Woher wissen Sie, dass Ben in jener Nacht mit Lilly ›gekuschelt‹ hat?«

»Wie gesagt, Lilly hat mir erzählt, dass sie miteinander geschlafen haben«, keifte sie, anklagend in die Richtung der Angeklagten blickend.

Alle blickten kopfschüttelnd auf Lilly und Ben.

»Sind Sie sicher, dass Sie diese Tatsache durch Lilly erfahren haben? Wir werden Lilly später im Zeugenstand hören, aber ich kann jetzt schon verraten, dass sie vehement bestreitet, Ihnen davon erzählt zu haben.«

»Vielleicht habe ich es in der Zeitung gelesen«, meinte sie lapidar.

»In der Zeitung?«, fragte Don gedehnt. »Also, ich habe das vor Ihrer Befragung hier im Gericht durch den Staatsanwalt in keiner Zeitung gelesen. Denken Sie nicht, die Medien hätten so ein Thema ausgeschlachtet?«

Was sie nach Carolines erster Aussage dem Staatsanwalt gegenüber auch reichlich getan hatten. Bis heute rissen die bösartigen Kommentare nicht ab, die den beiden ein Mordkomplott im Liebesrausch andichteten.

Achselzucken von Carolines Seite. »Ich weiß es eben«, fügte sie an.

Ja, weil du im Haus warst und die beiden beobachtet hast, dachte sich Don. Sollte er sie jetzt schon für diesen Besuch festnageln? Nein, entschied er. Es war besser, zuerst ein Motiv für einen Mord an Sommersby von ihrer Seite herauszuarbeiten und danach zu beweisen, dass sie die Möglichkeit gehabt hätte, den Füller zu entwenden.

»Wenn Sie das sagen ... Allerdings, wenn Ben und Lilly die Nacht ›kuschelnd‹ miteinander verbracht haben ... wann haben sie dann den Mord begangen? Was meinen Sie?« Wieder lächelte er leicht überheblich.

»Einspruch. Suggestive Frage.«

»Stattgegeben.«

Erneut ihr triumphierendes Lächeln. Warte nur, es wird dir noch vergehen, grinste Don innerlich.

»Mrs. Warden, warum haben Sie Lilly genau an dem Abend erzählt, dass Ben Warden nicht ihr leiblicher Vater ist?«

»Weil sie aufgelöst von der Uni kam und von dem Übergriff durch Rufus berichtete. Ich war erbost und wollte sie schützen.«

»Wenn Sie sie schützen wollten, warum haben Sie ihr dann nicht erzählt, dass Dr. Sommersby ihr Vater ist? Ich kann keinen Zusammenhang erkennen, zwischen dem Wunsch, Ihre Tochter schützen zu wollen und dem Umstand, dass Sie Lilly nur halb aufgeklärt haben. Sie haben ihr lediglich mitgeteilt, dass Ben Warden nicht ihr leiblicher Vater sei. Dass Sommersby der eigentliche Vater war, wussten bis zu diesem Zeitpunkt nur Sie.« Don legte eine kleine Pause ein.

»Ben hat diese Tatsache nur erfahren, weil ER bei Ihnen

nachgefragt hat. Wie also wollten Sie Ihre Tochter schützen?«
Caroline schaute an ihm vorbei.

»Wie hätte der Sachverhalt von dem Übergriff auf Lilly und die wahre Vaterschaft eine Rolle bei dem Mord spielen können, wenn immer nur eine Person davon gewusst hat?«

»Sie werden es sich gegenseitig im Bett erzählt haben«, meinte sie schnippisch.

»Sie meinen, während Ben und Lilly miteinander ›gekuschelt‹ haben, wie Sie das so hübsch formulierten, haben sich die beiden darüber unterhalten, wer Lillys Vater ist und Lilly hat von dem Übergriff berichtet. Und da haben Lilly und Ben Warden beschlossen, Sommersby zu ermorden. Ein interessantes Liebesgeflüster«, lächelte er.

Lachen auch im Saal.

»Was flüstern Sie denn so mit Ihrer neuen Liebe, dem Fitnesstrainer Jimmy, beim Liebesspiel?«

»Einspruch. Frage nicht relevant.«

»Ich ziehe die Frage zurück, Euer Ehren.«

Das Publikum schmunzelte, Caroline schaute ihn giftig an.

»Kann es sein, dass Sie sich um Lilly sorgten, weil Sie Angst vor ihrer Reaktion hatten?«

»Ja, ich hatte Sorge, dass Lilly Rufus etwas antun könnte. Ich kenne ja ihr Temperament, eine Wildkatze wie ich«, kicherte sie.

»Sie meinen also, SIE hätten Sommersby etwas antun können?«

»Nein, nicht ich. Ich vermutete, Lilly wäre in der Lage dazu«, antwortete sie hastig.

»Haben Sie deshalb nicht den Mut aufgebracht, Ihrer Tochter die ganze Wahrheit zu erzählen? Obwohl Sie wussten, welcher Mensch Sommersby war? Ein Mann, der seiner eigenen Tochter zu nahe treten wollte.«

»Ja«, und sie schaute schuldbewusst zu Boden.

Was für eine Heuchlerin, dachte Don.

»Wovor hatten Sie Angst?«, fragte er leise. »Wenn Sie Lilly an dem Abend die Wahrheit über ihren leiblichen Vater erzählt hätten, hätte sich Lilly nie nur mit dem Wissen begnügt. Sie hätte wissen wollen, warum Sie von Sommersby schwanger waren. Stimmt das?«

Caroline nickte. »Ja, Lilly musste immer alles hinterfragen.«

»Hatten Sie Angst, dass Lilly herausbekommen könnte, dass Sommersby Sie ebenfalls als Studentin vergewaltigt hatte? Und Lilly noch mehr Grund gehabt hätte, Sommersby etwas anzutun?« Am Zucken ihres Mundes erkannte er, dass er ins Schwarze getroffen hatte. Er dankte Doc Carter still für seine ausgezeichnete Recherche.

»Einspruch. Relevanz.«

»Hohes Gericht, ich möchte lediglich aufzeigen, dass die Zeugin sehr wohl um das Wohlbefinden ihrer Tochter besorgt war und aus gutem Grund nur ihrem Mann von der wahren Vaterschaft erzählt hat. Sie kannte ihren Mann und war überzeugt, dass er Nachforschungen betreiben würde. Man Sommersby vielleicht so stoppen konnte, ohne dass Lilly je erfuhr, von ihrem eigenen Vater bedrängt worden zu sein.«

»Gut, fahren Sie fort.«

»Mrs. Warden, wir haben mehrere Frauen ausgemacht, die ebenfalls bei Dr. Sommersby studiert und eidesstattliche Erklärungen abgegeben haben, dass sie von Sommersby vergewaltigt wurden. Wir haben Alison Hart gehört, die uns erzählt hat, wie sie selbst vor mehr als zwanzig Jahren und ihre Tochter Lesley erst vor kurzem Opfer von Sommersby geworden sind. Kelly Preston und Deborah Williams haben uns Ähnliches geschildert. Ich bin überzeugt, wenn erst die Medien ausführlich über die Machenschaften Sommersbys berichten, werden sich weitere betroffene Frauen melden. Sommersby hat Sie doch als Studentin gefügig gemacht, nicht wahr?«, fragte er mitfühlend.

»Ja«, krächzte sie.

»Wollen Sie uns davon berichten?«

»Einspruch. Keine Relevanz für den Prozess«, schnaubte der Staatsanwalt verächtlich.

»Das sehe ich nicht so«, stellte Richter Clark fest. »Wenn Frau Warden von dem Toten in früheren Zeiten bedrängt worden war, hatte sie berechtigte Angst um ihre Tochter. Sommersby hätte sich weiterhin an Lilly vergreifen können. Mit dem Hinweis an ihren Mann hat sie diesem ein ausreichendes Motiv geliefert, seine Tochter zu schützen. Seine angebliche Tochter«, korrigierte sich der Richter.

Don hatte erreicht, dass er das Thema anschneiden durfte. Jetzt musste er nur vorsichtig sein, dass es nicht gegen seine Mandanten verwendet werden würde.

»Caroline«, sagte Don vertraulich und trat dicht vor sie. »Ich weiß, es ist nicht leicht, einen Übergriff zu schildern. Doch nur so können sich die Geschworenen ein Bild von

Dr. Sommersby machen und das Motiv Ihres Mannes und Ihrer Tochter verstehen.« Eine Gratwanderung, aber er musste es versuchen. Lilly schaute ihn entsetzt an, doch Ben nickte ihm zu.

Caroline senkte den Kopf. Leise begann sie zu sprechen. »Es war in meiner ersten Woche in Harvard. Nach der ersten Vorlesung bat mich Dr. Sommersby in sein Büro.«

»Lauter«, forderte sie der Richter auf. »Die Geschworenen können Sie nicht verstehen.«

Sie hob den Kopf. »Nach meiner ersten Vorlesung bei Dr. Sommersby befahl er mich in sein Büro. Ich hatte schon während der Vorlesung seinen Blick bemerkt, aber naiv wie ich war, mir nichts dabei gedacht und ihn arglos aufgesucht. Ich konnte gar nicht so schnell reagieren, da hatte er mich bereits gepackt und auf seinen Schreibtisch geworfen. Mir meinen Schlüpfer heruntergezerrt. Ich war starr vor Angst. Unfähig, mich zu wehren oder zu schreien. Er nahm mir brutal meine Jungfräulichkeit. Als er fertig war, meinte er zynisch, ich bräuchte es niemanden zu erzählen, denn es würde mir ohnedies keiner glauben. Und morgen wolle er mich wiedersehen. Ich bräuchte keinen Schlüpfer anzuziehen, dann gehe es schneller.«

Stille hatte sich im Gerichtssaal ausgebreitet. Sie tat ihm leid. Doch das nutzte nichts. Er musste beweisen, dass sie die Mörderin war. Ansonsten wanderten Lilly und Ben lebenslang hinter Gitter.

»In welchem Zeitraum haben die Übergriffe stattgefunden?«

»Während des gesamten Studiums«, sagte sie tonlos.

»Taten Sie es freiwillig?«

»Was glauben Sie …«

»Einspruch. Die Zeugin wird in ihrer Würde verletzt.«

»Euer Ehren, so schwer es mir fällt. Aber wir müssen beweisen, dass Mrs. Warden keine Chance hatte, sich dagegen aufzulehnen. Nur so können wir die Tragweite erfassen.«

»Einverstanden, fahren Sie fort.«

»Caroline, gingen Sie freiwillig zu Dr. Sommersby?«

Sie lachte hart auf. »Was heißt schon freiwillig? Natürlich wollte ich das nicht, anderseits …«

»Anderseits …?«, ermunterte er sie, weiter zu erzählen.

»Anderseits war ich nicht so gut im Studium. Am Anfang trieb mich die Angst vor ihm hin. Jeden Tag, den er mich bestellte. Ich ließ mich benutzen. Ekelte mich vor mir selbst. Dann beschloss ich, den Spieß umzudrehen. Gefälligkeiten von ihm zu verlangen. Ich lernte, wie ich ihn benutzen konnte. Sie haben ja keine Ahnung, wie Männer auf Blowjobs stehen«, verzog sie verächtlich das Gesicht.

Aufkommendes Gelächter im Saal.

»Ich bitte um Ruhe«, rief der Richter und schwang seinen Hammer, da sich die Zuschauer ob der Wortwahl Carolines nicht beruhigen konnten. »Fahren Sie fort, Mrs. Warden.«

»Eines Tages, ich denke, es war Anfang des dritten Semesters, erfuhr ich zufällig, dass er auch mit anderen Mädchen schlief. Jetzt wusste ich, warum er mich nicht mehr täglich sehen wollte. Ich stellte ihn zur Rede. Er lachte nur und sagte: ›Ja, du warst die Erste. Und nachdem das mit dir so wunderbar funktioniert hatte, probierte ich es bei anderen.

Und siehe da, alle sind sie gefügig.‹ Und grinste dreckig. Ich gab ihm eine kräftige Ohrfeige. Er fing meine Hand ab, nannte mich Wildkatze und warf mich auf den Boden. Vergewaltigte mich wieder. Ich fühlte mich so gedemütigt, da ich dachte, wir führten eine Beziehung. Wenn auch eine heimliche. Dann warf er mich aus dem Büro.«

Schweigen im Gerichtssaal. Don schaute zu Lilly und Ben. Lilly hatte Tränen in den Augen. Ben glaubte ihr diese Mitleidstour nicht. Er ebenfalls nicht.

»Caroline, haben Sie die Beziehung danach endgültig abgebrochen?«

»Nein«, antwortete sie beschämt.

»Warum nicht?«

»Er war mein Professor. Wie hätte ich das anstellen sollen?«, fragte sie mit treuherzigem Augenaufschlag.

»Caroline, wir wissen, dass Dr. Sommersby mehr als eine Studentin vergewaltigt hat. Wie unsere Recherchen ergeben haben, blieb es bei den meisten bei dem einen Übergriff, er wollte hautpsächlich seine Macht demonstrieren und seine Trophäensammlung vergrößern. Wenige Frauen zwang er öfter zum Beischlaf. Aber keine ließ sich das solange gefallen wie Sie.«

»Ich war ihm hörig«, flüsterte sie.

»Wie bitte?«, hakte Don nach. »Sie waren ihm hörig? War es nicht viel mehr so, dass er Ihnen hörig war?« Hoffentlich hatte Doc Carter richtig recherchiert, ansonsten ging seine Strategie jetzt baden.

Ein empörter Aufschrei im Publikum.

»Einspruch«, donnerte es von der Anklagebank.

»Abgelehnt«, sagte der Richter trocken.

Don überlegte, ob Richter Clark seine Taktik bereits erkannt hatte und ihm folgte.

»Caroline, wir haben eine eidesstattliche Aussage von einer ehemaligen Kommilitonin von Ihnen, die bezeugt, dass Sie ihr versprochen hatten, Dr. Sommersby könnte sie vor dem Durchfallen bewahren. Dass Sie« – und er zeigte theatralisch auf Caroline, »die junge Dame höchstpersönlich in Dr. Sommersby Büro brachten. Ihr verspracht, es werde ihr nichts passieren. Dr. Sommersby wolle nur ein bisschen fummeln und küssen. Sie würden aufpassen. War das so?«

»Ja«, und sie warf den Kopf in den Nacken. »Was war dabei? Diese dumme Pute hat ihr Studium geschafft und ist heute Richterin.«

»Sie ist heute Richterin, weil sie mit Dr. Sommersby geschlafen hat?«, sagte Don gedehnt.

»Ja, da laufen einige herum.«

Unruhe im Saal. Gott sei Dank hatten sie einen männlichen Richter, so konnte man dem keine Befangenheit vorwerfen.

»Sie meinen, Sie haben Dr. Sommersby nicht nur einmal eine Kommilitonin zugeführt?«

»Nein, wir hatten unseren Spaß. Zu schauen, welche ihm gefiel. Natürlich fragte ich nicht die wirklich Hübschen, schließlich wollte ich ihn für mich behalten.«

Auflachen im Saal. Caroline blickte erschrocken auf. Sie bemerkte ihren Fehler zu spät.

»Caroline Warden, Sie geben zu, von Dr. Sommersby gefügig gemacht worden zu sein und ihm Kommilitoninnen zum Vollzug für Geschlechtsverkehr zugeführt zu haben?«

Sie nickte verschämt. Was für ein Luder. Die perfekte Bordellmutter, ging es Don durch den Kopf.

»Dann wurden Sie schwanger. Wessen Idee war es, Ben Warden als Vater auszugeben?«

»Dr. Sommersbys. Er meinte, bei Ben hätte es sein Kind gut. Außerdem wäre der blöd genug, den Betrug nicht zu durchschauen. So gierig wie er nach mir war«, lächelte sie selbstzufrieden.

Ben lief rot an, ballte seine Fäuste.

»Ging Ihre Beziehung mit Dr. Sommersby nach der Hochzeit weiter?«

»Ja, er hatte mich in der Hand. Würde ich ihm nicht weiterhin gefügig sein, würde er meinem Mann die Wahrheit erzählen. Würde seine Vaterschaft allerdings abstreiten.«

»Das ist lächerlich. Und das wissen Sie. Ein Vaterschaftstest hätte jederzeit bewiesen, wer der Vater ist. Damit wäre seine Karriere beendet gewesen. Folglich hatte ER kein Druckmittel. SIE dagegen schon.«

»Ja, und? Ich wollte mich nicht schwängern und dann abschieben lassen. Was dachte der sich eigentlich? Nannte mich Walross, als ich mit Lilly schwanger war.«

»Also erpressten Sie ihn mit seiner Vaterschaft.«

»Ja. Doch er sah das nicht als Erpressung. Es war mehr ein Spiel zwischen uns beiden. Wir liebten uns.«

»Hat er Ihnen das gesagt?«

»Nein, aber als Frau spürt man so etwas.«

»Denken Sie, dass Ihr Mann Bescheid wusste? Und eifersüchtig war?«

»Ich denke nicht, der war mit seinen Geliebten

beschäftigt.«

»Er hatte also keinen Grund, auf Dr. Sommersby eifersüchtig zu sein?«

»Nicht das ich wüsste. Wie gesagt, mein Mann hatte zahlreiche Affären. Er betrog mich während unserer ganzen Ehe.«

»Wie Sie ihn, oder nicht?«

Sie lächelte dümmlich.

»Es gab somit keinen Grund für Ben Warden, Sommersby etwas krummzunehmen, das einen Mord rechtfertigen würde?« Don legte eine kleine Pause ein.

Als Caroline nicht antwortete, führte er seine Gedankengänge weiter. »Ist es nicht viel mehr so, dass SIE wütend auf Sommersby waren, weil er die Beziehung mit Ihnen beendet hat? Dafür Ihre Tochter begehrte? Obwohl Lilly seine leibliche Tochter war? Er vor nichts zurückschreckte, um sein Ego zu befriedigen? Sie sich zurückgesetzt fühlten, nicht nur von Ihrem Mann, sondern auch von Ihrem langjährigen Liebhaber, weil beide Ihre Tochter bevorzugten? Sie ihn aufsuchten und zur Rede stellten? Aber er erneut in sein altes Rollenbild verfiel und Sie vergewaltigte?

Wie sieht es aus, wenn wir Ihren Körper untersuchen? Werden wir Schnittwunden an Ihrem Rücken finden, verursacht durch das zersplitternde Glas von der Brille? Auf die er Sie geworfen hat? Auf seinem Schreibtisch? Sie wieder mit Gewalt nahm? Und Sie in dem Moment erkannten, dass nicht Sie mit ihm, sondern er mit Ihnen gespielt hatte? All die Jahre?«

Wie ein Stakkato waren seine Fragen auf Caroline eingeprasselt. Sie tat ihm leid. Unendlich. Was für ein verpfuschtes Leben.

»Ja, ja, ja. Ich war dort. Wollte mit ihm reden. Ihn bitten, Lilly in Ruhe zu lassen. Doch er lachte nur. Wollte mich und sie. Und ja, er warf mich auf den Schreibtisch. Aber er hat mich nicht vergewaltigt. Ich habe freiwillig mitgemacht. Als ich ging, lebte er noch. Ich habe nichts mit seinem Tod zu tun. Wir haben uns geliebt.« Sie brach in Schluchzen aus.

Er ließ ihr Zeit. »Lassen Sie uns die Punkte zusammenfassen, die für ein Mordkomplott von Ben und Lilly Warden sprechen.« Er drehte sich in Richtung der Geschworenen. Hoffentlich funktioniert mein Plan, flehte er.

»Sie sind am Todestag zu Dr. Sommersby in sein Büro gefahren. Das war nach dem Telefongespräch mit Ihrem Mann, so gegen zwanzig Uhr. Sie brauchen von Ihrem neuen Zuhause circa zwanzig Minuten, um nach Harvard zu kommen. Sie schlichen den Geheimgang entlang in sein Büro, denn es hat Sie niemand gesehen, obwohl reger Betrieb herrschte. Also müssen Sie den Hintereingang mit dem direkten Zugang genommen haben, den auch ich als Student gerne entlang gelaufen bin. Allerdings nicht zu Dr. Sommersby«, lächelte er.

Das Publikum stimmte in sein Lachen ein.

»Ist das soweit korrekt?«

»Ja.«

»Danach haben Sie Sommersby gebeten, die Übergriffe auf Lilly einzustellen und dafür mit ihm geschlafen. Korrekt?«

Sie nickte nur.

»Als Sie wieder gingen, war Dr. Sommersby am Leben, wie Sie behaupten. Sie wissen, Sie stehen hier unter Eid, ja?« Er schaute prüfend auf Caroline.

Leicht zuckten ihre Augenlider. Doch sie nickte.

»Wie lange waren Sie ungefähr bei Sommersby?«

»Circa fünfzehn, zwanzig Minuten.«

»Ein schneller Liebesakt, wenn man bedenkt, dass sie sich geliebt haben. Und in der kurzen Zeit noch über Lilly gesprochen haben«, merkte er sarkastisch an.

»Wie hat Dr. Sommersby auf die Vorhaltungen reagiert? Dass er seine leibliche Tochter zum Sex zwingen wollte?«

»Ich ... ich habe ihn nicht darauf angesprochen. Ich wollte einfach nur, dass er Lilly in Ruhe lässt.«

»Interessant. Da wird Ihre Tochter von ihrem leiblichen Vater sexuell bedrängt und Sie sprechen ihn nicht auf diese Tatsache an? Eigenartig.«

Ob er so Zweifel an Caroline schüren konnte? Würde eine Mutter nicht unbedingt darauf reagieren? Oder hasste Caroline Lilly so sehr, dass sie ihr das antun würde? Viele Gedanken schwirrten durch Dons Kopf, doch er riss sich zusammen. Er musste sich konzentrieren. Alles hing von den nächsten Minuten ab.

»Sie waren demnach so gegen zwanzig Uhr zwanzig in seinem Büro und haben es gegen zwanzig Uhr vierzig plus minus fünf Minuten wieder verlassen. Könnte das zeitlich hinkommen?«

Don überlegte. Vermutlich wurde Carolines Auto von Alison Hart gegen einundzwanzig Uhr beim Wegfahren vor Bens Haus gesehen. Das konnte von der Zeit her passen, wenn sie von *Cambridge* nach *Beacon Hill* über den *Broadway* und die *Longfellow Bridge* gefahren ist. Am späten Abend war da kaum Verkehr.

»Ja«, sagte Caroline und bekräftigte das ›Ja‹ mit einem Kopfnicken.

»Laut Obduktionsbefund wurde Dr. Sommersby zwischen zwanzig und zweiundzwanzig Uhr ermordet. Unmittelbar während einer Ejakulation. Wie erklären Sie sich das?«

»Keine Ahnung. Dann muss Lilly«, und sie zeigte mit ausgestrecktem Finger auf ihre Tochter, »unmittelbar nach mir bei Rufus gewesen sein.«

»Mom«, rief Lilly aufgebracht.

Empörtes Murmeln im Saal.

»Sie behaupten also, dass nach Ihnen Lilly das Büro von Dr. Sommersby betreten haben könnte, um ihn zu ermorden. Lilly könnte sogar mit ihm geschlafen haben. Leider wurde der abgeschnittene Geschlechtsteil von Dr. Sommersby noch nicht gefunden, um festzustellen, ob sich darauf verschiedene DNA-Spuren befinden. Sicher ist nur, dass ihm der Teil post mortem abgetrennt wurde. Ungefähr zwei Stunden nach dem Mord. Wo waren Sie da übrigens?«

»Eh, wann genau?«

»Einspruch. Nicht relevant, wo sich die Zeugin zu dieser Zeit aufgehalten hat.«

»Stattgegeben.«

»Wo fuhren Sie nach dem Besuch bei Dr. Sommersby hin?« Don ließ sich durch den Einspruch nicht von seinem Weg abbringen.

»Nach Hause.«

»Eigenartig. Ihr Freund hat mir gegenüber erklärt, dass er Sie bis Mitternacht telefonisch nicht erreichen konnte, obwohl Sie mit ihm verabredet waren.«

»Missverständnis unter Liebenden. Haben wir schon geklärt. Zuerst war ich unter der Dusche, dann bin ich eingenickt. Soll vorkommen«, lächelte sie entschuldigend zu ihrem Freund. Der nickte.

»Sie wissen, dass Jimmy ein Zeuge der Verteidigung ist? Ich werde ihn später aufrufen und er wird uns unter Eid bestätigen müssen, dass er Sie schlafend zu Hause im Bett aufgefunden hat. Auf Meineid stehen ein paar Jahre Gefängnis«, lächelte er spöttisch in Richtung Jimmy.

Der rutsche unruhig auf seinem Sessel hin und her. Don hatte ihn nicht auf der Zeugenliste. Aber das wusste Caroline nicht und die Wirkung seiner Worte zeigte ihm, dass er nicht ganz daneben lag mit seiner Behauptung.

»Sie fuhren also nach dem Besuch bei Sommersby nach Hause. Hielten es nicht für notwendig, Lilly oder Ihren Mann darüber aufzuklären, welcher Mensch hinter Sommersby steckte und wie gefährlich er für Lilly werden konnte. Sie legten sich seelenruhig ins Bett. Wohl, um sich von Ihrem schnellen Liebesakt mit Sommersby zu erholen«, meinte er spöttisch.

Caroline nickte bekräftigend mit dem Kopf.

»Sie gehen vielmehr davon aus, dass Lilly und Ben Ihren ehemaligen Liebhaber aufsuchten und ihn ermordeten. Obwohl sich die beiden noch nicht gegenseitig ins Bild gesetzt hatten über IHRE und Sommersbys Machenschaften. Demnach kein Grund vorhanden war, ein Mordkomplott auszuführen.«

»Wie wollen Sie sicher sein, dass die zwei sich nicht schon alle Geheimnisse anvertraut hatten?«, unterbrach sie ihn barsch.

Der Richter schaute interessiert auf. Es kam selten vor, dass eine Zeugin ungefragt Fragen stellte.

»Ich weiß es nicht hundertprozentig. Aber ich vertraue der Aussage der beiden, dass sie in dieser Nacht nicht darüber gesprochen haben, wer Lillys Vater ist. Und Lilly erzählte nichts von dem Übergriff. Sie waren anderweitig beschäftigt. Haben gerade ihre Liebe füreinander entdeckt und ...«

Raunen im Publikum.

»Ja, ich weiß«, kicherte sie.

»Sie wissen?«, fragte er mit hochgezogenen Brauen.

»Ich ... nein ... Ich habe nur davon gehört. Wie gesagt, wahrscheinlich habe ich es aus der Zeitung erfahren.«

Sie war dort gewesen. Sie konnte es von niemanden wissen, das hatte er geklärt. Er musste sie nur dazu bringen, das zuzugeben. Er beschloss, sie direkt mit der Tat zu konfrontieren. Zweifel bei den Geschworenen hatte er bereits geweckt.

»War es nicht vielmehr so, dass Sie an dem Abend zu Bens Haus gefahren sind, um ihn zu sprechen? Ihr Auto wurde von Nachbarn in der Straße gesehen. Und war es nicht Ihr gelber Sportwagen, der Alison Harts Limousine fast gerammt hätte? Caroline Warden, wir haben eindeutige Beweise, dass Sie nicht nur zur Tatzeit in Dr. Sommersbys Büro waren, sondern auch im Haus Ihres Nochehemannes. Leugnen ist zwecklos.«

»Einspruch«, kam es von der Staatsanwalt. »Keine

Relevanz zum Fall. Ob Frau Warden ihren Exmann besuchen wollte oder nicht, hat nichts mit der Ermordung von Dr. Sommersby zu tun.«

»Herr Anwalt?«, richtete der Richter seine Augen auf Don.

»Hohes Gericht, ich werde beweisen, dass die Anwesenheit der Zeugin Caroline Warden im Haus ihres Ehemannes sehr wohl relevant für diesen Fall ist. Aber dazu muss ich die Möglichkeit bekommen, meine Darstellung weiter auszuführen und die Zeugin zu befragen.«

»Fahren Sie fort, Herr Anwalt.«

»Caroline Warden. War es nicht so, dass Sie Dr. Sommersby in Notwehr die Schere, die Sie blindlings am Schreibtisch greifen konnten, auf dem er Sie festhielt und vergewaltigte, in den Rücken rammten? Weil Sie nicht erneut benutzt werden wollten von diesem Mann? Sie sein wahres Gesicht erkannten? Und keineswegs freiwillig mit ihm schliefen, wie Sie uns das glauben machen wollen. Dass Dr. Sommersby erschrocken über Ihren Angriff von Ihnen gelassen hat, Sie ihn wegschubsten und er unglücklich auf den Rücken fiel? Die Schere sich von hinten in sein Herz bohren konnte? Dass der Mord nicht geplant war, sondern im Affekt passiert ist?

Sie nach der Tat zu Ben Warden fuhren, weil Sie sich Beistand von ihm erwarteten? Weil Sie wussten, dass er ein brillanter Strafverteidiger ist und Sie hofften, er würde Sie aus der Sache herausboxen? Es als Notwehr darstellen? Was es zu diesem Zeitpunkt noch war.«

Don blickte sie angriffslustig an. Auch er hatte mit ihr geschlafen, worauf er nicht stolz war. Aber als ihn Lilly wieder einmal abblitzen ließ und sie sich ihm dafür anbot, hatte er zugegriffen. Während der letzten Weihnachtsfeier im Büro, als nebenan *Jingle Bells* gesungen wurde, hatte er sie auf seinem Schreibtisch gevögelt. Schnell und hart. Nicht einmal die Länge des Liedes ... Sie hatte zuvor seinen traurigen Blick gesehen, als Lilly sich von ihm abgewandt hatte. Caroline hatte ihn an der Hand genommen und in sein Arbeitszimmer gezogen. Sei nicht traurig, hatte sie zu ihm gesagt, Lilly liebt nur ihren Vater. Sich lasziv auf seinen Schreibtisch gesetzt, ihr Kleid hochgeschoben und die Beine provokant gespreizt. Sie trug keinen Slip, nur halterlose Strümpfe. Da konnte er nicht anders ...

Er versuchte, nicht daran zu denken. Wenn sie das zur Sprache brachte, war es vorbei. Dann wurde er als befangen abgelehnt und die mühsam aufgebaute Verteidigung brach in sich zusammen. Die Zeugin Wellington war sich zwar sicher, Carolines Wagen gesehen zu haben. Bei der Befragung durch Doc jammerte sie allerdings herum, dass sie nichts mit dem Gericht zu tun haben und Caroline nicht schaden wolle. Wenn er diese Zeugin aufrufen musste, würden sie verlieren. Gut, dass der Staatsanwalt bei Alisons Verhör auf den Sportwagen gekommen war.

Caroline ließ sich von seinem Blick verunsichern.

»Caroline«, sagte er eindringlich. »Wollen Sie uns nicht die Wahrheit sagen? Ihr Gewissen erleichtern? Wir haben einen verlässlichen Zeugen, der nicht nur Ihr Auto gesehen hat, sondern auch Sie, wie Sie den Hausschlüssel unter dem Stein in der Blumenrabatte hervorgeholt haben und damit ins Haus sind. Der Zeuge hat sich nichts dabei gedacht, denn es war ja

Ihr Haus. Er vermutete vielmehr, dass Sie Ihren Schlüssel vergessen hatten.« Fest richtete er seinen Blick auf sie, bohrte sich richtiggehend in ihre Augen. Hoffentlich hatte Mrs. Wellington richtig gesehen. Ein Versuch war es auf alle Fälle wert.

»Wollten Sie sich Hilfe bei Ben holen? Sie haben aus Notwehr zugestochen, weil Sommersby Sie erneut vergewaltigt hat. Caroline, war es nicht so?«, flüsterte er direkt vor ihrem Gesicht.

»Einspruch«, bellte Barlowe. »Suggestive Fragen.«

»Abgelehnt«, donnerte der Richter.

»Caroline, was ist im Haus geschehen? Was hat Sie veranlasst, Bens goldenen Füller zu nehmen und das Skalpell? Sie wussten, dass Ben das Skalpell in seinem Arbeitszimmer aufbewahrte. Immer wieder hat er von dem spektakulären Fall gesprochen, in dem er einen Chirurgen den Hals gerettet hatte, der angeblich mit diesem Skalpell seine Frau ermordet hatte. Caroline, sprechen Sie mit mir. Was ist geschehen, dass Sie Ben für den Tod an Dr. Sommersby verantwortlich machen wollen? Dass Sie an den Tatort zurückkehrten, den Füller von Ben deponierten und Dr. Sommersby seine Männlichkeit abschnitten?«

Caroline verzog das Gesicht.

»Caroline, wenn Sie jetzt nicht die Wahrheit sagen, in Bens Haus gewesen zu sein, wird das Gericht Sie wegen Behinderung anklagen. Dafür steht Gefängnis. Ich kann beweisen, dass Sie an jenem Abend dort waren.«

Nichts konnte er beweisen. Doch das musste sie nicht wissen.

»Ich gebe zu, dass ich an dem Abend bei Bens Haus war. Ich wusste nicht, dass Lilly da sein würde. Ich wollte mit Ben klären, was wir gegen Sommersby unternehmen könnten, damit der Lilly in Ruhe lässt, ohne dass es an die große Glocke gehängt und jeder über meine Tochter herziehen würde.

Also fuhr ich zu ihm nach Hause. Läutete. Aber niemand öffnete. Dabei sah ich schwaches Licht aus den oberen Stockwerken. Wahrscheinlich hat er eine seiner Gespielinnen eingeladen, überlegte ich. Ich hatte meinen Schlüssel am Abend zuvor dagelassen, wusste allerdings, wo der Ersatzschlüssel lag. Und schlüpfte damit ins Haus. Aus einem der Schlafzimmer klangen mir vertraute Laute ans Ohr. Also doch, dachte ich. Er konnte es nicht erwarten und lädt sich schon die erste Schlampe ein. Ich schlich die Treppe hinauf. Die Laute kamen aus Lillys Zimmer. Verwundert blieb ich stehen. Ich wusste nicht, dass Lilly einen Freund hatte. Schon wollte ich umdrehen, denn es stand mir nicht danach, Lilly beim Liebesspiel zu beobachten. Da hörte ich Bens Stimme. ›Lilly, du bist so wunderschön. Du hast keine Ahnung, wie glücklich du mich machst.‹

Es traf mich wie ein Schlag. So weich kannte ich seine Stimme nicht. Neugierig trat ich leise an die nur angelehnte Tür und spähte hinein. Und sah Ben, wie er über Lilly kniete und ... und sie zärtlich liebte. Hingebungsvoll und liebevoll. Nie war er zärtlich oder liebevoll zu mir. Nahm mich nur zur Befriedigung seiner Lust. Aber bei Lilly ...«

Das überraschte Geflüster im Publikum über diese Darstellung verebbte schnell, man wollte nichts von dem Gesagten versäumen.

Tränen liefen über Carolines Gesicht. Sie schrie fast, als sie weiter erzählte. »Sein Gesicht strahlte so viel Liebe aus. Liebe. Pure Liebe. Eine Liebe, die er mir nie gezeigt hat.«

Don unterbrach sie kalt. »Lag das nicht auch daran, dass Sie ihn nie geliebt und nur aus Kalkül geheiratet haben? Um einen respektablen Vater für Ihre Tochter zu haben?« Sie war berechnend, dachte er, eiskalt dabei.

Laut fuhr er fort: »Und als Sie die beiden beim Liebesspiel beobachteten, kam Ihnen der Gedanke, Sie könnten doch Ben mit der ganzen Sache belasten. Nahmen den goldenen Füller, der wie immer in der Vorhalle auf dem Tisch mit der Post lag, holten aus Bens Arbeitszimmer das Skalpell und fuhren damit zum Tatort zurück. Wollten Sie sich an Ben rächen? Für alles, was er Ihnen in Ihrer Ehe angetan hatte? Dass er Sie nie geliebt hat, dafür Lilly? Ihm den Mord in die Schuhe schieben?« Immer leiser war er bei seinen Ausführungen geworden, man hätte eine Stecknadel im Gericht fallen hören können, so still war es.

Dicht bei Caroline stehend fuhr Don fort: »Ist es nicht so, dass Dr. Sommersby sterben musste, weil er versucht hatte, SIE erneut zu vergewaltigen, es nicht um den Übergriff auf Lilly ging? Die gefundenen DNA Spuren stimmen zu fünfzig Prozent mit Lilly überein. Was nicht verwunderlich ist, denn sie ist mit Ihnen verwandt. Wenn wir die DNA Spuren aus den Kratzwunden von Sommersbys Wangen mit Ihren vergleichen, werden wir eine hundertprozentige Übereinstimmung bekommen?«

Er war überzeugt, dass dies der Fall sein würde. Er musste sie überführen, dazu bringen, die Wahrheit zusagen, damit überhaupt gegen sie ermittelt werden würde.

Caroline war bei Dons Worten aschfahl geworden. Sie saß in der Falle. Er konnte zwar nichts von seinen Behauptungen beweisen, aber ihr Gesichtsausdruck sagte ihm, dass er richtig lag.

Eine Weile starrten sie sich an. Er konnte ihrem Gesicht ablesen, wie widersprüchliche Gefühle mit ihr kämpften. Sollte sie das Unmögliche versuchen, um ihre Haut zu retten? Da sprang sie plötzlich von ihrem Zeugenstuhl auf.

»Ja«, rief sie gehässig aus. »Ja. Ich habe Sommersby ermordet. Und Bens Füller am Tatort deponiert. Ich wollte ihn vernichten. Wollte beide vernichten. Sie haben mein Leben zerstört.« Und ihr ausgestreckter Zeigefinger deutete auf Ben und Lilly.

Der Tumult im Saal war unvorstellbar. Diese Wendung hatte keiner erwartet. Nicht einmal der Polizei war eingefallen, in Carolines Richtung zu ermitteln. Wie gut, dass sie Doc Carter engagiert hatten. Sein Riecher war genial und hatte wieder einmal ins Schwarze getroffen. Don war zufrieden.

Doch Lilly saß bleich auf ihrem Stuhl. Sie konnte nicht glauben, was ihre Mutter ihr angetan hatte. Bens Gesicht wirkte grau, seine Züge spiegelten das Entsetzen wider, das in ihm tobte. Seine Frau eine Mörderin. Und ihm wollte sie den Mord anhängen. Er konnte es nicht fassen.

»Meine Damen und Herren Geschworene, hohes Gericht, damit ist die Unschuld meiner Mandanten belegt. Ich fordere die Einstellung der Anklage wegen Mordes an Dr. Sommersby gegen Lilly und Ben Warden«, rief Don gegen den Lärm an.

Die ersten Journalisten liefen aus dem Saal, ihre Schlagzeilen vor sich hermurmelnd. Einige Zaungäste eilten ihnen nach, um die Neuigkeiten so schnell als möglich weiterzutragen.

»Ruhe im Saal«, donnerte die Stimme des Richters durch den Gerichtssaal.

»Die Anklage gegen Ben Warden und Lilly Warden wird mit sofortiger Wirkung aufgehoben. Die Angeklagten sind frei.« Lilly und Ben fielen sich um den Hals, küssten sich ungeniert und lachten befreit. Lillys Starre nach dem Geständnis ihrer Mutter löste sich. Don dachte bekümmert, dass es wahrscheinlich Jahre dauern würde, bis Lilly diesen Schock gänzlich überwunden hatte.

Währenddessen trat ein Detective auf Caroline zu, die verdattert im Zeugenstuhl saß. »Caroline Warden, ich verhafte Sie wegen Mordes an Dr. Rufus Sommersby.«

Während Caroline in Handschellen abgeführt wurde, rief sie Ben hasserfüllt zu. »Und dass du es weißt, Charles, dein guter Freund und Partner, Charles Spencer, ist Lillys Vater.«

»Lilly, stell dich hier her«, rief ein Fotograf vom *Boston Globe*, ein anderer »Lilly, nur ein Foto«. Ein Heer von Fotografen und Journalisten erwartete die beiden, als sie das Gerichtsgebäude verließen. Don wollte sie vorbei lotsen, aber Ben war bewusst, dass es klüger war, ein paar Fragen zu beantworten. Er brauchte die Öffentlichkeit, wenn er doch noch als Senator antreten wollte. Diese hatte die Wahrheit verdient, aus seinem Mund.

»Was sagen Sie zu der Wende im Prozess?«, »Haben Sie diese Wendung kommen sehen?«, »Werden Sie Ihre Frau verteidigen?«, stürmten die Fragen nur so auf Ben ein.

Er hob beschwichtigend den Arm. »Ich bin genauso überrascht wie Sie. Nie im Leben habe ich damit gerechnet, dass meine Nochehefrau eine Mörderin sein könnte. Eine Mörderin und Lügnerin, die Lilly und mich jahrelang betrogen hat. Zweiundzwanzig Jahre, um genau zu sein, hat sie uns belogen. Uns in dem Glauben gelassen, Vater und Tochter zu sein. Und zur Krönung wollte sie uns einen Mord anhängen. Den Mord an ihrem langjährigen Liebhaber. Einem Mann, der seine Macht als Professor einer angesehenen Universität missbraucht und sich reihenweise junge Frauen gefügig gemacht hat.

Lilly und ich waren die Sündenböcke. Wurden von der Öffentlichkeit verurteilt. Obwohl niemand die wahren Hintergründe kannte.

Ich hatte Caroline geheiratet, weil ich überzeugt war, dass sie mein Kind unter dem Herzen trug. Es war keine harmonische Ehe, aber ich will dies nicht öffentlich diskutieren. Es war Lilly, die uns verband. Ich liebte Lilly, als Vater, was ich ausdrücklich betonen möchte, trotz der Gehässigkeiten meiner bald Exfrau, die sie über Lilly und mich verbreitet hat.

Ich weiß, die Öffentlichkeit hat stets eine strahlende Mrs. Ben Warden kennengelernt, uns für ein Traumpaar gehalten. Der Traum war nur leider ein Albtraum. Vor allem für Lilly.

Wir hatten eine wunderbare Vater-Tochter-Beziehung und jeder, der etwas anderes in diese Beziehung interpretiert, liegt nicht nur falsch, sondern tut mir und vor allem Lilly unrecht. Jeder, der etwas anderes behauptet, und das gilt auch und insbesondere für meine baldige Exfrau, wird von mir verklagt. Und niemand kann das Gegenteil beweisen, denn da gibt es nichts zu beweisen.

Lilly und ich sind seit der Nacht ein Paar, als wir erfahren haben, dass nicht ich der leibliche Vater bin.

Es war für uns selbst überraschend. Es fühlt sich wunderbar und richtig an. Lilly ist genau die Frau, die ich mir an meiner Seite gewünscht habe. Klug, hübsch, witzig, charmant, ehrlich. Und das ist der wichtigste Grund, warum ich Lilly liebe. Ihre Ehrlichkeit und Aufrichtigkeit. Von wem sie die geerbt hat, kann ich nicht sagen. Ihre leiblichen Eltern sind es nicht, die haben sie nur hinters Licht geführt.

Klagen Sie, meine verehrten Damen und Herren, nicht Lilly und mich an. Wir sind die Opfer. Doch weil wir uns arrangiert haben, nicht in die Knie gehen, sondern uns verteidigen und unser Leben leben wollen, fällt die Öffentlichkeit über uns her. Es war nicht die Mordanklage, die das Urteil über uns bestimmt hat, sondern vielmehr die Tatsache, dass wir ein Paar sind. Ein Liebespaar. Und so war jeder schnell davon überzeugt, dass wir schuldig sind. Sein müssen.

Erst gestern hat mich mein Nachbar, mit dem mich seit Jahren eine herzliche Freundschaft verbindet, abschätzig gefragt, wie ich mich eigentlich noch aus dem Haus wagen könne.

Und erst die Blicke, die Nachbarn, gute Freunde, aber auch

Wildfremde uns zuwerfen. Warum? Was haben wir verbrochen?

Wir haben als erwachsene Menschen festgestellt, dass wir uns lieben. Aufrichtig. Daran ist nicht Falsches, nichts Verwerfliches.

Meine Frau hat unsere Ehe in aller Öffentlichkeit ausgebreitet, daher wissen Sie, dass ich kein treuer Ehemann war. Mag sein, dass Sie mich dafür kritisieren, mich verachten.

Ich bin nicht stolz auf die Tatsache, dass ich mit zahlreichen Ehefrauen geschlafen habe, doch jede tat es aus freien Stücken. Weil sie wussten, dass ihre Männer fremd gingen. Mit meiner Frau.

Ich will mich bei den Frauen entschuldigen, wenn ich sie verletzt haben sollte. Aber mit jeder von ihnen war es schön und ich habe jede als Frau respektiert. Bei ihren Männern entschuldige ich mich nicht. Ich bin nie einer Frau nahe getreten, die es nicht von sich aus wollte. Habe keine Frau bedrängt. Trotzdem stellen mich die Medien als Verführungsmonster dar.

Was ist dabei, wenn erwachsene Menschen sich freiwillig entscheiden, miteinander zu schlafen? Nichts. Wir sehen es nur als verwerflich an, weil … ja, warum? Weil wir gerne das Leben anderer diskutieren? Unser eigenes Leben dadurch interessanter wird?

Die Begründung, meine Damen und Herren, überlasse ich Ihnen. Gehen Sie in sich und überlegen Sie, warum mir mein Fremdgehen so negativ ausgelegt wird.

Lassen Sie Ihren Hass, Ihre Verachtung nicht an Lilly aus,

wenden Sie diese auf mich. Obwohl ich es ebenso nicht verdiene. Denn ich habe nichts verbrochen. Außer, dass ich endlich mein Glück gefunden habe.«

Er zog Lilly, die neben ihm stand und mit den Tränen kämpfte, zu sich. Laut, aber sein Gesicht nur ihr zugewandt, sagte er: »Lilly, ich liebe dich. Willst du dein Leben mit mir verbringen? Auch, wenn wir weiterhin geächtet und gedemütigt werden?«

»Ja, ich will«, kam es laut und bestimmt, mit einem warmen Unterton von Lilly.

Vereinzelt fingen Journalisten an zu klatschen. Immer mehr fielen ein, man rief dem Paar auf den Stufen des Gerichtes sogar Glückwünsche zu. Als sich die Menge, die längst nicht mehr nur aus Journalisten bestand, wieder beruhigt hatte, legte Ben seinen Arm um Lillys Schulter und ergriff erneut das Wort.

»Danke, dass Sie mir - uns«, ein tiefer Blick in Lillys wassergefüllte Augen, »zugehört haben. Entscheiden Sie selbst, wie Sie über mich, über uns urteilen.

Ich werde mich der nächsten Senatswahl stellen, denn ich denke, unser Land ist bereit für ein Paar wie Lilly und mich, bereit, Sexualität offen und ehrlich zu diskutieren und es nicht als etwas Verwerfliches anzusehen.

Wir debattieren länger und breiter über das Geschlechtsleben so mancher Politiker, als über das, was diese Politiker zu sagen haben. Wir sollten uns alle bei der Nase nehmen und überlegen, ob es von Bedeutung ist, wer mit wem ins Bett geht, wenn es einvernehmlich und ohne Missbrauch von Gewalt geschieht.

Ist es nicht wichtiger zu wissen, wer mit wem über kluge Politik diskutiert? Welche politischen Ansichten jemand vertritt?

Der momentane Wahlkampf zeigt erschreckend, dass nicht mehr politische Inhalte im Fokus des Interesses stehen, sondern persönliche Angriffe unter der Gürtellinie die Debatte bestimmen. Wo führt uns das hin? Mich interessiert viel mehr, wie unser schönes Land in Zukunft geführt werden soll.

Das, meine Damen und Herren, sollte uns alle interessieren. Nichts sonst. Dankeschön.«

Ein inniger Kuss auf Lillys Lippen beendete seine Ansprache. Viele Fotos wurden davon geschossen, denn ein öffentlicher Kuss auf einen Mund war in den USA eine Seltenheit. Man darf seine Frau zart auf die Wange küssen, aber auf den Mund? Nicht nur das politische Amerika stand Kopf. War das die Rede, die Ben zurück in die politische Welt katapultierte?

Während Ben und Lilly langsam auf das Auto zugingen, in dem Doc Carter auf sie wartete, schaute ihnen ein geschlagener Staatsanwalt Barlowe nach. Der sich sicher gewesen war, Ben Warden mit diesem Prozess zu vernichten. Doch er hatte sich selbst vernichtet.

Bens Rede wurde Land auf, Land ab heiß diskutiert. Vor allem, da im aktuellen Präsidentschafts-Wahlkampf wieder einmal schmutzige Wäsche gewaschen wurde. Die Wähler hatten es satt, ständig mit diesen Geschichten konfrontiert zu werden. Vielmehr interessierte sie, wohin Amerika steuerte. Hatte Ben Warden womöglich recht?

»Bist du nervös?«, fragte Ben.

»Nein«, schüttelte Lilly den Kopf.« »Nicht mit dir an meiner Seite«, lächelte sie ihn zärtlich an.

»Du siehst atemberaubend aus in deinem schulterfreien Abendkleid, doch eine Kleinigkeit fehlt«, und Ben trat hinter sie und legte ihr eine schmale, funkelnde Kette um den Hals. Als er den Verschluss zugemacht hatte, küsste er sie auf ihren schlanken Hals. »Jetzt bist du komplett«, flüsterte er.

»Ben, die ist wunderschön«, hauchte Lilly und blickte ihn über den Spiegel strahlend an.

»Du bist wunderschön. Die Kette ist von meiner Mutter, sie hat sie bei ihrer Hochzeit getragen. Und dafür war sie auch bei dir vorgesehen. Aber ich finde, der heutige Abend ist eine wunderbare Gelegenheit.«

Ben reichte Lilly den Arm und gemeinsam schritten sie die geschwungene Treppe hinab, um ihre Gäste zu begrüßen. Es war Lillys erste Party als Gastgeberin in diesem Haus. Sie hatten nach der Aufhebung des Prozesses spontan beschlossen, mit ihren Freunden diesen Sieg der Gerechtigkeit zu feiern. Bewusst hatten sie für den Abend der Party den achten November ausgewählt, die Wahlnacht um die künftige Präsidentschaft der Vereinigten Staaten.

»Warum nicht gleich eine Wahlparty geben und Hillarys Sieg feiern?«, hatte Ben gemeint, als sie die erste Nacht nach dem Prozess gelöst in seinem Bett gekuschelt hatten.

»Ich bin nicht so sicher, dass Hillary gewinnt«, hatte Lilly ihm darauf geantwortet.

»Warum nicht«?, hatte Ben total erstaunt gefragt.

»Amerika ist für eine Frau an der Spitze des Staates noch nicht reif. Die meisten weißen Männer empfinden Frauen als eine Bedrohung. Warum darf sich Trump so viel erlauben? Bei Hillary dagegen wird jedes Wort auf die Waagschale gelegt. Ich denke, dass man ihm vieles durchgehen lässt, weil er gegen eine Frau antritt. Es ist die Frauenfeindlichkeit, über die man zwar nicht spricht, die in diesem Wahlkampf aber deutlich zu spüren ist. Ich bin überzeugt, dass viele weiße Männer sich sagen, gut so Donald, zahl es diesen Weibern mal heim.«

»Das Land besteht nicht nur aus verbohrten weißen Männern.«

»Nein, doch viele weiße Frauen, vor allem ältere, stimmen wie ihre Männer. Das haben sie immer schon so getan und werden das auch in Zukunft tun. Wir Jungen, die Asiaten, Schwarzen und die Latinos werden das Kraut nicht fett machen, außer es gehen wirklich alle zur Wahl«, hatte Lilly seufzend zur Antwort gegeben.

»Das siehst du zu pessimistisch. Ich bin ebenfalls weiß und habe keine Angst vor intelligenten Frauen, ganz im Gegenteil, ich liebe Frauen, die Intellekt aufweisen«, hatte Ben gelacht und Lilly stürmisch geküsst.

»Ja, du hast eine andere Welt- und Weitsicht. Doch hast du dir einmal deine demokratischen Freunde genau angesehen? Auch hier überwiegen Ehefrauen, die ihnen den Rücken freihalten. Die zugunsten der Karriere ihres Mannes auf die eigene verzichtet haben. Was ich in Ordnung finde, denn die Unterstützung eines Partners gehört zu einer harmonischen Ehe dazu. Aber wie viele von diesen Männern würden ihre Frauen unterstützen und selbst auf eine berufliche Karriere verzichten? Du weißt selbst, dass nur eine Handvoll deiner Freunde dafür bereit wäre. Wenn überhaupt.«

Nachdenklich hatte Ben sie angeblickt. »Von dieser Seite habe ich es noch nie betrachtet.«

»Was denkst du, warum Hillary von vielen nicht geliebt wird? Die Vorwürfe, dass sie mit Hilfe der *Clinton-Foundation* ihr Vermögen erweitert hat und den nicht korrekt verschickten E-Mails während ihrer Zeit als Außenministerin sind doch nur Vorwände«, hatte Lilly bitter bemerkt. »In Wirklichkeit hat ihr Amerika noch nicht verziehen, dass sie beim Amtsantritt ihres Mannes Bill als Präsident bekannt hat, sie würde nicht zu Hause bleiben und Kekse backen. Ihre Gesundheitsreform ist daran gescheitert, weil sie als Gattin des Präsidenten federführend im *Weißen Haus* politisch gearbeitet hat, anstatt ›nur‹ First Lady zu sein, wie das die Amerikaner gewohnt waren.«

»Du vergisst, dass es auch schon vorher starke Ehefrauen von Präsidenten gegeben hat. Denk nur an *Eleanor Roosevelt*.«

»Doch diese First Ladys hatten keine offiziellen Posten, wie Hillary das unter Bill einnehmen konnte. Die haben ihre Männer mehr oder minder still und heimlich beraten. Ich bin überzeugt, dass *Barack Obama* sich ebenfalls mit seiner Ehefrau berät, aber in die Öffentlichkeit darf davon nichts dringen. Michelle ist eine ausgesprochen kluge Frau und war eine brillante Anwältin. Doch wofür lieben die Menschen sie? Weil sie mit übergewichtigen Kindern turnt und einen Gemüsegarten im Weißen Haus angelegt hat«, hatte Lilly spitz formuliert.

Ben hatte daraufhin gelacht, als er allerdings Lillys ernstes Gesicht gesehen hatte, hatte er sie in seine Arme genommen. »Wahrscheinlich hast du recht, mein Liebling. Hillary ist intelligent, geht logisch an Probleme heran. Diese Fähigkeiten werden möglicherweise nicht von allen als weibliche Tugenden gesehen. Intellektualität schätzt man bei Männern, Frauen werden mehr auf ihre weiblichen Vorzüge reduziert.«

»Du brauchst dir ja nur die dritte Ehefrau von *Donald Trump* ansehen. Eine Marionette, mehr nicht«, hatte Lilly gespottet.

»So wirst du nie sein. Sonst könnte ich dich ja auch nicht lieben«, hatte er ihr zärtlich ins Ohr geflüstert.

»Da stimme ich dir zu«, hatte sie weich gewispert. »Und wenn die Kinder aus dem Gröbsten raus sind, werde ich in deine Fußstapfen als Senatorin treten und nach zwei Jahren Amtszeit einen Schritt weiter gehen. Mein Liebling, deinen Traum, Präsident zu werden, musst du streichen. Doch du darfst mich dann bei meiner Kandidatur unterstützen«, hatte sie selbstbewusst erklärt.

Er hatte sofort gewusst, dass es ihr damit ernst war. Er war bereit, sie vorbehaltlos zu unterstützen, aber er hatte aufgehorcht. »Die Kinder?«

»Ja, oder willst du keine haben?«, hatte sie neckisch

gemeint und ihn liebevoll ins Ohr gebissen.

»Natürlich, mein Schatz. Nichts lieber als das. Lass uns daran arbeiten.«

Sie hatte sich ihm hingegeben, selig, mit dem Wissen, dass sie bereits schwanger war. Es musste beim ersten Mal passiert sein. Sie wartete nur auf den passenden Zeitpunkt, um es Ben mitzuteilen.

Alle standen sie am Fuß der Treppe, um das Gastgeberpaar zu feiern. Ben und Lilly hatten lange überlegt, wen sie zu dieser Party bitten sollten.

Viele sogenannte Freunde hatten sich gleich nach Ende des Prozesses bei ihnen gemeldet und verkündet, dass sie immer schon gewusst hätten, es könnte sich nur um einen Justizirrtum handeln. Doch Ben und Lilly hatten nur die Personen eingeladen, die auch während des Prozesses an ihrer Seite gestanden waren.

»Also war die Anklage doch für etwas gut«, hatte Ben am Abend des letzten Prozesstages gemeint, »jetzt wissen wir wenigstens, wer die wahren Freunde sind.«

Als erste konnte Lilly das tränennasse Gesicht der alten Haushälterin ausmachen, die überglücklich über die nun fröhliche Atmosphäre in diesem Haus war und ihnen alles Glück dieser Erde gewünscht hatte, als sie nach der Gerichtsverhandlung nach Hause zurückgekommen waren.

Neben ihr stand Mrs. Wellington, die liebe Nachbarin. Ohne ihre Aufmerksamkeit hätten sie nie erfahren, dass Caroline in jener Nacht in ihrem Haus gewesen war. Hätten sie ohne diese Erkenntnis je ihre Unschuld beweisen können?

Lilly zweifelte daran. Viel zu sehr war Detective Monroe damit beschäftigt gewesen, Beweise für ihre Schuld zu finden.

Der Nächste in der Reihe war Don. Lange hatte er gezweifelt, ob Lilly nicht doch schuldig war. Trotzdem hatte er sich mächtig mit Doc Carter, der weiter hinten stand, ins Zeug gelegt, um Beweise für ihre Unschuld zu finden. Ein leises Lächeln umspielte Lillys Mundwinkel, als sie sah, wer Don begleitete. Die hübsche Staatsanwältin. Es freute sie, dass die beiden sich gefunden hatten.

Samantha hatte ihren Job bei der Staatsanwaltschaft aufgegeben und war in die Kanzlei von Ben eingetreten. Sie ›wolle sich in Zukunft mehr für Unschuldige einsetzen‹, hatte sie gemeint. Ben hatte sie gewarnt, nicht alle Angeklagten seien wirklich unschuldig, auch wenn sie das behaupteten. Er hatte ihr aber nichts von dem Skalpellmörder erzählt. Das blieb sein und Lillys Geheimnis.

Bens Blick fiel als erstes auf Deborah, die mit ihrer Tochter Jessica gekommen war. Seit kurzem war Deborah Witwe, trotzdem hatten Ben und Lilly auf ihr Erscheinen gehofft. Denn sie stand am treuesten an ihrer Seite während der schweren Zeit des Verdachtes. Mit dem erhofften Geldsegen nach dem Tod ihres Mannes war für Deborah allerdings nichts geworden.

Der alte Benjamin Franklin Williams, genannt Frank, hatte alles seinen beiden Kindern hinterlassen. Jessica und – ihm. Er war wie vor den Kopf gestoßen gewesen, als er bei der Testamentseröffnung erfahren hatte, dass er selbst der leibliche Sohn von Frank Williams war. Endlich wusste er, warum er nicht William Warden der Sechste geworden war, sondern auf den Namen Benjamin Franklin getauft worden war. Nach seinem Vater. Er wusste, dass seine Mutter auf diesen Namen bestanden hatte. Jetzt kannte er den Grund. Ob sein Vater, ob Moms Ehemann gewusst hatte, dass er ein Kuckuckskind großgezogen hatte? Für ihn würde dieser Mann aber immer sein Vater bleiben, auch wenn er nicht der leibliche Vater war.

Ben hätte viele Fragen an seine Eltern gehabt, nicht nur wegen Frank Williams, sondern auch wegen John Monroe. Aber leider war das nicht mehr möglich, denn sie sind kurz vor Bens vierzigstem Geburtstag bei einem Autounfall auf Martha´s Vineyard ums Leben gekommen. Warum nur hatten sie ihrem Sohn so viel verschwiegen?

Er lächelte Deborah an, sie nickte ihm leicht zu. Sie hatten vereinbart, diese neuen Erkenntnisse nicht der Öffentlichkeit mitzuteilen. Es ging niemanden etwas an, wessen Sohn er in Wahrheit war. Er war von William und Mildred Warden großgezogen worden, also stammte er aus einer der ältesten Familien des Landes. Und so sollte es bleiben. Er hatte Deborah einen großen Teil seines ererbten Vermögens in einer Schenkung überschrieben, der andere Teil floß in eine Stiftung für unschuldig Verurteilte.

Allerdings musste er sich erst mit der Tatsache vertraut machen, dass er nun eine Schwester hatte, eine Halbschwester. Jessica hatte diese Nachricht nicht so leicht verdaut, aber nach einem Gespräch mit Lilly schien sie ihr Gleichgewicht wiedergefunden zu haben. Ben vermutete vielmehr, dass Jessica nach wie vor unter dem Übergriff von

Sommersby zu leiden hatte. Der war ihr näher getreten, als zuerst vermutet. Ben hoffte inständig, dass Lilly Jessica über diese Erfahrung hinweghelfen konnte. Es freute ihn ungemein, dass seine zukünftige Frau und seine Halbschwester sich nun so gut verstanden.

Ben machte auch Alison unter den Gästen aus. Bleich noch war sie, tiefe Schatten lagen unter ihren Augen. Er hatte ihr klar gemacht, dass sie nur wieder zu sich selbst finden würde, wenn sie unter Leute ging. Er hatte ihr seine Freundschaft angeboten, wollte in Zukunft für sie da sein, ihren Kummer mit ihr teilen. Schließlich war er der Vater von Lesley und wollte Alison wenigsten in ihrer Trauer beistehen. Er fühlte sich nicht schuldig gegenüber Alison, denn er hatte nichts von dem Kind gewusst. Sonst hätte er sich damals für Alison entschieden.

Nun war der Albtraum vorbei. Glücklich blickte er auf Lilly. Wie strahlend schön sie war. So weiblich und weich wirkte sie heute Abend. Was hatte er für ein Glück, dass es das Schicksal noch einmal so gut mit ihm meinte. Da fiel sein Blick auf den ehemaligen Detective Monroe.

Er war fürchterlich wütend auf Monroe gewesen. Der hatte seinen Hut als Detective nehmen müssen, weil er die Ermittlungen nicht objektiv geführt hatte. Ben hatte überlegt, ihn zu verklagen. Doch dann hatte Lilly ihm erzählt, dass John Monroe der Sohn von William Warden dem Vierten war. Eigentlich war Monroe der einzig direkte Nachkomme der Wardens ...

Ben und John hatten sich ausgesprochen. Ben hatte nichts davon verlauten lassen, dass Monroe der einzige Spross der

Wardens war, wenn auch illegitim, hatte ihm allerdings Vermögenswerte zukommen lassen, die ihm zustanden. Seit kurzem war John der Leiter seines Sicherheitsstabes. Da Ben als Senator kandidieren wollte, brauchte er einen gewieften Sicherheitsmann.

Monroe hatte sich zuerst geweigert, aber Ben hatte ihn überzeugt. »Auf wen könnten Lilly und ich uns am besten verlassen, wenn es um die Sicherheit der Familie geht? Doch nur auf einen Verwandten«, hatte Ben gemeint. Und damit John Monroe gewonnen. Und so war dieser das erste Mal in seiner neuen Funktion im Haus.

Lilly gesellte sich nach der Begrüßungsrunde zu Don und Samantha. »Samantha, hast du etwas dagegen, wenn ich mir Don kurz ausborge?«

»Nein, ich möchte mir ohnedies die Nase pudern«, antwortete sie lächelnd.

»Don, weißt du, was mit Mom ist?«

Don und Ben hatten über die Kanzlei die Vertretung für Caroline bei der Mordanklage gegen sie übernommen. Don ging sehr in dieser Verteidigung auf, schließlich hatte er sie überführt. Er wollte auf Unzurechnungsfähigkeit infolge der Vergewaltigung plädieren, Caroline aber machte es ihm nicht leicht.

»Alle DNA-Spuren stimmen mit Caroline überein. Ob das Haar von Sommersbys Sakko oder die Kratzer in seinem Gesicht. Alles stammt von Caroline. Ihre DNA wurde außerdem auf dem Penis sichergestellt, sie ist also eindeutig schuldig.«

»Wurde der Penis denn gefunden?«, warf Lilly überrascht

ein.

»Ja, vor ein paar Tagen hat sie Detective Johnson endlich einen Hinweis darauf gegeben.«

»Johnson?«, fragte Lilly mit hochgezogenen Brauen.

»Er hat noch eine Chance bekommen, sich zu bewähren«, lächelte Don. »Auch durch Fürsprache von Mary Brighton.«

»Doch zurück zum grausigen Fund. Das abgetrennte Geschlechtsteil und das Skalpell wurden in der Gefriertruhe des Fitnessstudios ihres Freundes gefunden, wo Caroline es unter Getränkedosen und verbotenen Steroiden versteckt hat. Hätte die Schuldzuweisung an Ben nicht geklappt, hätte sie es Jimmy in die Schuhe geschoben. Mordmotiv Eifersucht, weil sie mit Sommersby geschlafen hatte. Sie hat an alles gedacht«, seufzte Don. »Deshalb ist es so schwierig, eine Verteidigungsstrategie zu finden. Außerdem hat sie gestanden, dass sie die Trophäen an die Detectives geschickt hat, um diese so auf Sommersbys Taten aufmerksam zu machen.«

Lilly schauderte. Sie hatte nur einmal mit ihrer Mutter gesprochen, seit der Prozess zu Ende war. Sie wollte wissen, warum sie in Kauf genommen hatte, dass ihre Tochter für diesen Mord verantwortlich gemacht werden könnte. Caroline hatte sich zerknirscht gegeben. Ihr Plan war gewesen, es alleine Ben in die Schuhe zu schieben, deshalb der Füller und das Skalpell. Nie wäre sie auf die Idee gekommen, dass die Polizei Lilly belasten könnte.

»Aber warum hast du nicht die Wahrheit gesagt, als sie mich verhaftet haben? Oder wenigstens, als sie mich anklagten?«, hatte Lilly in dem kleinen Besucherzimmer gerufen, wo sie ihre Mutter im Gefängnis hatte besuchen dürfen. Caroline hatte nur mit den Schultern gezuckt. Daraufhin war Lilly wortlos gegangen. Sie war sich noch nicht im Klaren darüber, ob sie in Zukunft je wieder etwas mit ihrer Mutter zu tun haben wollte.

In der Zwischenzeit war Samantha zurückgekommen. Vor ihr wollte Lilly sich nicht weiter über ihre Mutter unterhalten. »Was macht dein ehemaliger Chef?«, fragte sie neugierig.

»Der vormalige Staatsanwalt Barlowe nahm freiwillig seinen Hut. Alleine, dass er wusste, dass du nicht Sommersbys Tochter bist und es trotzdem als Anklagepunkt gegen Ben belassen hat, rückte ihn in ein schiefes Licht. Abgesehen von den vielen anderen Unstimmigkeiten. Richter Clark hat eine Untersuchung eingeleitet. Da hat Barlowe das Handtuch geworfen. Er ist jetzt in New York und will dort als Anwalt Fuß fassen.«

Lilly kam bei der Erwähnung New Yorks schmerzlich zu Bewusstsein, dass ihr geliebter Patenonkel Charles, der jetzt ebenfalls in New York lebte, ihr leiblicher Vater war. Sie hatte allerdings den Kontakt zu ihm völlig abgebrochen, da sie ihn mitverantwortlich für die Überspanntheit ihrer Mutter machte. Wäre er damals mutig genug gewesen, zu Caroline und ihrer Schwangerschaft zu stehen, und hätte sie nicht gezwungen, Ben Warden wegen seines Vermögens zu heiraten, wäre ihrer Mutter viel erspart geblieben. Lilly war sich sicher, dass ihre Mutter unter anderen Umständen eine glückliche und zufriedene Frau geworden wäre.

Don hatte versucht, Lilly zu überzeugen, dass sie nicht mit Charles brechen sollte, doch Lilly konnte sich nicht dazu durchringen. Sie konnte nicht zu jemanden stehen, der sie und die Frau, die er angeblich liebte, verleugnet hatte. Charles war wegen unehrenhaften Verhaltens aus der Kanzlei entlassen worden.

Lillys Gedanken wurden von einem entsetzen Aufschrei unterbrochen. Jemand rief: »Oh Gott«, und zeigte auf die Wahlzwischenergebnisse. Sie hatten CNN auf einer Leinwand laufen, um nichts von Hillarys Triumph zu verpassen.

»Es steht siebenundneunzig Wahlmänner zu hundertsiebenundzwanzig für Trump.«

»Kein Grund zur Besorgnis«, beruhigte Ben. »Die Staaten an den Küsten sind noch nicht ausgezählt und die *Swing States* fehlen gänzlich. *Flyover Country* ist immer republikanisch«, grinste er.

Lilly gefiel die Bezeichnung *Flyover Country* nicht, sie fand sie herabwürdigend für die Menschen, die dort lebten. Reiche Küstenbewohner nannten die Länder in der Mitte Amerikas so, weil sie die Bundesstaaten nur vom ›darüber fliegen‹ kannten. Wenn sie zwischen den Wirtschaftszentren pendelten, von *Boswash*, wie die Region zwischen Boston und Washington bezeichnet wurde, in den Großraum Los Angeles.

Dass Trump dort seine Wähler hatte, war leicht zu erklären.

Alle, die sich über Trump lustig machten, taten das auch über die Bevölkerung, die für ihn votierte. Nannten sie hinterwäldlerisch, daher fühlten sich diese mit Trump verbunden, denn niemand hatte ihm zugetraut, dass er es bis zur Nominierung als Präsidentschaftskandidat schaffen könnte.

Aber keiner sonst kümmerte sich weiter um die beunruhigende Anzahl der Wahlmännerstimmen für den aus ihrer Sicht falschen Kandidaten. Die Gäste genossen die Häppchen, die von einem Partyservice gereicht wurden, tranken Champagner in Mengen, manche tanzten verliebt zur Jazz-Kapelle in der Vorhalle.

»Wie fühlst du dich, mein Schatz?«, flüsterte Ben bei einem langsamen Walzer Lilly ins Ohr. »Du bist eine perfekte Gastgeberin«, und er küsste ihr formvollendet die Hand, nachdem der Tanz vorüber war.

»Wunderbar«, strahlte Lilly ihn an. »Allerdings machen mir die Zwischenergebnisse Angst.«

Nun sammelten sich immer mehr Gäste vor der Leinwand und diskutierten eifrig, wie hoch Hillary noch gewinnen könnte. In welchem Bundesstaat sie wie viele Wahlmänner benötigen würde, um die Mehrheit davon zu tragen. Doch Lilly war sich nicht so sicher über einen Sieg Hillarys, ihr Bauchgefühl hatte nicht getrogen. Ihr wurde angst und bange, wenn sie an einen US Präsidenten Trump dachte.

Als dann Florida an Trump ging, wurde den Anwesenden schlagartig klar, dass es eng für Hillary Clinton wurde, als Präsidentin in das *Weiße Haus* einzuziehen. Der Champagner wurde nur mehr getrunken, um die schlechten Zwischenergebnisse besser ertragen zu können. Einige der Herren waren bereits zu Scotch übergegangen. Die Band hatten sie schon vor einiger Zeit nach Hause geschickt.

Die Stimmung wurde immer gedrückter. Lilly konnte in den Gesichtern der Gäste Ungläubigkeit erkennen. Irgendwer rief: »Da haben sich die Umfragen aber gründlich geirrt.«

Lilly drängte sich an Ben, die Anzahl der Wahlmänner für Trump fand sie bedrohlich. Entsetzen machte sich unter den Gästen breit, als klar wurde, dass es Hillary nicht mehr schaffen würde. Der neue Präsident der Vereinigten Staaten würde *Donald Trump* heißen. Es war allen klar, dass sie eine historische Wahl erlebt hatten.

Trauer, Verzweiflung, Enttäuschung beherrschte die Gesellschaft. Ben schaute Lilly betroffen an. Damit hatte er nicht gerechnet. Er war überzeugt gewesen, dass Hillary gewinnen würde. Doch er fing sich und rief laut, um alle aus ihrem Taumel zu reißen:

»Wir Demokraten lassen uns nicht unterkriegen. Ich trete 2018 zur Wahl als Senator für Massachusetts an. Diesem Trump werden wir es zeigen. Und dann werfe ich ihn aus dem *Weißen Haus* und ziehe im Jänner 2021 dort ein.«

Da flüsterte ihm Lilly verliebt ins Ohr: »Da wird schon ein kleiner Junge mit uns einziehen.«

Ben schaute sie zuerst begriffsstutzig an, dann nahm er sie in die Arme und wirbelte sie im Kreis herum.

»Ich werde Vater. Vater eines Jungen«, rief er glücklich.

Dankeschön

Seit ich lesen kann, liebe ich Krimis. Angefangen bei Erich Kästners »Emil und die Detektive« und Enid Blytons »Fünf Freunde« über Agatha Christie, deren gesammeltes Werk beinahe komplett in meinem Bücherregal steht, bis hin zu den Krimiautoren unserer Zeit. Ich kenne sie alle – na ja, fast alle ...

Doch nicht einmal in meinen wildesten Zukunftsträumen war mir je eingefallen, einen Krimi zu schreiben. Bis ich eines Sonntagmorgens im August des Jahres 2016 mit dem Plot zu »Mord am Campus« im Kopf aufwachte, mich an den Schreibtisch setzte und ihn niederschrieb.

Ja, und jetzt ist mein »Baby« zur Veröffentlichung bereit. Was ich ohne die unermüdliche Hilfe einer Freundin nie geschafft hätte, die das Script als erste las und meinte: »Spannend.« Und wenn sie das sagt ...

Deshalb bedanke ich mich von ganzem Herzen bei meiner Lektorin Sylvia Grünewald und widme ihr das Buch, da sie mich in ihrer kargen Freizeit tatkräftig bei meinem Hobby unterstützt und immer für mich da ist.

Herzlichst sage ich auch danke bei Horst Grünewald, der mein Buch redigiert und meine vielen tausend Tippfehler gesucht hat. Was nicht unbedingt heißen muss, dass alle gefunden wurden, denn bei der Spannung der Handlung kann man schon mal drüber lesen ...

Stolpern Sie, geneigte Leserschaft, noch hier und da über einen Fehler, so bitte ich Sie, großzügig darüber hinwegzusehen. Ich gelobe, mich zu bessern.

Ein großer Dank geht ebenfalls an die Gestalterin des Covers, Catrin Sommer, *rauschgold Coverdesign*, die viel Geduld brauchte, da ich mich einfach nicht für einen ihrer tollen Entwürfe entscheiden konnte.

Ich freue mich über zahlreiche Rückmeldungen unter mail@susancarner.com, noch mehr über Rezensionen auf den diversen Plattformen.

Danke, dass Sie sich für mein Buch Zeit genommen haben.

Herzlichst

Ihre Susan Carner

****

Dezember 2019:

Aufgrund des aktuellen Wahlkampfs in den USA habe ich beschlossen, mein Erstlingswerk neu zu veröffentlichen, weil die Brisanz des politischen Amerikas zeigt, dass meine Protagonistin Lilly Warden mit ihren Befürchtungen recht hatte. So wie ich damals. Doch niemand wollte mir im Sommer 2016 glauben, dass Trump die Wahl gewinnen wird. Man hat mir prophezeit, ich müsste mein Buch umschreiben … Nun steht er vor der Wiederwahl.

Die Autorin

»*Es bereitet mir unheimlich viel Freude, Geschichten zu entwerfen. Mit einem Satz im Kopf am Morgen aufzuwachen, mich an den Computer zu setzen und zu sehen, was sich aus dem Satz ergibt. Ich weiß selbst nicht, wie sich eine Geschichte entwickeln wird, bin genauso gespannt wie die geneigte Leserschaft. Und oft verwundert, wohin mich meine Figuren so führen ...*

Wenn Sie locker-flockige Unterhaltung schätzen, die mit knisternder Spannung einhergeht, dann sind Sie bei meinen Krimis richtig!«

Susan Carner ist ein Pseudonym und steht für eine freie Schriftstellerin aus Österreich, die in Berlin ihre zweite Heimat gefunden hat. Beruflich in einer prozessgesteuerten, analytischen Welt zu Hause, findet sie im Schreiben ihren kreativen Ausgleich.

Seit sie lesen kann, liebt sie Krimis. Angefangen bei Erich Kästners »Emil und die Detektive« und Enid Blytons »Fünf Freude« über Agatha Christie bis zu den Großen der heutigen Zeit.

Doch nicht einmal in ihren wildesten Zukunftsträumen war ihr je eingefallen, einen Krimi zu schreiben. Bis sie eines Sonntagmorgens im August des Jahres 2016 mit dem Plot zu »Mord am Campus« im Kopf aufwachte und sich an den Computer setze ...

Ihr zweiter Krimi »Mallorquinische Leiche zum Frühstück« ist bei einem Urlaub auf Mallorca entstanden. Beim Schwimmen im Hallenbad war vor ihrem geistigen Auge eine weibliche Leiche, treibend im Wasser, erschienen. Sofort war der Plot in ihrem Kopf – vom Motiv des Mordes über den Mörder bis zu den verschiedenen Verdächtigen. Beim Spazieren über den Strand sind Schritt für Schritt die Figuren gewachsen.

Heute purzeln die Ideen nur so durch ihren Kopf und sie kommt mit dem Schreiben gar nicht hinterher ...

Mallorquinische Leiche zum Frühstück

Ein Mallorca-Krimi

Als eBook und Taschenbuch erhältlich!
320 Seiten
ISBN 978-3-7431-7953-0

Amüsanter Urlaubskrimi

Der erste Fall von Mercédès Mayerhuber auf der zauberhaften Urlaubsinsel. Liebe, Hass und Eifersucht auf der schönsten Ferieninsel!

Der perfekte Krimi für einen knisternden Urlaub!

Die Erotikschriftstellerin Sabrina Schneider treibt mit dem Gesicht nach unten im Pool einer eleganten Ferienanlage in Paguera auf Mallorca. Wer hatte ein Motiv, die erfolgreiche Autorin zu töten? Dabei wollte sie nur in Ruhe ihr neues Buch fertigstellen und lebte sehr zurückgezogen.

Trotzdem war seit ein paar Tagen ihr junger Lover aus Berlin anwesend. Oder wer sonst ist der junge Mann, der Apartment 115 bewohnt? Auch der Manager des Urlaubsresorts soll nicht uninteressiert an der attraktiven Frau gewesen sein. Die Gerüchteküche brodelt, angestachelt von der älteren Dame, welche die Tote gefunden hat.

Lange tappt Kommissarin Mercédès Mayerhuber durch Gerüchte, Eifersüchteleien und Neid. Bis sie auf eine interessante Spur aus der Vergangenheit der Autorin stößt. Liegt hier das Motiv?

Leserzitat:

Wer Mallorca liebt, wird auch dieses Buch lieben.

Mehr Informationen unter www.susancarner.com.

Leseprobe
Mallorquinische Leiche zum Frühstück

Ihr erster Tag auf Mallorca. Und schon eine Leiche. Verschlafen quälte sich Mercédès Mayerhuber durch den Verkehr von Palma de Mallorca nach Paguera. Wie hatte ihr neuer Kollege Miquel den Weg beschrieben, der sie mit seinem Telefonanruf aus dem Schlaf gerissen hatte? Auf der *Ma-1* immer Richtung Andratx fahren und bei Paguera die Ausfahrt ›La Romana‹ nehmen. Es könne nichts schiefgehen, hatte er gelacht. Und wahrlich, gegen den Verkehr in Madrid war Autofahren hier das reinste Kinderspiel.

Trotzdem, so hatte sie sich ihren ersten Tag nicht vorgestellt. Sie wollte endlich einmal ausschlafen, schließlich war Sonntag. Ohne irgendeine Verpflichtung. In Madrid hatte sie immer ein schlechtes Gewissen, wenn sie einen Tag nur für sich beanspruchte. Ihrer kranken Mutter gegenüber, ihren Freunden, für die sie sowieso nie genug Zeit hatte bei ihrem Beruf.

Müde rieb sich Mercédès die Augen. Sie war gestern erst spät am Abend in ihrem *Hotel ALMVDAINA* eingetroffen, das nicht weit entfernt von ihrer neuen Wirkungsstätte lag. Dem Hauptquartier der Polizei-Palma in der *Carrer de Simó Ballester*, in dem die neugegründete Abteilung untergebracht war, der sie ab sofort vorstand.

Nichts würde es jetzt mit einem gemütlichen Bummel durch die *Avinguda de Jaome III* werden, in der ihr Hotel sich in die lang gezogenen Häuserblocks eingliederte, hinunter zum *Plaza Rei Joan Carles I*. Ihr persönliches Willkommens-Gläschen Cava in der berühmten Bar *Bosch* fiel ebenfalls ins Wasser. Wie die Erkundung Palmas, auf die sie sich wie ein Kind gefreut hatte. Einmal nur ziellos durch die Stadt schlendern. Sie liebte es, sich Städte zu erwandern. Laut seufzte sie auf bei diesen Gedanken, schlug heftig auf ihr Lenkrad ein. Warum kam immer alles anders? Warum konnte ihr das Leben nicht mal Zeit geben? Ständig überstürzten sich die Ereignisse. Und wie immer, wenn sie Dampf ablassen wollte, stieß sie ein paar Mal einen richtig lauten Schrei aus. Das hatte sie bei einer Superversion gelernt und festgestellt, dass es ihr half. Allerdings praktizierte sie diese Therapie nur noch beim Autofahren, denn als sie das einmal in ihrer winzig kleinen Wohnung in Madrid angewandt hatte, hatte die Nachbarin die Polizei gerufen ...

Eigentlich wäre erst morgen ihr erster Arbeitstag. Eigentlich ... Sie hätte es nicht so eilig gehabt mit ihrem Dienstantritt, dachte sie frustriert. Warum nur hatte man sie auf diese gottverdammte Insel versetzt, die von Ausländern beherrscht wurde? Sie aus ihrem geliebten Madrid verbannt?

Abgelenkt von ihren Gedanken hätte sie fast die Abzweigung nach *La Romana* verpasst. Kaum zwanzig Minuten hatte sie für die Strecke gebraucht. Und musste trotz ihrer Vorurteile zugeben, dass die Fahrt sie durch eine reizvolle Landschaft geführt hatte. Links von ihr das Meer, das hin und wieder durchblitzte. Die Küste dürfte von größeren und kleineren Buchten durchsetzt sein, an denen sich die Orte wie auf einer Perlenschnur aufreihen mussten, wenn sie an die vielen Abfahrten und Hinweise auf diverse Ortschaften dachte. Könnte spannend werden, diese zu erforschen, überlegte Mercédès. Auch die rechte Seite ins Landesinnere reizte sie. Je weiter sie sich von Palma entfernte, desto näher rückten die Berge ans Meer. Anscheinend hatte die Insel doch mehr zu bieten, als sie sich durch ihre Aversionen wegen Ballermann eingestehen mochte.

Das Urlaubs-Resort, das Miquel als Ziel genannt hatte, war gut ausgeschildert und sie parkte ihren kleinen Mietwagen vor der Rezeption. Sie brauchte nicht zu fragen, wo die Leiche zu finden war. Polizisten in Uniform in verschiedenen Farben markierten den Weg Richtung Tatort. In Spanien gab es zur Überraschung vieler Ausländer neben der » Policía Local« noch die »Guardia Civil« und die » Policía Nacional«. So blieben Überschneidung von Zuständigkeiten, Kompetenzgerangel und Verzögerungen nicht aus, dachte Mercédès wieder einmal amüsiert. Wie oft hatte sie sich über diese Zustände schon echauffiert. [...]

Rund um den Tatort wimmelte es von Neugierigen. Mercédès musste schmunzeln, als sie die vielen Menschen wahrnahm, die sich ihre Nasen an den riesigen Glasscheiben platt drückten, hinter denen das Hallenbad erkennbar war, um etwas von der Sensation mitzubekommen, die sich hier buchstäblich vor ihrer Nase abspielte.

Ein junger, schwarz uniformierter Polizist der *Policía Local* stand vor der Glasfassade und wies sie ein, nachdem sie ihren Ausweis gezeigt und sich knapp vorgestellt hatte. »Wissen wir schon, wer das Opfer ist?«, erkundigte sie sich. Miquel hatte am Telefon nur angemerkt, sie hätten eine weibliche, schwimmende Leiche.

»*Senyora* Sabrina Schneider. Seit Ende Oktober Gast in der Anlage. Sie bewohnt Apartment 920. Laut Resortleiter wollte sie ihr neuestes Buch fertigstellen.«

»Eine Schriftstellerin? Interessant. Welche Art von Literatur?«, fragte Mercédès neugierig.

»Erotische«, antwortete der junge Polizist leicht errötend.

»Olala«, konnte sich die *Comissària* ein Lächeln nicht verkneifen. »Wer hat sie gefunden?«

Der Kollege deutete auf das ältere Ehepaar, das, in seine abgewetzten Bademäntel gewickelt, in einer Ecke des Hallenbades stand und dem geschäftigen Treiben fassungslos zusah. Wobei, fassungslos war eher er. Sie schien die Situation zu genießen. Bevor Mercédès ins Gebäude verschwand, bat sie den Kollegen, die Schaulustigen zurückzudrängen, denn auch eine Tote hatte Privatsphäre verdient.

»Das habe ich versucht, *Comissària*. Aber die wollen einfach nicht hören! Die Herbstmonate sind immer sehr, sehr ruhig. Anfang November schließen viele Läden und Cafés, es werden kaum noch Aktivitäten angeboten. Nur hin und wieder ein bisschen Klatsch und Tratsch. Und jetzt ist endlich etwas los. Da wollen sie nichts versäumen. Außerdem soll die Tote die letzte Woche die Hauptperson des allgemeinen Interesses gewesen sein«, zwinkerte er ihr zu.

»Versuchen Sie´s trotzdem noch mal, ja?«

Er nickte Gott ergeben.

Die Kommissarin näherte sich dem Paar, das die Tote gefunden hatte. Die Dame wirkte leicht gehässig, machte sich mit bissigen Bemerkungen über die Tote her.

»Buenos días«, grüßte Mercédès freundlich, »ich bin Comissària Mercédès Mayerhuber und leite die Ermittlungen. Wer sind Sie?« Wie immer, wenn Sie sich mit ihrem ausgefallenen Namen vorstellte, wanderten zuerst einmal erstaunte Augen in ihre Richtung. Wie hatte sie das satt!

»De ausgschamte Person, die häd no gar ned so fria im Pool sei derfa. De sperrn jo east um achte auf«, keifte die Frau gleich los.

»Bisd stad, Mutti, die Frau Kommissarin interessiad des ned.« Mit einem entschuldigenden Blick auf seine Frau drehte er sich der Kommissarin zu. »Rosmarie und Josef Fichtelhuber aus Rosenheim. Mia überwintern do. Wia jeds Joar.«

Auch eines dieser deutschen Paare, die es sich leisten konnten, den Winter im wärmeren Mallorca zu verbringen und den Einheimischen die Preise ruinierten, dachte Mercédès leicht verbittert, ließ es sich aber nicht anmerken.

»Kannten Sie Frau Schneider?«

»Kenna is zvui gsogt. Obwoi sie a Stammgast is. Gseng hom mia sie a boh moi. Oiwei mid andern Mannsbuidern«, keifte Frau Fichtelhuber los. »De war aa aus Rosenheim. Friaha. Bevoa sie noch Berlin ganga is. War oiwei so a ausgschammts Luada. Nia fahairad, aba oiwei oan, der um sie herumgschwanzelt is.«

Die Comissària hob leicht die Augenbraue. »Herumgschwanzelt?«, versuchte sie zu formulieren.

»Na, Männa hoid, de ihr nachglaffa san.«

»Aha. Sind ihr hier auch Männer nachgelaufen?«

»Na sicha. Auf 602 wohnt a ältera Mo mid seina krankn Frau, der hod si öfta mit ihr unterhoidn. Ma munkelt, dass do wos g'laufon is. Jo, und seid a pooa Tog is auf 115 so a junga Mo, der wos do allon wohnt. Der sull ogeblich Ihr Liabhobr aus Berlin sei. Und da Resoatleita, da do drend so vaschdoanart städ, da Herr Hoffmann, soi aa a Aug auf ihr g'woafa hom.«

»Mutti, jetzt hear scho auf damit. Des san ois grod Vamutunga. Mia wissn gar nix«, wieder mit einem entschuldigenden Blick zur Kommissarin.

Diese lächelte leicht und meinte: »Danke vorerst, wenn wir noch Fragen haben, wo können wir Sie finden?«

»Mia wohna im Heisl 8, auf 815«, antwortete Herr Fichtelhuber, hakte seine Frau unter und zog die protestierende Rosie hinter sich her. Mercédès schaute den beiden nach, bevor sie sich an den Manager des Hotels wandte.

„Buenos días. Herr Hoffmann, wenn ich nicht irre?", fragte Mercédès den immer noch wie versteinert dastehenden Geschäftsführer.

»Ja, der bin ich«, und wunderschöne, bernsteinfarbene Augen in einem markant geschnittenen Gesicht richteten sich auf die Kommissarin. Ein Blick, der Mercédès unter die Haut ging und ein eigenartiges Kribbeln in ihr hervorrief. Nicht nur, weil sie nicht mit einem dermaßen attraktiven Mann gerechnet hatte, sondern sie war überrascht über den Schmerz in seinen Augen. Und das Zucken seiner Augenlider verwirrte sie. War er nervös?, überlegte sie.

»Comissària Mayerhuber, ich leite diesen Fall. Kannten Sie die Tote näher?"

»Warum näher?«, fragte er aufgewühlt.

Oh oh, dachte Mercédès, der hat etwas zu verbergen.

»Wie man mir erzählt hat, war Frau Schneider Stammgast in dieser Ferienanlage. Da ist es naheliegend, dass Sie die Tote kannten.«

»Ähm, ja, natürlich. Sie kam seit einigen Jahren regelmäßig im Herbst zu uns, um sich zu entspannen. Wir haben hin und wieder geplaudert.«

Sie konnte seinen Gesichtszügen entnehmen, dass sie mehr als nur geplaudert hatten. Erneut sah sie Schmerz darin. Ja, sogar Erschütterung.

»Können Sie uns etwas zum Umstand ihres Todes sagen oder gibt es irgendwelche Besonderheiten, die Sie bemerkt haben?«

»Äh, nein, nicht das ich wüsste.«

»Warum sind Sie so nervös?«

»Ich ... äh, bin nicht nervös.«

»Doch, das sind Sie.« Mercédès war überrascht, denn er schien eher der Typ eines selbstsicheren Managers zu sein. Was war mit ihm los?

»Ich ... nein, ja ...«

»Also, was jetzt?«, fragte sie hart.

»Sie sehen doch, was hier los ist. Die ersten Gäste beschweren sich bereits, dass sie nicht ins Hallenbad dürfen, obwohl normalerweise die wenigsten am Vormittag den Pool nutzen. Die anderen beklagen sich über den Lärm, den die Bauarbeiter vom Nachbarhotel veranstalten. Keiner hat uns informiert, dass dort Renovierungsarbeiten durchgeführt werden«, kam es genervt vom Manager. »Brauchen Sie mich noch? Ich habe alle Hände voll zu tun, um die Gäste zu beruhigen.«

War es nur das?, überlegte die Kommissarin und meinte: »Vorerst nicht. Wo kann ich Sie finden, wenn ich noch Fragen habe?«

»In meinem Büro an der Rezeption«, damit marschierte er in weit ausholenden Schritten davon, wie es großgewachsenen Männern eigen war. Mercédès schaute ihm fasziniert nach, fühlte Blicke auf sich gerichtet und drehte sich nach diesen um.

Am Beckenrand standen zwei männliche Personen. Ein schlaksiger Mit-Zwanziger mit kurzen dunklen Haaren, die wie dichte Borsten in die Höhe ragten, und der sie interessiert musterte. Der andere war älter, Ende Fünfzig, Anfang Sechzig, mit einem beachtlichen Leibesumfang. Seine Augen wanderten gemächlich über Mercédès´ Gestalt. Es war unschwer zu erkennen, dass ihm gefiel, was er sah.

Wahrscheinlich mein neuer Kollege und der Gerichtsmediziner, überlegte Mercédès und bekam sofort ein schlechtes Gewissen, weil sie sich zuerst mit den Zeugen unterhalten hatte, anstatt die Kollegen zu begrüßen. Dabei hatte sie sich geschworen, an ihrer neuen Dienststelle die Arbeitskollegen mehr in ihre Ermittlungen einzubinden. Sie schob ihre widerspenstigen Locken hinter die Ohren, wie sie es immer tat, wenn sie sich ertappt fühlte oder nervös war. Und ärgerte sich gleichzeitig darüber, dass es ihr nicht gelang, diese Gewohnheit abzulegen.

Mercédès ging auf die beiden zu, die ihr erwartungsvoll entgegenblickten. Der ältere Kollege sagte leise etwas wie ›Una dona guapa‹ auf Mallorquinisch, was so viel bedeutete wie ›schöne Frau‹, und grinste breit.

Ich sollte schnellsten den Dialekt dieser Inselsprache lernen, dachte Mercédès, sonst würde das hier nichts werden, denn die würden ständig versuchen, mich auszuspielen. Wo ihnen doch eine Frau vom Festland vor die Nase gesetzt worden war. Warum änderte sich die Einstellung der Männer einfach nicht? Immer noch Frauen gegenüber skeptisch.

Aber sie war das gewohnt. Zierlich wie sie war, traute man ihr ohnedies nicht viel zu. Doch es gefiel ihr, unterschätzt zu werden. Da machten vor allem Mörder gerne Fehler. Trotzdem nervte es sie, dass attraktive Frauen es nach wie vor schwer hatten, für ihre Kompetenz anerkannt zu werden. Innerlich seufzend und mit einem Blick auf die bereits aus dem Wasser gezogene und mit einem Tuch bedeckte Leiche meinte sie zu dem jüngeren Kollegen: »Ich hab noch nicht gefrühstückt!«

Der junge Mann lachte. »Leiche zum Frühstück. Kommt doch öfter vor, oder?«

»Jetzt, wo Sie das sagen. Nein, eher selten. Meistens werden sie als Mitternachtssnack serviert«, fügte sie lakonisch an. »Sie sind wohl Miquel, der mich so unsanft aus meinen Träumen gerissen hat? Freut mich«, und sie schüttelte ihrem neuen Kollegen die Hand.

»Miquel Coll, die Freude ist ganz meinerseits«, lächelte dieser sie entwaffnend an.

Konnte sie ihm das glauben? Sie wusste, dass gegen sie interveniert worden war. Allerdings nicht von wem.

»Wir haben uns ebenfalls noch nicht kennengelernt«, und sie reichte dem Gerichtsmediziner ihre Hand. »Mercédès Mayerhuber«, lächelte sie entschuldigend.

Dieser lachte dröhnend auf. »José Munar. Nennen Sie mich José. Und sorry, wenn ich lachen muss. Aber Ihr Name ist mehr als bemerkenswert.«

»Wem sagen Sie das ...«, stöhnte Mercédès.

Wenn Sie weiterlesen möchten, kein Problem.

Die „Mallorquinische Leiche zum Frühstück" ist als Taschenbuch und eBook für alle Reader im gutsortierten Buchhandel verfügbar, ob online oder vor Ort.

Der Tiergartenmörder
Ein Berlin-Krimi

Als eBook und Taschenbuch erhältlich!

270 Seiten

ISBN 978-3-96111-645-4

Berührender Berlinkrimi

Ein Anschlag erschüttert das vorweihnachtliche Berlin. Da bleibt der Mord an der deutschen Studentin Tabea van Horten im Tiergarten, dem grünen Herzen Berlins, fast unbemerkt. Ihr syrischer Freund wird in der Nähe das Tatorts angetroffen und verhaftet. Für viele, einschließlich Kriminaloberrat Balthasar Wagner, steht sofort fest, wer der Täter ist. Es kann nur der Freund sein. Vielleicht steckt der mit dem Attentäter vom Breitscheidplatz sogar unter einer Decke?

Behutsam sucht Rebecca Winter, Kommissarin der 5. Mordkommission, einen Weg durch den Dschungel der Verschwörungstheorien. Lange Zeit sieht es so aus, als hätte nur der Freund der Ermordeten ein erkennbares Motiv. Rebeccas Hartnäckigkeit und ihr vorurteilsloses Herangehen an den Fall bringen schließlich andere Möglichkeiten ins Spiel. Doch gelingt es ihr, in dieser aufgeheizten Stimmung eindeutig zu beweisen, wer der wahre Täter im Fall Tabea van Horten ist?

Leserzitate:

Es ist nicht nur spannend, sondern auch eine Momentaufnahme unseres Landes!

»Der Tiergartenmörder« ein anspruchsvolles Buch, das sich mit gesellschaftskritischen, politischen und sozialen Problemen auseinandersetzt. Gut recherchiert!

Klug und engagiert. Ein Buch mit Botschaft!

Mehr Informationen unter www.susancarner.com.